Alain Rey

L'AMOUR
DU FRANÇAIS

Contre les puristes
et autres censeurs
de la langue

Denoël

ISBN 978-2-7578-1261-7
(ISBN 978-2-207-25718-0, 1re publication)

© Éditions Denoël, 2007

LE GOÛT DES MOTS

UNE COLLECTION DIRIGÉE PAR PHILIPPE DELERM

Les mots nous intimident. Ils sont là, mais semblent dépasser nos pensées, nos émotions, nos sensations. Souvent, nous disons : « Je ne trouve pas les mots. » Pourtant, les mots ne seraient rien sans nous. Ils sont déçus de rencontrer notre respect, quand ils voudraient notre amitié. Pour les apprivoiser, il faut les soupeser, les regarder, apprendre leurs histoires, et puis jouer avec eux, sourire avec eux. Les approcher pour mieux les savourer, les saluer, et toujours un peu en retrait se dire je l'ai sur le bout de la langue – le goût du mot qui ne me manque déjà plus.

Ph. D.

Langue, amours et métissages

Peut-on vraiment voir les rapports entre la langue française et ceux qui en usent comme des « amours métisses » ? *Amour*, qui ne le sait, fait partie de ces mots facétieux qui changent de genre en devenant pluriels. Associé à ses compères, *délice* et *orgue*, il évoque quelque noce charmante et musicale, entre nous et notre parler.

Amours métisses, disais-je. Il s'agira ici d'affirmer que notre relation à cette langue est amoureuse. Non d'un amour unique et intangible, mais d'amours changeantes et traversées d'intermittences. Ce n'est pas, dans mon esprit, une entité sublime et profonde que « l'amour de la langue », de cette langue-là. Les amours dont je veux parler sont tendres et oublieuses, simples surtout. Ce sentiment vif mais capricieux peut bien être qualifié par ce bel adjectif, *métis*, qui fait jouer plusieurs langues romanes pour exprimer le mélange à parties égales. *Mêlé*, *mixte*, *mélangé* conviennent moins aux sentiments. *Métis* a ceci de remarquable qu'il s'applique aux choses comme aux êtres, et que son résultat, dans la langue moderne, est heureux. Les toiles métisses, les draps métis sont beaux et solides ; les humains qui portent le nom de *métis* – le mot est alors pris au portugais *mestiço*, appliqué à grande échelle au Brésil – sont empreints de cette qualité d'abord attribuée aux plantes, et qui les améliore. Le métissage, celui des humains en société, était cher à Léopold Sédar Senghor. Les civilisations métisses brassent les qualités de plusieurs cultures ; les langues métisses celles d'idiomes variés. Les grandes langues de civilisation – le français, l'anglais, l'arabe et d'autres, asiatiques, africaines – sont toutes métissées.

Les gens qui pensent, parlent et écrivent en français ont entretenu avec cette langue qu'ils habitent – un lieu – et qu'ils fréquentent – une personne – de tels rapports sentimentaux qu'ils ne pouvaient se satisfaire du « mélange », loi de l'histoire. Il leur fallait trouver ou inventer une image nette, fixée, embellie du français, celle du médaillon flatteur que l'amoureuse, l'amoureux portaient sur eux et contemplaient en soupirant.

Ce livre essaie d'évoquer les raisons d'un paradoxe affectif. Ce paradoxe fait qu'une réalité – des paroles et des écrits, des plus modestes aux plus hauts –, multiple, changeante, dont les effets vont du sublime au ridicule, de l'excellent à l'exécrable doit être célébrée sous une forme simple et claire, doit aussi être superbement vêtue et parée. Les grammairiens sont des créateurs de haute couture, des tailleurs sur mesure, qui habillent un mode de pensée, d'expression et d'échanges. Il y a bien des façons de le faire, contraignantes ou libres, corsetées ou souples, cousues ou drapées, pour reprendre l'opposition que faisait Roberto Rossellini entre les habillements des humains.

C'est l'histoire qui nous montre cela. Tous les problèmes qui nous assaillent, toutes les craintes, tous les espoirs autour de cette langue, le français, ont leurs racines dans le déploiement millénaire du langage et des langues. La langue française et sa situation actuelle sont les produits, d'abord d'un immense métissage européen, puis de flux et de reflux planétaires.

On la voit menacée, confinée, après l'avoir crue universelle, humiliée après avoir été glorieuse. On la croit percluse et moribonde, alors que, toute vive, elle avait étouffé et le latin et ses dialectes, et bien des langues qui eurent le malheur de vivre auprès d'elle, le celte breton par exemple. On dénonce la manière dont le français est traité par chacun, au nom de celle dont il a été exalté, faisant mine d'oublier que la grande littérature est sans fin assignable. Autre chose, quant à cette langue : on confond politique et civilisation en transformant un mot qui devrait évoquer simplement la « parole française », *francophonie*, en institution, en organisation – sans doute utile – d'intérêts nationaux qu'on essaie de rapprocher. En même temps, on pleure le recul ou la faiblesse du français dans des activités essentielles : la recherche scientifique, l'économie, les médias multiples de communication. Toujours au bénéfice de l'anglais, croque-mitaine qui a changé de visage, l'oncle Sam remplaçant John Bull. Et cette langue anglaise investit de tous côtés la place européenne. Des alliés objectifs, le danois, le slovaque ou le bulgare, se ligueraient pour la faire prévaloir.

Ces thèmes désolants envahissent livres et périodiques, surtout en France, où le pessimisme et la fascination du déclin, dans ce domaine, rejoignent une attitude collective désenchantée qui pousse à ne retenir que les échecs et les laideurs. Elle s'exprime dans une extrême confusion sur plusieurs plans distincts : la situation du français – entité aimée autant qu'abstraite – dans le monde ; sa mission menacée en tant que véhicule d'une spécificité culturelle en butte à une mondialisation à visage inhumain. Celle-ci ne s'exprimant que par cette langue anglaise qu'impose l'hyperpuissance étatsunienne. On se préoccupe alors, à raison et plus que de raison, de l'« état de santé » du français jugé trahi de deux façons. Abandonné d'abord pour l'anglais par des élites scientifiques et économiques. Maltraité ensuite par des utilisateurs de plus en plus incultes par la faute d'une école infirme qui produit de l'illettrisme, par celle d'une société qui renonce à la lecture et s'abêtit devant la télévision, par l'action de médias barbarisants – tandis que les « élites », si elles ne s'adonnent pas à un anglais misérable et appauvri, pratiquent des jargons pédants, ponctués de grec, de latin et d'anglais, et répandus en paroles et en écrits indigestes. Ou bien la langue française est abandonnée, ou bien elle est misérablement travestie ; de toute façon, elle est trahie – sauf par celui ou celle qui prend la parole pour déplorer ces horreurs. Sauf lui et ses amis, « nul n'aura de l'esprit[1] », du goût, du bon sens, du courage et n'aimera sa langue et sa patrie.

Car, dans le discours dominant de ces Cassandre, c'est le nationalisme français blessé qui inspire la consternation, et le langage peut cacher d'autres enjeux. Il serait absurde de nier les causes réelles de ces déplorations. Des crises sociales – qui songerait à les minimiser ? – affectent l'Europe et le monde ; elles ont des effets massifs sur l'opinion, sur la culture et donc sur son principal moyen d'expression, la langue.

Le français est entraîné par le tourbillon de l'histoire, par l'accélération des communications, par la technicisation, par le flux des informations et des désinformations. Aucune langue ne peut plus suffire aux besoins d'expression et d'échanges ; mais chaque langue, et en particulier la langue française, incarne une commune attitude d'esprit et rend possible l'apparition des « cent fleurs » de l'esprit.

Cette langue s'est identifiée à une histoire. Ceux qui en ont hérité sans avoir à la choisir vivent en elle, comme l'embryon dans l'organisme maternel. Il est naturel et vital qu'ils l'aiment.

Aimer la langue, celle où l'on pense, où l'on ressent, celle où l'on vit, celle qu'on habite et qu'on respire, ne relève pas d'un libre choix. Ceux qui méprisent et haïssent leur idiome maternel

---

1. « Nul n'aura de l'esprit, hors nous et nos amis », écrivait précisément Molière dans *Les Femmes savantes*, Acte II, scène 2.

sont malheureux. Il arrive qu'ils soient malades. Louis Wolfson, l'auteur new-yorkais d'un livre étonnant qu'avait parrainé Gilles Deleuze, *Le Schizo et les langues*[1], écrivait en un français malaisé, créatif et fautif. Il faisait tout pour éviter, contourner, liquider sa langue maternelle, l'anglais – mère rejetée, haïe.

Le rapport à la langue qu'on a apprise dans la petite enfance est double, à la fois avec soi-même et avec sa communauté – nation, patrie, clocher ou continent. Plus affectif que rationnel, ce rapport amoureux ne laisse au bon sens qu'une portion congrue, dans les jugements et les opinions comme dans les réactions.

À toute passion, cependant, il faut un objet simple ou, au moins, reconnaissable. Le multiple, le changeant, l'imprévisible déconcertent. Il faut un idéal, une perfection, une pureté, fût-ce au prix de la lucidité.

Les craintes, les indignations contre les réalités impures des manifestations orales et écrites de la langue ne sont ni neutres ni désintéressées. L'objectivité minimale requise par l'attitude scientifique ou présumée telle fait que les linguistes, psychologues, sociologues, anthropologues, lorsqu'ils s'occupent des langues, ne participent guère aux débats passionnés autour de celles-ci, par exemple autour du français. Quand ils le font, c'est souvent sur le mode fataliste ou bien en s'associant à

1. L. Wolfson, *Le Schizo et les langues*, Paris, Gallimard, 1987.

une protestation très générale contre un état de choses qu'ils connaissent mieux que d'autres. *Halte à la mort des langues* de Claude Hagège[1] rejoint les mises en garde et les indignations des spécialistes de la vie végétale ou animale qui dénoncent les fauteurs de la mise en péril des espèces, les pollueurs. Halte aux pollueurs, s'exclament les puristes blessés. Mais savoir que des langues meurent, en effet, chaque année, ou vont mourir, n'incite en rien à pronostiquer la mort d'une langue écrite, ancienne, historique, parlée par des millions d'humains, tel le français.

Suivre l'évolution effective d'une langue et de son écriture, constater alors qu'elle résiste aux pires attaques, empêche radicalement de conclure à la décadence, et plus encore à la disparition.

Du côté de l'objet en cause, et aussi des attitudes et jugements à son égard, il est difficile de saisir une cohérence dans une masse de réactions contradictoires. En effet, au discours de déclin et de mort annoncée s'opposent celui, tout aussi énergique, de la colère et de la protestation contre les responsables supposés, et enfin celui, triomphaliste, qui affirme par exemple que la langue française est, quoi qu'il advienne, supérieure par sa beauté ou sa clarté à un idiome anglo-saxon taxé de simplesse utilitaire.

Ces discours contrastés ont des caractères communs. Ils confondent une abstraction, la langue,

1. Cl. Hagège, *Halte à la mort des langues*, Paris, Odile Jacob, 2000.

avec du concret, les paroles et les écrits. Ils mêlent une attitude normative, produisant des jugements de valeur subjectifs sur des idéaux – correction, beauté, élégance, logique, clarté, simplicité, utilité… –, et une attitude de rationalisation, destinée à justifier les jugements les plus arbitraires.

On ne peut les comprendre, et donc les approuver ou les improuver, que si l'on dispose d'éléments objectifs plus complets, plus nombreux et mieux interprétés que ceux qu'ils invoquent – qui sont en général réels et contrôlables, mais sortis de leur contexte – et, surtout, que si l'on examine l'origine et l'évolution des attitudes qui les rendent possibles. Or, sur ces deux axes, la seule lecture possible est historique. En effet, si le discours scientifique sur le langage et les langues est relativement récent, les idées courantes sur ces habitudes sociales essentielles sont aussi anciennes qu'elles. La confusion entre la langue, entité théorique inobservable et objet de croyance, et les réalités sonores et graphiques de l'usage remonte à la nuit des temps. Admirables et détestables, fascinants et décourageants, rarement sublimes et souvent ineptes, les usages réels de toute langue déçoivent après qu'ils ont fasciné. La meilleure et la pire des choses, disait du langage, il y a vingt-cinq siècles, un esclave grec affranchi, Ésope, conteur de ces très anciennes histoires inventées, les « fables », dont les protagonistes sont des êtres sans langage, ce qui permet à chaque culture de leur prêter le sien.

Toute langue, et la nôtre, est non pas « une chose », la meilleure et la pire, mais un mouvement, un courant, fait d'une infinité d'objets réels, sonores, graphiques, et avant tout de significations inépuisables.

C'est vrai de toute langue, mais l'exemple français est très fort. Autour du français se pratique, consciemment ou non, la construction de ce système de « choses mentales », de cette croyance profonde, de cet artifice passionné, qui accompagne la prise de pouvoir de chaque forme de langage humain.

Dans le cas du français, un dynamisme historique a transformé une forêt de dialectes en une architecture qui l'enserre. Il est social, politique et aussi poétique – c'est-à-dire sacral et individuellement créateur. Le cas de la langue italienne, différent de celui du français, est révélateur : la poétique, en grande partie grâce à Dante, a littéralement créé, au XIVe siècle, une langue italienne, par transmutation de parlers de Toscane ; mais il a fallu attendre le XIXe siècle pour que la politique, dans le désir d'une nation intensément voulue, fasse apparaître « l'italien », langue nationale et non plus seulement littéraire.

Dans l'ancien territoire gallo-romain, la référence à une région limitée, une « île » fluviale nommée « France », avec un pouvoir royal rongeur des féodalités, n'aurait sans doute pas suffi pour susciter *le* français, sans les poètes, conteurs et chanteurs. Et lorsque, dans un second temps fort de l'histoire de l'Europe, certaines langues ont pris conscience de leurs pouvoirs, c'est l'association de la volonté politique et de la pensée créatrice, celle du Prince et du Poète, parfois du Prince et du Théologien, qui font l'allemand (avec Luther), l'anglais, l'espagnol ou le français. François Ier n'eût pas suffi à promouvoir cette mutation culturelle sans les poètes qui le célèbrent (Du Bellay, Ronsard). En trahissant son cher latin, son languedocien familial, ses admirations gasconnes, Montaigne a fait plus que célébrer la prose française : après Rabelais, que son génie rend inimitable, après Ronsard, Du Bellay, le latin a desserré son emprise, qui était celle de l'Église et du savoir institué.

Alors que se déployait ce mouvement si puissant, aussi irrésistible que multiple et contradictoire, devant des langues plurielles, proches ou lointaines, devant l'affrontement du latin et des idiomes spontanés, devant des usages et des paroles divisés, contradictoires – Calvin et Rabelais, par exemple –, construire un mythe était nécessaire. Il le sera par étapes, et s'appuiera sur de grands thèmes intellectuels et moraux, masquant d'autres enjeux, historiques, économiques, sociaux, éthiques et esthétiques. Je retiendrai ici les grandes fables de la « pureté », de la « richesse », de la « raison » et de la « clarté », enfin du « génie » de la langue française. Ces constructions mentales, ces jugements, ces préjugés, ces volontés sont à l'œuvre aujourd'hui comme ils le furent depuis qu'une langue « française » est pensée, superposée aux paroles spontanées.

Peut-être ces remarques justifieront-elles la démarche de cet essai, qui tente d'abord de retrouver dans l'histoire les traces de constructions mentales – mythes, illusions, idées simples – qui ont servi à bâtir nos cadres de pensée sur la langue française. Puis vient la description, très cavalière, de ces réalités métisses qui ont fait le quotidien des francophones, dans ce territoire d'abord multilingue qui comprend aujourd'hui la France, la moitié de la Belgique, le tiers de la Suisse. Enfin, on évoquera la synthèse de ces deux facteurs historiques, la mythologie construite et les réalités subies de la parole et de l'écrit français, dans les esprits des francophones. Ce ressenti contemporain ne peut plus garder intactes les visions anciennes, après la colonisation et les décolonisations, après les nouveaux brassages dus aux immigrations. Mais aucune modernité ne saurait éliminer les données, les réactions et les actions brassées pendant plus d'un millénaire – beaucoup plus si on évoque les sols divers où le français est maintenant en cause.

L'avenir du français ne sera pas identique à son passé – pas de cycle vraisemblable –, mais il ne peut être pensé que par rapport à ce passé. La célèbre vision de *L'Internationale*, « du passé, faisons table rase », est impraticable. Mais le prophétisme de la disparition – « du futur, faisons table rase » – n'est pas plus raisonnable.

L'un des drames de toute langue est que son ressenti, sa vision dominante, n'est jamais celui des descripteurs objectifs, mais se partage entre trois attitudes dangereuses : le volontarisme, qui défend et attaque ; le purisme, qui tend à borner ; et l'indifférence paresseuse, qui laisse faire.

Du purisme affirmé, le XXIe siècle fait son deuil, malgré la survivance d'attitudes passéistes, qui prennent l'allure d'une dénonciation angoissée. Cette angoisse est fondée sur des phénomènes bien réels, bien visibles : le recul du français par rapport à d'autres langues et surtout, bien sûr, par rapport à l'anglais envahissant.

Une autre réalité est la superbe indifférence de la majorité des locuteurs de cette langue – plus en France que dans d'autres lieux où on la parle – face à ses transformations et à ses abandons.

Cette indifférence pourrait être liée aux illusions qu'engendre l'unilinguisme. À ne connaître et ne pratiquer qu'une langue, une majorité de francophones, en France et même ailleurs, finissent par ne plus percevoir leur propre idiome. Ils se pensent en relation directe avec les choses du monde, et ne peuvent considérer l'anglais, par exemple, comme un danger, puisqu'ils l'ignorent. La faiblesse de l'enseignement des langues étrangères en France, qui impose l'anglais tout en affirmant le respect de la diversité, aboutit à des paradoxes. Ainsi, les francophones de langue maternelle, et surtout les Français, acceptent dans les discours qu'ils entendent et lisent, puis dans leur propre parole, des formes langagières dont ils perçoivent mal l'origine, qu'ils altèrent selon leurs habitudes phonétiques et dont ils modifient le sens originel. Ils écoutent des chansons qu'ils serinent sans en comprendre le contenu. Ils prononcent à l'anglaise les noms allemands (Pitèr pour Peter) ou russes (Alexandre Niouski !). Ils ânonnent l'anglais d'entreprise et acceptent d'être infériorisés en écrivant un anglais fautif pour traduire une pensée élaborée en français. La situation n'est d'ailleurs pas propre au français. Mais le Néerlandais ou le Suédois qui fait une partie de ses études en anglais, le Tunisien qui apprend à l'école deux langues et deux écritures, le Québécois francophone qui reçoit dans la parole française les phonèmes et les mots perçus dans l'anglais du Canada, proche de celui des États-Unis, ont, eux, l'expérience physique du bilinguisme et du contact.

Apparemment, cette situation ne nuit pas à la langue néerlandaise ni à la langue suédoise, dans le premier cas ; à l'arabe dans le deuxième ; au français, plus menacé mais aussi mieux perçu et défendu, dans le troisième.

La menace intérieure sur le français – sur les autres langues européennes aussi, anglais britannique compris, et, bien plus gravement, sur les langues d'autres continents – ne vient pas d'une action directe de la langue des États-Unis (que certains croient être l'« anglais »), ni d'institutions nationales ou internationales, mais de pressions où l'économie pèse lourd, où la politique mondiale, en partie commandée par une hyperpuissance, n'importe pas moins. Cette menace vient peut-être surtout de l'indifférence de populations amnésiques et privées du sens des langues.

La langue, disent les poètes, est la maison qu'on habite, l'air qu'on respire. Quand les murs se lézardent, on s'inquiète, on déménage ; quand l'air pollué devient irrespirable, on appelle le médecin. Mais quand une langue à peine ressentie, transparente, dans la grisaille de l'habitude, et par rapport à d'autres besoins, se délite, on ne le perçoit guère. Ainsi les Gaulois, en une dizaine de générations, laissèrent mourir leur langue celte, qu'ils avaient négligée ou refusé d'écrire, et passèrent à du néolatin en train de se créoliser. Ainsi les Francs, installés dans le pays auquel ils donnèrent leur nom et qui y imposèrent un pouvoir royal, perdirent leur francique. Ainsi les Vikings établis en Normandie oublièrent très vite leur danois. Leur petit-fils Guillaume alla même combattre et vaincre en « Bretagne » (la Grande), y installant pour plusieurs siècles son franco-normand (qu'on appelle bizarrement l'« anglo-normand »), déclenchant dans la langue anglaise une révolution de vocabulaire qui en fit un idiome semi-roman par le lexique, immensément enrichi.

Arrivera-t-il au français la mésaventure mortelle du gaulois ou le superbe enrichissement par l'emprunt que connut l'anglais au Moyen Âge ? Les circonstances ont complètement changé, la leçon de l'histoire est brouillée, et l'avenir est aux couleurs des fantasmes.

Depuis un demi-siècle, c'est surtout Cassandre qui prend la parole. Claude Duneton, qui avait si bien montré la mort de son parler natal occitan[1], annonce en toute simplicité celle du français[2]. C'est de meurtre que parle Bernard Lecherbonnier[3]. Les coupables ? Les riches, les élites, la finance et le marketing, l'école, les institutions européennes, le commerce mondial, les médias complaisants à l'anglicisation et, finalement, la situation planétaire. D'un côté, globalisation à l'anglo-saxonne ; de l'autre, spécificités culturelles. Entre les deux, la volonté de puissance du « tigre dans le moteur » (slogan de Shell : *Put a tiger in your tank*). Doit-on mettre un tigre dans le moteur essoufflé du français ? Le grand écrivain nigérian Wole Soyinka, plaisantant sur la « négritude » de Senghor, disait que la nature du tigre consiste à sauter sur sa proie et à la manger, non à revendiquer sa différence, sa « tigritude ». À quoi il est facile de répondre que cette violence élémentaire – celle des terrorismes et des dictatures les plus folles – a abouti chez l'espèce tigre à une quasi-disparition. Au grand désespoir des écologistes, des dompteurs et des chasseurs de fourrures, mais aussi au soulagement, on peut le penser, des paysans du Bengale.

Sachant que les milliers de langues de cette bavarde planète sont des espèces menacées, on

1. Cl. Duneton, *Parler croquant*, Paris, Stock, 1973.
2. Cl. Duneton, *La Mort du français*, Paris, Plon, 1999.
3. B. Lecherbonnier, *Pourquoi veulent-ils tuer le français ?*, Paris, Albin Michel, 2005.

conviendra que le français l'est un peu moins que les idiomes amérindiens ou que ceux de Nouvelle-Guinée. Après tout, en Europe, le hongrois, le slovène ou l'albanais demeurent des langues parlées, bien parlées et écrites, poétiques et savantes, et ne sont pas dites menacées dans leur existence. Ce qui remet à leur place, dans l'utopie malheureuse et l'exagération insignifiante, les prédictions mortelles à brève échéance.

Contrairement à ce que pensent certains désespérés, les francophones de langue maternelle, que ce soit en France ou ailleurs, n'abandonnent pas leur langue. Mais il arrive qu'ils l'ignorent et qu'ils ne l'aiment qu'au passé – ce qui est peut-être pire.

Et puis reste la troisième attitude, ni puriste ni passive, qui consiste à vouloir agir, intervenir, organiser, « aménager » ont dit les Québécois.

L'idée préconçue de l'inutilité d'une action concertée sur la langue est répandue. On oublie que de nombreuses langues nationales doivent leur existence actuelle à une action volontaire, qui suppose une information exacte et précise sur les pratiques de langage. Cette action ne peut être seulement politique, c'est vrai ; il faut une volonté commune que nulle politique ne peut créer. Le choix d'une forme plus spontanée pour le grec moderne, au détriment d'une forme plus littéraire et savante, l'établissement d'un compromis pour le norvégien commun entre « langue du livre » et « langue du pays », réunion de dialectes ruraux, ne se sont pas faits seuls. Et que dire de l'hébreu recréé par l'État d'Israël à partir de l'hébreu religieux, conservatoire de la langue biblique ? Dans ces évolutions créatrices, la volonté nationale, qu'elle soit alimentée par la religion ou l'histoire laïque, est le moteur ; mais la mise en forme suppose une conscience linguistique au travail et des moyens que seul le pouvoir peut aider à mobiliser. À cette conscience, à l'obtention de ces moyens, de nombreux obstacles peuvent s'opposer. Tout d'abord, ceux qui rendent impossibles la description exacte et l'explication des faits, telle l'ignorance, et aussi les préjugés, mythes et symboles qui ne cessent de parasiter l'image des langues. Certains, parmi ces derniers, peuvent d'ailleurs contribuer à une évolution souhaitée : l'histoire du français en témoigne souvent ; on peut penser aussi au caractère symbolique de pureté sacrée qui s'attache à l'hébreu, en opposition au caractère impur et hybride du yiddish, dans le cas de la langue du nouvel État d'Israël. D'autres sont des freins puissants : la réputation d'efficacité et de simplicité de la langue anglaise, en partie préjugée, combat la renaissance du gaélique d'Irlande ou d'Écosse. De même, il est devenu incongru de communiquer en une autre langue que l'anglais des résultats scientifiques importants en biologie ou en physique, pour des raisons objectives – réglage économique et culturel de la communication mondiale par les États-Unis, financement de la recherche… – mais aussi par soumission à des images installées, et qu'on pourrait faire bouger.

La politique de la langue, qu'elle soit masquée ou explicite, souple ou institutionnelle – c'est-à-dire prise dans des enjeux politiques –, n'a pas toujours bonne presse, en particulier chez les libéraux qui s'offusquent d'une volonté collective différente de la volonté individuelle du créateur. Un ministère du Langage ? Horreur et vulgarité ! Pourquoi pas un ministère du Bon Usage de la langue ? Et pourtant, la France a pratiqué ce ministère discrètement, sans ministre, avant que le Canada et le Québec n'aient des institutions gouvernementales consacrées aux langues. La France le fit, à grand renfort d'Académies, de Hauts Conseils, de délégations, accompagnés d'associations innombrables.

Mais avant de situer, autour du langage, la politique, la geste nationale, et, dans le langage, la création de formes signifiantes, avant de revenir sur les visions et les réalités du français, il m'a semblé qu'il fallait explorer, dans le passé, la fabrique des mythes, et plus loin de nous, celle des réalités si complexes de ce français aimé par ceux qui l'ont fait et par d'autres qui l'ont reçu et accepté, mais qui peut aussi être délaissé ou trahi. Autrement dit, qu'il fallait dépeindre les séculaires erreurs de l'amour et aussi l'histoire tumultueuse des métissages nécessaires.

I

LES ERREURS DE L'AMOUR

1

LE FANTÔME D'UN LANGAGE PUR[1]

Les qualités rêvées de toute langue, dès lors qu'elle est reconnue, appréciée, revendiquée, sont peu variées. Elle doit être, et donc elle est, dans les têtes, claire, transparente et, par une métaphore biologique sans cesse à l'œuvre, vivante et en santé.

Or, ce qui est à la fois clair et sain jouit de cette qualité qu'on nomme « pureté ». La pureté relève d'un ordre mythique et négatif : elle consiste à se préserver de tout ce qui est autre, toute différence étant souillure, à s'inscrire dans une bulle, à se barricader. Son modèle, conscient ou non, renvoie à une morale sexuelle appliquée à la seule féminité, avec le vieil idéal masculin de virginité. Mais on ne pourrait sans gêne parler d'une langue vierge, puisque, pour exister, il faut qu'elle soit ou qu'elle ait été « maternelle ». Pourtant, en pays chrétien, une référence à la Vierge mère peut se trouver. Mais, par rapport au modèle mythique de pureté, ce qu'on observe de la langue est toujours imparfait, souillé, gâté, informe, désordonné, trahissant la vertu recherchée.

La contradiction entre le souhait d'une langue pure et le réel du langage pouvait être résolue par

1. Formule de Maurice Merleau-Ponty, dans *La Prose du monde*, Paris, Gallimard 1969 (une partie était écrite en 1952).

une distinction claire entre la langue et ses effets, les paroles ou les écrits, entre la langue et les manières d'en user. Elle ne le fut que très tard, et partiellement. Si la science moderne du langage a apporté une révélation, c'est bien celle-là. La langue française, par exemple, est distincte de ses incarnations collectives (les usages) et individuelles (paroles et écrits). Avant cette clarification, qui intervient aux XIXe et XXe siècles, de Wilhelm von Humboldt à Ferdinand de Saussure et à sa suite, le clivage entre l'abstrait – le langage, les langues, leurs usages sociaux, leurs normes – et le concret, l'observable – le flux des productions orales et graphiques –, plus ou moins perçu, n'était pas rationalisé. Ce clivage, véritable schize, servait, par un reflux de l'observable vers le construit, à établir pour le second un appareil où mythes et fantasmes tentaient de corriger le vécu, l'éprouvé : le désordre, l'impureté, la grossièreté des échanges verbaux quotidiens. À la limite, c'est l'échec de la communication en un latin divisé, déformé, vers le VIIIe siècle, qui aboutit à ceci : le peuple illettré de l'ancienne Gaule romanisée a cessé de comprendre le latin, une nouvelle langue va devoir naître.

Cette langue, le français, n'est pas d'abord un objet d'étude, mais un objet de désir, d'affect. Et surtout un projet, élaboré à partir d'un réel parlé et écrit, choisi, trié, sélectionné par des jugements de valeur à la fois éthiques et esthétiques, qui agrémentent et masquent des enjeux politiques.

« Parler Vaugelas »

Un témoin illustre de ces manipulations passionnées fut au XVIIe siècle Vaugelas. Un homme remarquable et influent, ce Claude Favre, seigneur de Vaugelas, nom qui signifie en franco-provençal « val gelé ». Il était né en 1585 en Bresse, à Meximieux, ce qui était de meilleur augure, puisque le nom latin de ce bourg, *Maximiacus*, évoquait un certain Maximus, le « très grand ». Grâce aux relations de son père, magistrat, Claude entra au service de la maison de Savoie. Fixé à Paris, il se fit apprécier des milieux mondains et littéraires. Traducteur (de l'espagnol et du latin) plus rigoureux que ses contemporains, il fut chargé de préparer le dictionnaire de la jeune Académie française. Rebuté par la lenteur du travail collectif, il publia séparément ses notes, sous le titre *Remarques sur la langue française, utiles à ceux qui veulent bien parler et bien écrire*, ouvrage plusieurs fois réédité au XVIIe siècle et qui eut une grande influence, non tant par les remarques de détail qui abondent que par la doctrine qui veut fixer une norme moderne au français. Cette doctrine est essentiellement celle du « bon usage », où « usage » représente la réalité sociale de la langue incarnée, et « bon », le jugement par lequel on affirme un modèle. Chez l'auteur des célèbres *Remarques*, ce modèle est double : outre « la plus saine partie de la Cour », sont distingués quelques écrivains, sans précision. Là seulement va se trouver le bon, le vrai français. La Cour, donc, avec ou sans le roi. Car la parole royale est trop sublime, trop parfaite, trop éblouissante pour servir de référence. La Cour qui entoure le monarque participe de son rayonnement solaire. Mais déjà, elle présente des éléments douteux, imparfaits, malsains, indignes de contribuer à la pureté requise. Le « bon usage » vient d'une élite morale, sociale, géographique, à l'intérieur de l'élite de pouvoir qu'abrite Versailles, monde d'ordre, de luxe, sinon de volupté, à l'écart de la « Ville », forcément impure, et de la grossièreté des usages bourgeois qu'elle abrite. Le reste, l'immense majorité, n'est pas même nommé. Mais cette Cour elle-même, lieu de la victoire du pouvoir central sur la noblesse frondeuse, doit être corrigée, car on y entend jargonner des provinciaux, et jusqu'à des Gascons, et puis des ambitieux sans titre de noblesse, des prétentieux au langage maladroitement alambiqué, qui ne peuvent compter dans cette « plus saine partie ». Vaugelas, lui-même provincial, élevé dans une région très partiellement francophone, la Savoie, reflète le besoin, pour l'expansion de la langue française, d'une épuration extrême, d'une excellence d'usage.

Ce besoin, exprimé par l'adjectif *sain*, Vaugelas l'évoque dans ses *Remarques* tant à propos du français parlé, on vient de le voir, que du français écrit (« la façon d'escrire de la plus *saine* partie des Autheurs du temps »). La parole doit donc se modeler sur l'écriture de ces auteurs, et surtout pas sur les règles des pédants. Cette formulation requiert du monde politique une soumission langagière au monde de l'esprit (les « Autheurs ») et ces deux mondes, pouvoir et talent littéraire, doivent s'unir pour produire un modèle d'usage. Celui-ci vise à réconcilier des discours sélectionnés selon trois axes, pour construire un projet « légal », une norme. Axes qui ne sont pas sur le même plan : l'un est défini par le milieu social du pouvoir politique maîtrisé par la monarchie – la Cour –, un autre est intellectuel et esthétique – les « Autheurs » –, le troisième sert de filtre des impuretés, de principe sélectif : « la plus saine partie ».

Rien, dans cette construction, ne conduit à l'immobilisme. La doctrine de Vaugelas n'est pas tant celle d'une pureté fixe que d'une « santé », d'une hygiène, et tient compte d'une évolution permanente, conçue comme inévitable. Ainsi, les « Autheurs » de référence – dans leur « plus saine partie » – sont ceux « du temps ». Il n'est pas question d'utiliser en référence Ronsard ou Montaigne, témoins d'usages révolus, étrangers au vrai, au bon français qui ne pouvait être que celui du présent roi et de sa Cour. La définition de ce français était si bien attribuée à cet homme qu'il était alors question de « parler Vaugelas ».

Ce « bon usage », tout évolutif qu'il soit, repose sur des jugements sociaux stables. Il fait donc référence à la « bonne santé » dans l'exercice de la langue. Cette santé décelée, en sélectionnant les meilleurs parmi deux groupes qui présentent du « sain » et du « malsain », est gage des bonnes qualités de cet usage, qui se déclinent de plusieurs manières, parfois subtiles. Ainsi, un article des *Remarques* veut distinguer deux qualités de la langue, la « pureté », affaire de lexique (mots et « phrases », les expressions, les constructions des verbes, les mots grammaticaux), et la « netteté », affaire de mise en discours (l'arrangement, la structure ou la situation des mots, ainsi que la conjugaison), qui contribue à « la clarté de l'expression ». Manquer à la pureté, c'est le barbarisme ; à la netteté, le solécisme. Ainsi réduite au respect des habitudes saines concernant le lexique, la « pureté » serait pour Vaugelas le respect d'un dictionnaire. Sans doute cette pureté est nécessaire pour obtenir la « netteté », et c'est cette qualité distincte de la pureté qui va juger du style, et même de la grammaire.

Étrange vision du langage et des langues, qui manifeste combien leur appliquer des notions de « santé » (au sens de « qualité d'être sain »), de « pureté », de « netteté » ou de « clarté » conduit à l'oubli ou à la négation des conditions réelles d'existence de tout langage humain.

Dans le contexte intellectuel du XVIIe siècle, ces interprétations peuvent fonctionner socialement ; le plus étrange est qu'on en trouve encore l'expression à la fin du XXe siècle, jusqu'à des illusions de ce genre : « Ce n'est pas difficile d'écrire en bon français ; il n'y a qu'à consulter le Dictionnaire », le singulier et la capitale désignant sans aucun doute « la plus saine partie » de l'activité lexico-graphique, c'est-à-dire l'œuvre, en permanent progrès, de l'Académie française[1].

On trouvera cependant une cohérence dans les propos de Vaugelas, dont l'objet n'est pas la langue française mais, parmi tous ses usages, le seul bon. Parler de langue, de français, c'est se situer dans l'absolu ; de « bon usage », dans le relatif, dans le temps social. C'est le cas du « bon français », qui est, à tout prendre, un oxymoron, car il n'y a ni « bonne » ni « mauvaise langue », sauf dans les éloges et la calomnie.

Une quête de pureté

Le purisme, qui est un système, un dogme ou bien une requête, ne peut faire bon ménage avec un usage, même bon. Il lui faut le tout de la langue.

Le jésuite Dominique Bouhours, né à Paris en 1628, par ses activités de précepteur – il le fut du fils de Colbert – se fit connaître des milieux littéraires. Mme de Sévigné, qui n'était pas tendre, nota de lui : « L'esprit lui sort de tous les côtés. » Il écrivit des biographies, des tra-ductions et des *Pensées chrétiennes* (1699) qui eurent du succès. Mais, peut-être las des polé-miques avec les jansénistes, il se consacra ensuite

---

1. M. Druon, *Lettre aux Français sur leur langue et leur âme*, Paris Julliard, 1994, p. 74.

à des réflexions sur le bon usage de la langue française[1].

Dans les *Entretiens d'Ariste et d'Eugène* (1671), Bouhours emploie le mot « langue » à toutes les sauces, visant à la fois ce qui différencie le français de l'allemand ou de l'italien, une vraie « langue », et aussi l'usage, qui n'est jamais spécifié, non plus que le style, la musique sonore et surtout la morale que cette langue est apte à exprimer, permettant ainsi à la « pureté » d'occuper le devant de la scène.

> Ce qu'elle [nostre langue] a de doux et de délicat est soutenu par ce qu'elle a de fort et de masle. Ainsi elle n'a ni la dureté de la langue Allemande, ni la mollesse de la langue Italienne : on peut la comparer à ces anciennes [antiques] Héroïnes, qui avoient toute la douceur de leur sexe, et toute la force du nostre, et qui de plus n'estoient pas moins chastes que vaillantes. Car c'est encore par là que nostre langue leur ressemble.
>
> Quoy que nos mœurs ne soient peut-estre pas plus pures que celles de nos voisins, nostre langue est beaucoup plus chaste que les leurs, à prendre ce mot dans sa propre signification […] sa pureté va jusques au scrupule […] de sorte qu'un mot cesse d'estre du bel usage, et devient barbare parmi nous, dès qu'on luy peut donner un mauvais sens[2].

1. Outre les *Entretiens* cités plus bas, Bouhours publia *Doutes sur la langue française* (1674), puis *Remarques nouvelles sur la langue française* (1675 et 1692) et *Manière de bien penser dans les ouvrages de l'esprit* (1687).
2. D. Bouhours, *Entretiens d'Ariste et d'Eugène*, chap. IV.

Ces agréables vagabondages de l'esprit, ces comparaisons animées, un côté « précieux » sans excès, font des *Entretiens d'Ariste et d'Eugène* une lecture beaucoup plus plaisante que les arides remarques descriptives d'un Vaugelas – que Bouhours encense sans réserve. Sous l'apparence d'une continuité, l'idée du puriste s'y modifie en se confirmant. Ce n'est plus la seule politique, la Cour, qui fait loi en matière de langue, mais « le commerce des honnestes gens et [...] la lecture des bons livres ». Modèle social élargi, mais moralisation de la littérature. Ainsi Voiture ne jouit pas « de la dernière pureté du langage » – celle qu'apporta Malherbe –, mais manifeste « naïveté » et « délicatesse », ce qui est plus rare encore.

L'étrange, dans ces textes si influents sur l'idée de la langue française pendant plus de deux siècles, est qu'on n'y parle à peu près jamais de la langue elle-même, mais donc d'usage, d'écrit, de littérature et de « bel esprit », sur fond de morale politique très chrétienne.

Les *Entretiens*, d'ailleurs, sont un modèle de conversation, dont les thèmes vont de la nature (*La Mer*) à certains usages sociaux du langage (*Les Devises*), en passant par les comportements honnêtes (*Le Secret*), les vertus intellectuelles (*Le Bel Esprit*) et enfin, clé possible de l'ensemble, le subtil « *je ne scays quoy* », selon lequel les causes de ce que nous voyons et ressentons, mystérieuses, inexprimables, résident dans la réalité même. Ce « *je ne scays quoy* », qui est fort en vogue chez les Italiens et chez les Français, marque non seulement la nature, mais l'art, du moins selon Ariste, le moins savant mais le plus spirituel des personnages mis en scène par le père Bouhours. Ce que l'on admire en peinture, dans les lettres, se partage en « beautez régulières », que l'on trouve chez Guez de Balzac, et en « charmes secrets », chez Voiture. Ce sont alors les écrivains à la mode, les grands prosateurs, aujourd'hui bien oubliés. À vrai dire, nous avons du mal à comprendre l'importance que ses contemporains accordaient aux lettres de Jean-Louis Guez, seigneur de Balzac par mariage, fort élégantes, mais sur des sujets mineurs, alors que leur auteur s'était illustré par des textes politiques, comme *Le Prince* (1631), qui n'a rien à voir avec Machiavel et fait l'éloge intéressé de Louis XIII, ou des écrits religieux et conformistes (le *Socrate chrétien*, 1652). Quant à son exact contemporain Vincent Voiture – ils étaient nés tous deux en 1597 –, le personnage est séduisant et paradoxal : au service des Grands, émissaire du roi dans toute l'Europe, c'est un mondain, joueur, galant, duelliste (on penserait presque au Cyrano de Rostand). Refusant l'état d'écrivain, il écrit. Des poèmes habiles, légers – un de ses sonnets, « La belle matineuse », connut la gloire –, et surtout des lettres, auxquelles on reconnut des qualités différentes de celles de Guez de Balzac : plus de spontanéité, de la « galantine » plutôt que de la préciosité. On se battit pour décider lequel, de Balzac ou de Voiture, incarnait la parfaite prose de l'« honnête homme ». Le père Bouhours ne tranche pas, mais on sent sa préférence pour le second, chez qui le charment des « grâces fines et cachées ». La suite montre que le mot « grâce » est alors à prendre dans son sens chrétien. L'art, qui est humain et explicable – c'était l'idée d'Eugène, le savant, qui n'acceptait le « je-ne-sais-quoi » que dans la Nature, en tant qu'effet du Créateur –, peut parfois laisser paraître cette « grâce ».

Cette référence à l'inexplicable, contraire au rationalisme de Vaugelas, pourrait bien habiter secrètement les « entretiens » antérieurs, et rendre fragiles les considérations rationnelles qu'ils conte-naient sur le bel esprit ou la langue française elle-même. L'amour de cette dernière, comme l'admiration devant la mer, ne trouve pas tant sa raison dans le jugement humain que dans l'inef-fable de la grâce divine saisie par l'être humain. « Grandeur de l'homme avec Dieu », écrira Pascal.

Aussi bien, s'entretenant sur l'inconvénient de la multiplicité des idiomes sur cette terre, les deux personnages du père Bouhours s'entendent sur une vocation universelle de la langue fran-çaise. Le texte, derrière la célébration de la puis-sance du « plus grand des monarques », cherche à montrer que la gloire de cette langue est méritée, et que ses seules concurrentes, le latin, l'italien et l'espagnol, ne soutiennent pas la comparaison.

Derrière la rationalisation se cache encore la force inexplicable de la grâce divine, qui imprime le « je-ne-sais-quoi » de la renommée sur le visage des rois et la force adorable sur l'idiome des nations qu'ils animent. Ainsi, les règles du jésuite Dominique Bouhours développent et déplacent la norme du bon usage de Vaugelas ; elles la modifient de l'intérieur. Sa célébration du français est inscrite dans une théologie mondaine du langage, et non plus dans un esprit d'observation modeste, soucieux de précision. Son désir de norme ne porte pas directement sur la langue, mais, comme le formule le titre d'un autre livre de Bouhours, sur « la Manière de bien penser dans les ouvrages de l'Esprit », manifestant la subordination du langage au bien penser.

Toutes les qualités proclamées du français, et notamment la pureté dont il est ici question, mais aussi la clarté, l'élégance, l'aisance, la mesure…, sont ainsi à envisager selon les pensées et les rhétoriques où elles s'inscrivent. Y a-t-il vraiment coïncidence entre la pureté-santé du « bon usage » de Vaugelas et la pureté-chasteté que la langue française doit atteindre, selon Bouhours ? Je ne le pense pas, car la première est surtout pragmatique, supposant une hiérarchisation sociale, et l'autre plutôt morale, d'une morale inscrite dans une position religieuse explicite.

Il y a au XVII⁰ siècle, et il y aura ensuite, autant de « puretés » pour la langue que d'idéologies, avec quelques constantes : classer les usages pour en sélectionner un seul, le bon, à protéger des effets pernicieux du temps et des contacts extérieurs. Vaugelas entraîne ses contemporains dans un débat sur l'emploi de l'adjectif *étrange* pour *étranger*, usage qu'il estime déplorable. Au-delà des habituelles querelles de détail dont lui et l'Académie rempliront des liasses de papier durant tout le « siècle » de Louis XIV, cet intérêt pour l'étrangeté de l'étranger correspond au désir, pour les mots comme pour les courtisans et les auteurs « les plus sains », de rester entre soi. L'impureté, pour Vaugelas, vient aussi du dedans, mais c'est d'abord contre celle qui pénètre du dehors qu'il sied de réagir.

Dans ces conditions, il faut, pour garantir les suprêmes qualités de la langue française, que Bouhours dévoile de grossiers défauts dans d'autres langues. Il les trouve dans l'espagnol, pompeux, outré, théâtral, et dans l'italien, empreint d'afféterie et de mignardise. Ce n'est pas pour juger ces langues – que nombre de ses lecteurs pouvaient lire, et parfois pratiquer – en elles-mêmes, mais pour les mettre au banc des accusés. Car il pense qu'elles ont compromis la pureté du français en train de se former, l'italien jadis, l'espagnol naguère, au temps du *Cid*, qui est celui où Dominique Bouhours fait converser ses deux personnages.

Plus tard, viendront d'autres « étranges », véritables germes pathogènes : au XIXe siècle et ensuite, pour mille raisons, ce sera la langue anglaise qui sera visée, cette langue rendue impure au XXe siècle par l'usage nord-américain – car l'anglais britannique n'est guère accusé, ni à l'époque des Lumières, où il permet de faire parler la démocratie naissante et la science, ni pendant le romantisme, où il aide à dire un monde (l'Europe occidentale, en fait) en pleine mutation industrielle et mentale.

Le souci de pureté langagière n'habite ni Voltaire ni Hugo, ce qui surprend s'agissant du premier, qui se bat sur un autre terrain puriste, corsetant les textes de Corneille de remarques que le temps a rendues mesquines, mais qui pratique une prose libre, tant dans les contes que dans son inépuisable correspondance.

Pur objet d'amour ?

L'amour de la langue, cependant, a donné lieu à des flots de salive et d'encre, dans l'affectivité et la rationalisation, l'émotion et la rétention, le calme et la nervosité. Dans la confusion, surtout.

Car qu'aime-t-on, lorsqu'on aime sa langue, notre langue française, dans sa pureté ? Sans aucun doute une culture et une identité, ce qui n'est pas beaucoup plus clair. Parfois une logique, parfois une musique : Descartes quand il n'écrit pas en latin ; Racine et La Fontaine, pour s'en tenir aux « classiques » aujourd'hui adulés, mais délaissés. On aime sa paresse, quand la langue est maternelle, car le sevrage langagier, le passage à une langue autre, étrange, « forestière » écrivait Queneau, c'est-à-dire « sauvage » (*selvatica*), est un dur effort. On aime aussi son courage et ses efforts, car user d'une langue de manière exacte, lucide, nouvelle, à l'image de très grands prédécesseurs, est un exercice redoutable et périlleux. On aime les difficultés vaincues, phonétiques et graphiques, on aime les régularités apaisantes et les irrégularités stimulantes, sachant que l'« irrégularité fondamentale » est dans les mots – comme l'affirmait au XXᵉ siècle un grand linguiste, Leonard Bloomfield[1].

On aime parfois à travers sa langue, et sans l'avouer, l'étranger conquérant, dans les restes d'une colonisation, qu'elle soit oubliée (l'anglais, l'espagnol, le portugais, le français aux Amériques) ou douloureusement proche (le français, l'anglais en Afrique). On peut aimer dans le français – dans une langue – celui qu'on a vaincu, assimilé, et qui parlait un autre idiome, ou bien la langue parlée ailleurs, près ou loin ; dans ce cas, on aime son propre choix, parmi les langues offertes à l'apprentissage.

Les situations et les motivations se mêlent : ainsi, l'écrivain francophone du « Moyen-Orient », celui du Maghreb, du Viêt Nam, aime une langue

1. L. Bloomfield, né à Chicago en 1887, fit une longue carrière universitaire et, après avoir exploré plusieurs aspects du langage en général, décrivit plusieurs langues amérindiennes. Son ouvrage *Introduction à l'étude du langage*, paru en 1914, est influencé par le psychologue et philosophe allemand Wilhelm Wundt, l'un des fondateurs de la psychologie expérimentale. Dans son livre le plus influent, *Le Langage* (1933), d'où est tirée la phrase que je cite sur le lexique, Bloomfield cherche à faire de la linguistique une science positive, fondée sur le comportement, en induisant des lois. Sa conception domina la linguistique, surtout aux États-Unis, et inspira ensuite le structuralisme, avant les théories du dynamisme « génératif », qui triomphèrent momentanément avec Chomsky et ses disciples. Bloomfield demeure une référence majeure de la linguistique générale.

à la fois subie et choisie, dans un subtil dosage où le choix amoureux et la pesante nécessité sont bien difficiles à départager.

S'agissant de la langue maternelle ou de la langue librement choisie, l'amour de la langue se veut total, indivisible, passionné, rimant avec « toujours », alors que son objet est incertain, multiple, divisé, contradictoire : il doit donc, à tout prix, être purifié, unifié. Le français, la langue, singulier trompeur, alors que le langage de chacun, son français à lui ou à elle, est infiniment varié. La passion la plus vive, quand elle voit dans la langue qui est sienne sa mère, son pays, son espace, sa maison, son atmosphère, cette passion aveugle et lucide à la fois, elle le sait bien, que « le français » lui échappe lorsqu'elle oppose le français qu'on aime, le bel et le bon, à tous ses usages boiteux, cacophoniques, supposés agresser et compromettre le portrait unique et flatté de cette langue, incarnation d'une valeur, d'une vertu et d'un génie.

Voici l'ambiguïté la plus forte, la plus trompeuse, dans cette affaire. Ce qui nous attache le plus amoureusement à la langue commune – d'une communauté millénaire et presque planétaire –, ce sont les milliers de liens qui ficellent notre pensée individuelle et collective, pensée culturelle, nationale, régionale, communautaire, clanique ou familiale, à certaines façons de nommer le monde et de produire des énoncés dans la matérialité des phrases. Ces mécanismes mentaux et les instruments qu'ils mettent en œuvre fabriquent de l'expression et de la communication, de la vérité et de l'erreur, du réel et de l'imaginaire, de la sincérité et du mensonge – qui d'ailleurs peut être plus vrai que le réel. Le tout « dans » une langue, dans cette langue-ci. Peut-on aimer – ou haïr – un récipient ? Sans aucun doute, surtout lorsqu'on le confond avec son contenu, qui est de la vie.

Car toute langue est pour la pensée, pour l'esprit et le cœur autre chose et plus qu'un réceptacle. Plutôt un tour de potier, car elle les modèle. Ainsi, le mot forme l'idée ; le français nous parle et nous écrit, fait de chacun de nous une machine signifiante : c'est du moins le credo de la psychanalyse.

L'amour de la langue ne vise pas cette abstraction que le grammairien et le dictionnaire peinent à décrire ; il s'adresse à un être mythique, à des foisons de réalités actives, à des usages, des discours, des babils, des fables, des romans, des poèmes, des lois, des récits et des prescriptions, des hurlements et des soupirs, à condition qu'ils soient « articulés ».

Que ces actes et ces effets de langage s'incarnent dans ma langue me les rend proches, les fait miens. Il n'y a pas d'amour de la langue[1], mais de ma langue ; mieux encore, de mes langues, certaines pouvant être mal sues, ignorées ou rêvées. Cette

1. *L'Amour de la langue* (Seuil, 1978) est le titre d'un ouvrage de Jean-Claude Milner, où je ne sus trouver qu'un amour déçu pour la linguistique et un culte pour cette *lalangue*, en un seul mot – par opposition à « la langue » de la linguistique –, inventée par Jacques Lacan et dont la nécessité m'échappe.

passion n'est pas forcément amour de soi, car on peut se perdre, s'abolir en toute langue, mais amour de son « propre », amour-propre. C'est la langue qui fait que je est un autre – Rimbaud fut le premier à l'affirmer –, et que cet autre est moi.

Spéculaire, la langue est ce miroir où bouge, se forme et se déforme notre image d'être humain. L'énergie du langage individualise en chacun des francophones l'essence collective du français.

Mille fois tentée, avec science ou passion, l'histoire des langues et, dans cet exemple cher, celle du français, laisse échapper cette incertitude passionnée, ces « intermittences du cœur », ou encore cette indifférence malaisée, malheureuse, qui relie chacun à son idiome, à ses habitudes et à ses surprises de langage.

« Je ne suis pas seul », écrivait un poète espagnol traducteur de Valéry, Jorge Guillén, « il y a les mots ! » Voici dévoilées, déterrées, les racines de nos amours : ma langue, ce français, cet espagnol, cet idiome – il en est des milliers sur la Terre, et la plupart souffrent et meurent –, est mon compagnon et ma compagne, l'autre moi-même. C'est mon image et celle de mon prochain, ensemble, et plus que mon image, car je n'en perçois qu'une infime part.

Le langage, qui est le propre de l'Homme, n'existe pas. N'existent, alors, que les langues – et les Hommes. La langue, image, silhouette, reflet ou ombre ? Ne subsistent dans le réel que les usages de cette langue, paroles et écrits, phrases dites ou tracées, le tout fait de mots, petites machines mentales perverses. C'est alors qu'on descend les degrés de l'abstraction que peut naître l'amour, qui se nourrit d'êtres vivants et par qui les mots revivent.

Il en va de même pour l'amour du pays, celui de la patrie, pour celui de l'humanité ou d'un Dieu, sentiments qui, pour échapper au verbiage, doivent descendre de leur piédestal, et s'incarner.

Cette incarnation est en chacun de nous, « francophones » de langue maternelle ou acquise, et elle règne entre nous, à la fois liberté et lien. Pour la considérer, il a bien fallu faire du français un « objet », en détruisant en lui ce qui est propriété de nous-mêmes, mauvais sujets. Retournant la proposition célèbre de Jacques Lacan, nous pouvons dire, le français peut dire que le langage est structuré comme un inconscient : je parle, donc j'ignore qui je suis, mais je suis, j'ai été et je serai, si ma langue ne meurt, tel le grain biblique. Reste que j'adore ou que je hais ce qui me fait parler ou écrire ainsi, avec ces sons, ces rythmes, ces mots, ces phrases que je reconnais, même sans les connaître, parmi tous les bruits et les tracés du monde, y compris ceux des autres langues.

Le français n'est certes pas le même selon qu'il est ou non inscrit dans notre mémoire, mais il recèle une part de nous-mêmes dans ses mille reflets, et non la moindre.

« Demeure chaste et pure »

Les avatars et les mésaventures de cet amour pour la langue tournent autour de la pureté et du sacré. Ces deux valeurs conduisent d'une vision religieuse à une analyse du réel, puis à des mythes destructeurs.

Issue de l'expérience, où elle s'éprouve à partir de l'idée évolutive et culturelle de « propreté », où elle s'oppose au mélange, la pureté caractérise le monde concret comme celui de la morale et des sentiments. Elle s'associe volontiers à l'ordre, à l'abstraction – on la refuse à la plupart des matières qui ne sont pures qu'en chimie, de même que les gaz ne sont parfaits que dans les théories. On l'associe au divin, au sacré, à l'intouchable et intouché. Ses domaines d'application sont nombreux, et elle crée entre eux des rapports. Dans l'expérience, elle ne s'appréhende que relativement : le pur se dégrade naturellement en impur ; l'impur se purifie par un effort volontaire. Le temps, la nature, la vie produisent de l'impur ; seul l'Homme conduit par le sacré tend vers la pureté, attribut divin. Les mots, ont noté les philosophes, trahissent le voisinage du pur et de l'impur : en grec, *agnos*, « pur » ; *hagios*, « saint » ; tout près de *agos*, « tache, souillure » (Jankélévitch, *Le Pur et l'Impur*).

La pureté réside en l'Être, en l'Un ; l'impureté en l'Existence, dans le Multiple, le Vivant. La quête de la pureté est méditation, inaction, fin des mutations et des métamorphoses, échec du Temps : nirvana. Enfin, Emmanuel Kant vint : la raison pure (*reinen Vernunft*) embrasse « toutes les représentations auxquelles rien de ce qui appartient à l'expérience ne se trouve mêlé ». Mais cette pureté de l'intuition, sise *a priori* dans l'esprit, a pu être interprétée comme une épuration : un « purisme », selon un philosophe allemand opposé à Kant et dont la pensée mystique influença Goethe, Johann Georg Hamann, qui croyait à l'origine à la fois divine et humaine du langage. Hamann écrivit contre Kant une « métacritique du purisme de la raison pure » (*Metakritik über der Purismus des reinen Vernunft*, 1794). La philosophie allemande livre ici une clé : la pureté est une vision créée par la volonté puriste, s'agissant de la raison.

Ainsi peut-être du langage. Tout est impur, mêlé, changeant, dans la pratique verbale, et quelle que soit la langue : paroles, usages... La production écrite ne vaut pas mieux. Les savoirs sur le langage, sur la langue, même lorsqu'ils s'arrogent le statut de science, sont des rituels de purification, tout comme la philosophie elle-même, jusque dans son retour antiplatonicien au « phénomène ». La logique, les mathématiques et leurs objets sont, par nature, proches de la pureté ; les sciences de la vie en sont très loin, celles « de l'homme » plus encore, proscrivant tout purisme.

En effet, la vie et, au terme provisoire de son évolution, l'être humain sont par nature mêlés, complexes, impurs. Il en va de même pour les « propres » de l'homme : le langage-raison (*logos*), la conscience et l'inconscient, l'aptitude à exprimer et à communiquer autrement que les autres vivants, et même le rire (Rabelais), que les animaux ignorent.

La guerre de la pureté anime les origines de la pensée occidentale. Pour Parménide, on ne peut penser l'Être que comme pur : identique, séparé, permanent, parfait, au cœur de l'impureté des existants. Mais Héraclite récuse cet Être pur : le réel n'est pas, ne peut être Un. En affirmant qu'on ne se baigne pas deux fois dans le même fleuve, il affirmait l'impermanence, autant que déjà, de son côté, le bouddhisme.

On peut ajouter que les noms, dans la langue, incarnent une recherche de stabilité dans le flux, d'arrêt sur parole, comme on parle d'arrêt sur image : les mots *fleuve*, *rivière*, ou même *eau* laissent entendre qu'on se baigne dans le même fleuve, dans la même eau, quitte à s'y noyer, à rester sec ou à barboter dans la pollution.

Finalement, le pur, s'il n'est pas l'Être, penche vers le néant, comme l'écrit Valéry :

> [Et] *l'univers n'est qu'un défaut*
> *Dans la pureté du Non-être*[1]

Cette pureté métaphysique reste le fait des mystiques et des théologiens : *thôrâh*, c'est-à-dire

---

1. « Ébauche du serpent », dans le recueil *Charmes*.

« pureté ». Dans le judaïsme comme dans le christianisme, cette qualité est le remède à l'impureté « qui sort de l'homme et qui le souille » (Évangile de Marc, 7, 15).

Qu'advient-il, alors, de l'usage de cette notion dans la vie laïque ? La pureté ascétique du saint, de l'ermite, chasteté et privation, cette pureté malmenée par Nietzsche dans *La Généalogie de la morale*, peut trahir cette démarche. Elle n'est plus effort pour affronter l'impureté native, elle devient contorsion et prétention dans le purisme, masochisme d'ascète, violence et haine dans l'épuration.

La notion de pureté s'est répandue, non pas tant dans l'utopie, qui était sa place, que dans les jugements sociaux, et surtout sur deux terrains : le langage et la « race ». Éviter alors l'amalgame : une immense différence existe entre les puristes en langage et les épurateurs ethniques. C'est tout d'abord que les langues existent, et non les races humaines. La lutte pour la pureté d'une langue s'en prend à des effets sociaux réels, au monde des imperfections, des erreurs et des laideurs dans l'expression verbale ou graphique. Tout au contraire, chez les racistes, une « race » est posée comme pure, toutes les autres étant « dégénérées ».

Le purisme du XVIIe siècle avait cette fraîcheur sincère : ainsi, les Précieuses – pas seulement chez Molière – avaient en sainte horreur toute allusion à la « chair » ; ainsi les auteurs de lettres « châtiées » pouvaient écrire, à l'instar du bel esprit Costar à propos d'une poésie italienne de Ménage : « Il n'est rien de plus pur et de plus chaste que votre élocution » (l'*elocutio* rhétorique) (*Lettres*, I, 254). Certes, *chaste* est ici un latinisme, et nous dirions « châtié ».

La « chasteté » de la langue, ou plutôt de ses usages, renvoie aux profondes ambiguïtés du latin *castus*, terme d'origine religieuse qui exprime avant toute chose la conformité aux rites. Un autre *castus*, participe du verbe *carere*, qui exprime le manque, s'y est mêlé, avec l'idée d'exemption de tout « défaut », faute ou impureté. Le respect rituel et la privation du mal se sont amalgamés pour forger une idée d'intervention corrective, applicable aux mœurs en général (*castigat ridendo mores*, « il corrige les mœurs en riant ») et au langage en particulier. *Castigare* est sans rapport originel avec *castrare*, « couper, émonder », mais on passe facilement, dans les métaphores, du retranchement et de la « castration » à la suppression des impuretés et des fautes. Le langage chaste, ou châtié, est ainsi soumis aux instruments tranchants de la norme puriste. S'il n'est pur naturellement, il risque fort d'être châtré, par une mutilation sans cesse répétée.

Quant à la dimension sanitaire, ou si l'on préfère hygiénique, de la pureté, elle n'était pas neuve chez Vaugelas. Tôt dans le XVIe siècle, époque féconde en talents, un humaniste, traducteur, philologue comme l'était Geoffroy Tory ne dédaignait pas les « arts mécaniques », sous la forme de l'imprimerie. Grand typographe, il voulait créer une « architecture des lettres ». Il voyait la langue française comme une voyageuse en chemin, allant vers de « grands champs poétiques et rhétoriques pleins de belles, bonnes et odoriférantes fleurs de parler ». Il écrivit et publia en 1529, à Paris, un charmant livre intitulé *Le Champ fleury*, dont la préface pleine de gaieté et de sagesse invoque les « dévots amateurs de bonnes lettres » pour faire en sorte que la langue française ne soit pervertie :

> On connaît les hommes en faits et en dits. Faisons donc tant que nos dits et paroles soient saines [Vaugelas ne supportera pas cet accord] et recevables en toute raison et en tout honneur.

On décèle ici les enjeux de cette *lingua sana* : la raison, qui se dit aussi en français *bon sens*, par une équivoque stimulante, et l'honneur.

Ce bien, l'honneur, associé chez l'homme à la vaillance et au scrupule d'honnêteté, l'est chez la femme, pendant des siècles, à la chasteté ou à l'amour-sacrement, conjugal, béni et reproducteur.

Tory croyait en une pureté toujours perdue et à reconquérir : « De cinquante ans en cinquante ans, la langue française, pour la plus grande part, sera changée et pervertie. » Mais les témoins d'un passé obscur et impur ne sont pas les pires coupables, et l'auteur du *Champ fleury*, devant ce désastre horticole qu'est devenue la langue française, s'en prend à trois espèces de corrupteurs : les « écumeurs de latin », les « plaisanteurs » et les « jargonneurs ». C'est l'occasion de merveilleux pastiches, l'un assez comique pour être intégralement repris par Rabelais, quand il fait parler son « escolier Limosin[1] ». Cet « écumeur de latin » joignait d'ailleurs à la rage latinisante deux caractères sociaux : le petit maître en charabia est à la fois étudiant – satire de l'influence d'un enseignement scolastique en « pur » latin – et occitan. Son discours est d'une « pureté » grammaticale évidente, mais truffé de latinismes inusités – encore que certains, pour faire la nique à nos satiristes, sont devenus courants, comme *crépuscule* ou *déambuler* : « [...] transfretons la Séquane au dilucule et crépuscule, puis déambulons par les quadrivies et platées de Lutèce, et [...] captivons la bénivolence de l'omnigène et omniforme sexe féminin ». Viennent ensuite les « plaisanteurs », qui mêlent archaïsmes et nouveautés, usant d'expressions qui préfigurent celles dont Molière rira en les mettant dans la bouche de ses précieux. Enfin, les « jargonneurs » – nous dirions « argotiers » – sous le patronage de maître François Villon, dont les ballades cryptiques avaient révulsé les doctes, avant de susciter leur intérêt quatre siècles plus tard. L'objectif de Tory, à travers ces vocabulaires insolites, est de stigmatiser les « innovateurs et forgeurs de mots nouveaux », assimilés à des rufians ivres, et dont les paroles rapportées – d'où viennent-elles ? Notre Geoffroy fréquentait-il des mauvais lieux hantés par des

---

1. *Pantagruel*, chap. VI : « Comment Pantagruel rencontra un Limosin qui contrefaisoit le langaige françoys ».

truands bavards ? On l'ignore – nous font à la fois penser à Rabelais et à Henri Michaux, ce qui manifeste le talent de notre pamphlétaire : « Ils disent après boire qu'ils ont le cerveau tout encornimatibulé et enburelicoqué d'un tas de mirilifiques et triquedondaines, d'un tas de gringuenaudes et guilleroches, qui les fatrouillent incessamment. »

Ne pouvant raisonnablement songer à nettoyer ces excès, que l'auteur s'excuse de citer – mais « l'indignation m'a contraint de montrer la sotteté », confie-t-il –, le besoin se fait sentir de régler « la langue » elle-même, car « si notre langue était dûment réglée et polie, telles immondices en pourraient être déjetées ».

Ce thème de la pureté s'accorde avec celui de l'excès à retrancher – castration, là encore –, en mêlant l'image abstraite de la langue et les discours impurs que l'on présente à l'indignation du lecteur, quitte à chercher des exemples extrêmes ou à les forger. Plus près de nous, Étiemble, dans son *Parlez-vous franglais ?*, ne fera pas autre chose.

Ni pure ni soumise

Ce sous-titre allusif, qui m'enchante, m'a été soufflé par mon éditeur, Renaud de Rochebrune. Il dit que la soumission à un idéal de pureté, qui a pu présenter sous un jour si vertueux le modeste travail descriptif d'un Vaugelas, ne permet aucune activité nourricière pour quelque langue que ce soit. Ni le régulateur effectif des usages, le grand grammairien, ni le créateur en langage, l'écrivain, le poète, s'il ne s'emprisonne lui-même dans un académisme, ne sont « soumis » à quelque proxénète platonicien, nommé « vertu », « génie », « pureté ».

Car le thème exigeant, utopique, de la pureté a des limites, en matière de langage. Ainsi, à parcourir les préfaces des dictionnaires français – même celles des éditions de l'Académie –, on est frappé de leur discrétion à cet égard. Les questions agitées sont plutôt celles de la « richesse » ou de la « pauvreté » de la langue, de sa beauté littéraire, comme si, à se colleter avec la réalité – celle des vocabulaires, en l'occurrence –, le souci sanitaire, de virginité, n'était plus de mise.

Le pragmatisme s'imposant en matière de didactique, les objectifs d'apprentissage prennent la place des célébrations intéressées au bénéfice d'une classe dominante ; il s'agit plutôt d'exploiter un matériel disponible que de l'élaguer au sécateur.

Ainsi, chez les pédagogues jésuites qui se servaient du français pour enseigner le latin des grands classiques, ce dernier, étant « mort », devait être présenté dans sa pureté ; l'outil de description, le français, étant « vivant », ne subissait pas les mêmes exigences. C'est ce que dit le père Pomey dans son *Dictionnaire royal* (1650) :

> [...] mon dessin n'ayant pas esté de faire un dictionaire pour enseigner la Langue Françoise, mais seulement pour enseigner à rendre en Latin le Fran-

çois, je n'ay pas dû me soucier, que ce François fust pur, et du bel usage [...]. Il en va tout autrement de la Langue Latine, qui est une langue morte[1].

Dans de nombreuses cultures, on pratique avec plus de rigueur la toilette des morts que celle des vivants. Tant il est vrai que l'idée de pureté est fille du rite et du sacré. Cette idée, lorsqu'il s'agit de religion, peut être dangereuse – de la rigueur calviniste aux intégrismes. Elle devient détestable quand on l'applique aux règles de vie, au langage et, plus encore, comme l'Histoire l'a montré, au mythe racial.

L'épuration du langage est certes moins dramatique que celle des populations, on l'a dit, mais elle contribue à cacher derrière un masque de blancheur un règlement de comptes : celui du pouvoir et de la classe dominante par rapport à l'ensemble d'un peuple.

Le garant du français, quand cette langue s'affirme avec force, surtout pendant ce qu'on nomme la Renaissance, fut d'abord le roi. Au XVIe siècle, il arrive qu'on identifie, par un jeu de mots emblématique, le nom de la langue à celui du roi François, premier du nom.

Ainsi, un poème anonyme, apparu vers 1542 et qui ne fut imprimé qu'en 1965[2], fait l'éloge du beau français, qu'il appelle aussi le « langage

1. Pomey, « Avis au lecteur », *Dictionnaire royal*, 1650, p. V-VI.
2. Voir *Premiers combats pour la langue française*, introduction, choix et notes par Claude Longeon, Paris, Le Livre de poche, 1989 (texte 32). Les textes sont cités en orthographe modernisée.

francique », en ces termes très politiques : dès que le renom du français sera « de tous entendu », alors :

> [...] le noble roi François
> Tel bruit, tel los [louange] et tel honneur aura
> Que des humains le monarque sera,
> En tout pays que le ciel environne
> Honorera la françoise couronne.

Puis, l'auteur invoque Dieu en ces termes :

> Souffrez, souffrez que bientôt cela vienne,
> Que ce grand bien à votre peuple advienne,
> Du roi François, duquel êtes servi
> Si franchement, tout roi soit asservi.

Les choses sont claires : pour que le « françois [soit] étendu jusques aux fins du monde », il faut que le roi François domine les autres rois. Mais alors, un siècle avant Vaugelas, ce n'est pas la pureté de la langue qui est invoquée.

Avec l'idée politique d'une langue « courtoise », le symbole s'élargit à l'entourage royal, milieu qui devient le modèle culturel (langue, au sens d'usage et de rhétorique, mais aussi manières, vêtures, attitudes).

Vaugelas et Bouhours sont encore assez dissimulés pour déguiser en qualités esthétiques et morales, notamment en « pureté », en « chasteté », les manières de dire de la classe au pouvoir. Mais leurs épigones mondains, si l'on ose dire, « mangent le morceau ». En 1694, paraît un opuscule anonyme intitulé *Du bon et du mauvais usage dans les manières de s'exprimer. Des façons de parler bourgeoises.* Dans ce texte, par une élégante « conversation », un Commandeur bien-disant expose à deux nobles pimbêches les lois du bien-dire, les « désabus[ant] de tous ces Mots nouveaux qui ne veulent rien dire ». Suit un portrait social de l'« impertinent jargon », né à la Cour dont il est devenu le rebut et qui est passé aux « gens de la Ville », des Provinces, à l'armée… Puis survient un jeune « bourgeois », fils d'un « de ces gens riches dont l'amitié est quelquefois utile aux gens de qualité pour leur prêter de l'argent ». Cynisme et mépris, sans l'ironie de dom Juan traitant avec un honneur dérisoire monsieur Dimanche. Ici, c'est un « monsieur Thibault » qui emploie des expressions du plus mauvais genre : *à ce propos, se gausser, demander excuse, un mien beau-frère, aller à l'encontre,* etc., longuement commentées, parfois timidement défendues par un abbé modérateur, mais toujours jetées aux oubliettes du mauvais goût bourgeois. Les trois États ont établi leurs usages : aristocratique, bourgeois-ridicule, ecclésiastique entre les deux (on peut parier que cet abbé est de modeste origine).

Le sage Commandeur reconnaît que de telles expressions ne sont pas de « grandes fautes ». Ainsi, un homme qui parle de *soupe* et non de *potage* « parle François, mais […] ne s'exprime pas noblement » : les mots *soupe* et *dessert* sont français, mais « populaires », « familiers » et « triviaux ».

Cette mise en scène plaisante des remarques de Vaugelas et de ses pairs a l'avantage de dévoiler les ressorts sociaux de ce qui n'est plus, de ce qui ne peut plus être la « pureté » du français, mais celle de son meilleur usage, faite de correction grammaticale et de bon goût, voire, en toute simplicité, de « noblesse ». On y stigmatise non seulement les habitudes verbales des « gens de la Ville », mais certaines de la Cour ; on y montre que les mauvais vocables peuvent venir tout autant de ce lieu de pouvoir, où ils trahissent l'afféterie, le mauvais goût, que de Paris, centre des activités bourgeoises. Les emprunts à l'italien, à l'espagnol, les nouveautés (*impolitesse, fréquence*) y sont discutés, acceptés ou rejetés. D'autres mots, dont il faut se méfier, passent d'une classe sociale à l'autre. Ainsi, « une nouvelle façon de parler, qui de la Ville a passé jusqu'à des gens de la Cour, à savoir *cela jettera un beau coton*, trahit sa bassesse, car elle tire son origine des tailleurs et des marchands de draps ». La seule répétition suffit à condamner un usage : *une fois* à la fin des phrases (on croirait lire une critique moderne des belgicismes, mais c'est à Paris, en 1690), ou bien *il est vrai que* au début. Formule « ennuyeuse et fatigante », comme est jugée en 2007 l'expression presque identique et lancinante *c'est vrai que*…

La peinture sociale du bon et du mauvais usage, sous Louis XIV, est assez simple : le meilleur est celui de la Cour dans sa partie saine – celle qui n'est pas contaminée par l'étranger, par la bourgeoisie, par la Province, ni par les jargons savants.

La Ville, essentiellement bourgeoise, représente la médiocrité, le « bas peuple » étant rarement évoqué. La Province, quand il en est question, est bourgeoise ou aristocratique, mais qu'attendre du hobereau bas-breton ?

Ce qui frappe aujourd'hui dans cette attitude, c'est la confusion voulue du niveau de langue et du niveau social, donnée pour naturelle, et la moralisation du tout. Ainsi, le « mauvais orgueil qui est presque inséparable du cœur humain [...] règne souvent dans le cœur d'un riche Bourgeois plus que dans celui d'un homme de qualité ».

La « qualité », tout est là, réside dans les couches supérieures de cette société : elle marque à la fois la naissance, le statut social, le pouvoir, ses lieux d'exercice hiérarchisés, le langage, les mœurs, les sentiments et l'éthique. Le bon usage, signe objectif d'une appartenance sociale – de même que le vêtement, la perruque masculine, la démarche, les ronds de jambe et les révérences, les règles de la conversation et de l'étiquette –, est aussi la marque de l'« honnêteté » et du bon goût. En matière de langue, ne jamais écouter les savants, les grammairiens, les « pédants » (pédagogues), avec leurs mots pesants et obscurs.

Dans ce texte du temps de Louis XIV, ce n'est plus la pureté qu'on recherche, mais la correction, le goût, la convenance, et certes pas la différence. La hiérarchie sociale n'en est pas la garantie absolue : le bas peuple, la province, la bourgeoisie parisienne ne sauraient avoir accès au bon usage, mais certains courtisans et leurs « singes » y manquent rudement. Une contre-valeur se dégage, qui va envahir les jugements de la classe dominante du XVIIIᵉ siècle : le ridicule, le rire de pitié, de mépris à l'égard de tout usage du français qui n'est pas le bon.

La pureté du purisme

Compromise par d'autres mythes, la quête ou la requête de pureté reste sensible, dans les procédures de « nettoyage » verbal, à toute époque.

Elle s'exprime au XVIIIᵉ siècle, dominée par l'invention du « génie de la langue » et par la fable politique de l'universalité ; elle résiste au XIXᵉ siècle, ranimée par la lutte rétrograde contre l'esprit du romantisme, ou bien, tout autrement, par l'aspiration à un niveau supérieur de perfection expressive, haut lieu où peuvent se retrouver le philologue et le suprême poète, ainsi que l'esthète du langage.

L'emploi des mots « pur » et « pureté » a une tout autre valeur quand ils s'appliquent à l'Art, ou à l'invention fantasmatique d'une langue préservée. L'identification du bon usage à la hiérarchie sociale, voire politique, demeure cependant une tentation.

Après la reconnaissance de la multiplicité des usages, menée à bien par le discours littéraire de Balzac, Hugo, Flaubert et d'autres, après la révélation d'une science du langage au tournant du XIXᵉ siècle, l'idée de « pureté » appliquée au français devait changer de point d'application. Chez un Remy de Gourmont, délicat prosateur et esthète professionnel, la « pureté » n'est plus théologique, mais elle penche vers une exaltation de la beauté par les bonnes mœurs.

> La beauté d'un mot est tout entière dans sa pureté, dans son originalité, dans sa race. Je veux le dire encore en achevant le tableau des mauvaises mœurs de la langue française et des dangers où la jettent le servilisme, la « crédulité et la défiance de soi-même »[1].

Égaré dans les métaphores, l'esthète, après avoir évoqué les mauvaises mœurs qui mettent en danger une vertu qu'on ne peut alors imaginer que féminine, requiert la proscription de « tout mot grec, tout mot anglais » pour que « *le* français » – car *la* langue est aussi un masculin quand on l'appelle « idiome » – « retrouve sa virilité ».

Las ! « Un patois européen sera peut-être la conséquence d'un état d'esprit européen [...], un jargon international se façonnera, mélange obscur et rude de tous les vocabulaires, de toutes les prononciations, de toutes les syntaxes. » Le « babélien » qu'invoquera René Étiemble un siècle plus tard est déjà là.

Ainsi, Gourmont donne au purisme les accents pathétiques d'un chant funèbre, mais n'y renonce pas. Il accepte que les langues ne se « déforment »

1. R. de Gourmont, *Esthétique de la langue française*, 1899.

pas, mais se « transforment », car il est d'un temps où les esthètes acceptent l'histoire. Cependant, blessé dans sa sensibilité et son goût, qui sont réels, il préfère verser dans le catastrophisme qui va, dès lors, accompagner tous les purismes blessés – et qui ne peuvent que l'être. On aura noté que Gourmont ne craignait pas l'invasion de l'anglais ou de toute autre langue européenne, mais la contagion, le mélange. En outre, la dénonciation des ravages langagiers d'un « état d'esprit européen » manifeste la parenté du purisme et du nationalisme.

Il est facile de dénoncer, dans la longue tradition puriste en matière de langue française issue en partie d'une comparaison dangereuse entre latin, grec, voire hébreu – langues « pures » dans la mesure où la mort et le discours sacré les avaient transfigurées – et cette activité instable, irrépressible, multiforme, désordonnée qu'est la pratique effective de toute langue appelée « vivante ».

Car le désir de pureté peut également engendrer l'exigence, le contrôle de soi et se conjuguer avec l'amour, ou bien tendre vers la haine de l'autre, la critique obtuse des différences, des nouveautés, mais aussi bien des habitudes du passé, suscitant par ailleurs la xénophobie. La reconnaissance de la variété, de la multiplicité du langage, fut d'ailleurs l'attitude dominante des défenseurs du français à partir de la Renaissance. Mais certaines époques, persuadées des pouvoirs et de la « richesse » de la langue maternelle, se sont acharnées à juguler, limiter, ordonner le flux irrépressible du discours libre : ce fut le lot du XVIIᵉ siècle antibaroque – car le XVIIᵉ siècle baroque continuait la liberté créatrice du XVIᵉ –, mobilisé par Malherbe et ses épigones, et celui de tous les académismes jusqu'à nos jours.

2

My language is rich

Difficile à concilier avec la pureté, ce bien foisonnant, la richesse. Pourtant, à certaines époques, on a requis du langage de France des vertus contradictoires ou du moins divergentes. À côté de la pureté, ce furent la beauté, l'élégance, la clarté, la noblesse, le courage, la courtoisie, le goût… Ces qualités sont toutes empruntées au vocabulaire psychologique et social. Pour être aimée, la langue doit ressembler à un être humain, et dans un discours généralement réglé par des mâles, à une femme. Aimable, forcément.

Dès le Moyen Âge, et plus encore avec la Renaissance, les textes abondent en épithètes destinées à célébrer ou à motiver les propriétés du français aimé. Un seul poème, vers 1542[1], montre cet idiome « brave », « friand », « plaisant » et « grave », « fertile », « copieux » et « abondant » – tout autant que le grec et le latin –, en trois mots, « parfait », plein de « noblesse » et de « fortitude ». Cet enthousiasme est propre à l'époque ; il n'est pas toujours partagé, mais il gagne dans les esprits, prospérant au détriment des langues concurrentes, surtout le latin,

---

1. Il s'agit d'un texte versifié anonyme, écrit vers 1542, qui, selon Claude Longeon, circulait à Paris à cette époque et qui resta manuscrit jusqu'en 1965 (Cl. Longeon, *op. cit.*, p. 108-116).

puis le grec, qui étaient l'objet d'adorations exclusives, et aussi l'italien et l'espagnol.

Dans ce bouquet de dons, répandus par quelque fée, l'idée d'abondance, amenée par l'image antique de la corne, *cornucopia*, celle qui déverse ses biens sur les humains, est très présente, mais parfois controversée. Cela jusqu'au paradoxe.

La métaphore de la richesse, de même que celle du trésor – Thesaurus –, est d'ailleurs inapplicable au tout de la langue, à son système. Pourtant, une syntaxe, une morphologie, une phonologie sont plus ou moins riches ; mais cela n'intéressera, bien plus tard, que les linguistes, qui préféreront raisonner en termes de complexité et de fonction efficace plutôt que d'abondance. Selon eux, et par hypothèse, la valeur globale d'un système linguistique, que ses éléments soient plus ou moins riches, sera toujours égale quant à ses pouvoirs.

Les amoureux du français, lorsqu'ils évoquent richesse et pauvreté, abondance ou restriction, pléthore ou pureté, n'en ont pas à la langue, mais exclusivement à son lexique, à ces mots et expressions qui sont des machines à découper et à nommer les réalités qui nous entourent. La « richesse » du français est alors son aptitude à dire le monde, l'homme, et à se dire lui-même. À l'âge classique, et encore au XIXe siècle, on oppose l'abondance désordonnée à la vraie richesse.

Sur ce point, la remarquable préface qu'Abel-François Villemain donne à la sixième édition du dictionnaire de l'Académie, en 1835, est subtilement dialectique.

Critique littéraire reconnu, Villemain était avide d'honneurs et de pouvoir : académicien depuis 1821 (à trente-quatre ans !), pair de France en 1832, il était nommé en 1834 président du Conseil royal d'Instruction publique, élu secrétaire perpétuel de l'Académie, et il deviendra ministre de l'Instruction publique. Ses cours de littérature française suscitaient l'enthousiasme des élites ; Chateaubriand lui-même les suivit. Mais sa préface déconcerta, et parut à beaucoup plus brillante que solide. On peut penser que les réticences provenaient plus de la subtilité de la pensée que de l'imprécision scientifique parfois évoquée (« en philologie, ses idées ne paraissent pas extrêmement nettes », écrivait le critique littéraire puriste et conservateur Francis Wey en 1839).

Cependant, le texte de Villemain sacrifie aux mythes qu'on vient d'évoquer : pureté et corruption, altération par le mélange, risque de déclin et de décadence, recours à la « censure minutieuse et délicate » de Vaugelas. Nous sommes bien étonnés d'apprendre que cette censure préparait « la prose française dont Pascal allait créer le modèle ». Reste que Villemain propose un tableau équilibré des rapports entre langue et littérature, en des termes qui paraissent aujourd'hui très conventionnels, mais avec un goût sûr. Abordant la question difficile du rapport entre le désir d'ordre, de pureté et de clarté pour lequel doit agir l'Académie française, et le besoin de « richesse » que requiert notamment l'expression littéraire, il tente de distinguer une bonne et une mauvaise abondance de moyens pour un durable bon usage.

Ainsi, il estime que le « premier travail » de l'Académie (le dictionnaire de 1694) « constatait l'époque la plus heureuse de la langue. Le vocabulaire n'en était pas très étendu ; mais plus tard les langues s'appauvrissent par leur abondance. Car toute expression nouvelle qui n'est pas le nom propre [je lis : adéquat et spécifique] d'un objet nouveau est une surcharge plutôt qu'une richesse ». Il ajoutait qu'une « langue bien faite » peut traduire toutes les nuances « par la seule combinaison des termes qu'elle possède ». On reconnaît l'hostilité de l'époque à l'égard du néologisme, la méfiance devant l'« excroissance de termes synonymes et cette végétation stérile qui couronne les vieux idiomes ».

On trouve là un exemple d'amalgame entre le véritable objet du débat, qui est la stylistique littéraire (Racine contre les baroques et les auteurs de la Renaissance, Rabelais en tête), et, d'autre part, les choix quasi politiques du dictionnaire. Inscrire des règles de modération dans l'histoire des langues, et non dans celle de leur politique, relève bien du tour de passe-passe idéologique dont on trouvera ici maints exemples.

Cette opération permet d'approuver néologismes et emprunts lorsqu'ils contribuent à la clarté, à la précision des moyens d'expression, sans nuire à l'élégante pureté. Sinon, les langues, disent les sages, « s'enrichissent à mesure qu'elles se corrompent, si leur richesse consiste précisément dans la multitude des mots » (Bouhours, *Entretiens d'Ariste et d'Eugène*). Charles de Brosses, premier président du Parlement de Dijon, où il était né en 1709, était un homme à la fois spirituel et érudit, et un esprit libre. Nous le connaissons surtout pour des *Lettres familières écrites d'Italie à quelques amis*, publiées après sa mort, en 1799, dont la vivacité parfois satirique plaisait à Stendhal. Mais il s'est intéressé à de nombreux sujets, de l'archéologie au langage. Il notait dans son *Traité de la formation méchanique des Langues ?*[1]... que la richesse qu'apportent les néologismes est imaginaire, dès lors qu'on peut se servir de termes « reçus et usités » avec les mêmes effets. C'était, appliquée au français, la dialectique horatienne du superflu, du luxe et du nécessaire ; or, « dans une langue, le nécessaire est la clarté ».

Au moins, ces raisonnements classiques prolongés au XIXe siècle ne versaient pas dans la contradiction. Celle-ci n'effraie pas, en revanche, les prêtres du goût littéraire. Ainsi, Remy de Gourmont, dans la même page de son *Esthétique de la langue*, affirmait : « Il est très mauvais, même dans la plupart des sciences, d'avoir des mots qui disent trop de choses à la fois. » Il écrivait aussi : « L'abondance des termes distincts est une pauvreté [...] aussi parce que chacun de ces mots, réduit à une signification unique, est en lui-même bien pauvre et bien fragile. » Que reste-t-il à l'homme de goût, entre le

---

1. Le titre complet est *Traité de la formation méchanique des Langues et des Principes physiques de l'étymologie* : nature (*phusis*) et vérité (*etumos*, « vrai »).

Charybde des ambiguïtés (celles de tous les mots usuels et anciens) et le Scylla des termes monosémiques, grouillant de « sonorités étranges » ? Pour répondre à ce dilemme, et combattre le « gréco-français », Gourmont trouve un remède tout-puissant : la métaphore d'esprit symboliste.

Les terminologies ? « Un assemblage énorme et disparate de vases de terre presque entièrement vides. » Contre ces pléthores, « les langues viriles maniées par de solides intelligences tendent au contraire à restreindre le nombre de mots, en attribuant à chaque mot conservé, outre sa signification propre, une signification de position ». Cette dernière remarque est un retour à la raison, et aux racines d'une économie fonctionnelle pour la langue, par le passage du mythe, de l'allégorie du mot-récipient, à l'activité du mot en discours – après une invocation inquiétante aux « langues viriles ».

La lutte contre l'envahissement technoscientifique du vocabulaire hérité est un thème durable, que reprendra Étiemble. Thème exploité avec plus ou moins de bonheur par les écrivains et les critiques au nom du « bon goût », et qu'on retrouve avec amusement dans l'ouvrage le plus antiscientifique et aimablement délirant que je connaisse sur ce thème considéré comme sérieux, la « linguistique ». Dans ses *Notions élémentaires de linguistique*, publiées en 1834, le subtil écrivain qu'était Charles Nodier, entre autres dadas mythiques, enfourche celui de la conformité divine que le nom doit conserver par rapport à la chose nommée, qui conduit à préférer la tradition nationale et populaire à l'innovation scientifique universelle, dans sa lourdeur gréco-latine :

> Appeler une fleur des prés *marguerite* ou *pâque-rette*, comme les jolies petites filles qui en font leurs bouquets, il y a là une idée ravissante. La nommer *chrysanthemum leucanthemum*, c'est-à-dire à peu près *une fleur d'or aux fleurs d'argent*, c'est une lourde absurdité, mais une absurdité frappée au coin de tous les pays, et qui a cours partout où l'on se sert de la fausse monnaie des nomenclatures[1].

Plus loin :

> Il n'y a que le peuple qui sache nommer les êtres créés, parce que c'est à lui qu'il a été donné de faire les langues, parce qu'il a seul hérité du *brevet d'invention* d'Adam[2].

D'un côté, le peuple de Dieu, les petites filles chères à l'auteur de si jolis contes ; de l'autre, les « pédants latinistes » insensibles à l'harmonie du langage comme à la saine raison – et l'on évoque facilement les dérives par rapport au sens littéral des termes. « Le modèle des nomenclatures, écrit Nodier, c'est la nomenclature astronomique, le *chemin de lait* [même *voie lactée* doit lui paraître pédant], le *chariot*, le *dragon*,

1. Ch. Nodier, « Des mots nouveaux », *Notions élémentaires de linguistique*, Éditions Droz, p. 208.
2. *Ibid.*, p. 210-211.

l'*étoile du berger*. Aussi, ce sont les bergers qui l'ont faite. »

Entre Nodier et Gourmont, l'idéologie a changé, mais la résistance à l'invasion des mots savants persiste. Ce que l'écrivain érudit célèbre dans la métaphore « populaire » (le *chemin de lait*), Gourmont le trouve dans la formation des mots. Ce faisant, il rejoint l'enthousiasme du XVIᵉ siècle pour la dérivation et la composition sur des bases, là encore, « populaires ». Et derrière les arguments esthétiques – les mots scientifiques tirés du grec sont hideux, imprononçables – pointent, là encore, les jugements de valeur sociaux et professionnels. Le peuple, condamné au XVIIᵉ siècle à l'expression barbare des patois ou au mauvais usage, est devenu au XIXᵉ, chez les esprits délicats, le garant du bon goût, le défenseur suprême de la « bonne langue » contre le pédantisme des savants barbouillés de grec et la niaiserie des mondains fauteurs d'anglicisme.

Dans le débat de la richesse et de la pauvreté, réapparaissent sans cesse les fantômes rhétoriques du discours sain, naïf et sage de quelque paysan tourangeau, ou même des fameux et mythiques « crocheteurs » du plus grand ennemi de la spontanéité populaire, Malherbe. Ce dernier, imagine-t-on aujourd'hui, n'évoquait ces dockers illettrés que pour critiquer d'autres poètes, dont les vers n'étaient pas, comme les siens, croyait-il, compréhensibles par les plus incultes et, d'autre part, ne « duraient [pas] éternellement ». Que ce mégalomane ambitieux et autoritaire soit un grand poète ne doit pas nous égarer. S'il n'étouffa pas la poésie en France, du moins la contraignit-il assez pour que seuls quelques génies irréductibles, comme La Fontaine ou Racine, échappent à l'émasculation, après la magnifique floraison baroque de la première moitié du XVIIe siècle, celle des poètes Sarrazin et Tristan L'Hermite, prolongeant les sommets atteints au XVIe siècle.

Quand le manieur de français se sentait misérable

Constater les trésors de sa langue aimée est une position confortable et passive ; la célébrer par l'enrichissement est un programme d'action, parfois une politique.

Il semble que les plus lettrés des francophones de la Renaissance, tous experts en latin, beaucoup étant fascinés par le grec et lecteurs admiratifs des grands Italiens, Dante, Pétrarque, Boccace, se mirent à penser leur bel et bon français en termes d'enrichissement. C'était au début du XVIe siècle. Auparavant, les thèmes étaient autres pour valoriser la langue vulgaire : la diffusion européenne et méditerranéenne, les plaisirs d'un idiome « délitable [...] à toutes gens » selon les termes de Brunetto Latini, maître de Dante, qui avait choisi au XIIIe siècle d'écrire en français son *Livre dou Tresor*, petite encyclopédie à la fois politique et poétique.

Mais les confrontations avec les langues anciennes, dont on pensait qu'elles avaient su tout dire, la conscience d'avoir à puiser dans le latin

classique, parfois véhicule de la richesse conceptuelle des philosophes grecs, ont rendu nécessaire
cette démarche. L'évêque Oresme avait très visiblement alimenté le français en épinglant dans un
Aristote traduit en latin les mots abstraits porteurs
des idées du « miracle grec ».

Par rapport aux dieux laïques de la pensée, Aristote, Cicéron, et aux pères de l'Église, Augustin
d'Hippone, Thomas d'Aquin, le manieur de français se sentait misérable. Les seuls créateurs en
langage qui ne semblaient pas souffrir de la pauvreté de leur idiome en signes étaient sans doute
les narrateurs « populaires » et les poètes, nourris
du grand métissage médiéval des dialectes et ten-
dus vers les vertus d'une langue vulgaire commune,
qu'on pouvait et qu'il fallait, comme l'exprime
Dante, rendre « illustre », tirant des parlers quotidiens un pouvoir caché et admirable.

Mais l'« illustration », dans le monde bouleversé
de la fin du Moyen Âge et de la première « renaissance », n'était pas encore suffisante, même en
poésie, d'autant que les chefs-d'œuvre « vulgaires »
du passé – les poèmes des trouvères, les chansons
de geste, le Champenois Chrétien de Troyes, auteur
de grandes légendes en vers, les « romans », tel
celui du goupil germanique Renart, les fabliaux, les
poèmes lyriques – étaient écrits en une langue
périmée, archaïque jusqu'à l'incompréhensible.

Dès le début du XVIe siècle, tous pourtant ne se
sentent pas frustrés quand ils comparent les possibilités de la langue commune à celles du latin et
du grec. Christophe de Longueil, qui se fera plus

tard une réputation de grand « cicéronien », avait dix-huit ans et étudiait le droit à Poitiers ; il fut choisi vers 1508 pour faire devant son Université un panégyrique du saint roi Louis, où il veut montrer que la France peut soutenir sur tous les plans la comparaison avec l'Italie. Il écrit (en latin) dans une dédicace au duc de Valois, le futur François Ier, que « nous exprimons finement bien des idées qui, si on les énonce en latin, perdront tout leur sel, étant donné que le français aussi exprime de très nombreuses idées à l'aide du mot propre, alors qu'un Romain ne les interprétera qu'avec des périphrases[1] ». Et que l'on ne critique pas le français pour avoir emprunté au latin lorsqu'il était « à court de mots », puisque « les Romains ont emprunté des mots sardes, espagnols et, qui plus est, avant tout gaulois ». Malgré l'étrangeté de l'information philologique, les remarques de Longueil sont fortes. Elles affirment : toute langue est plus ou moins riche qu'une autre selon les circonstances et les sujets ; toutes doivent emprunter aux autres.

Dans la grande confrontation des langues nourricières, qui sont alors surtout le latin, l'italien, le grec – l'apport francique, immense et essentiel, est rarement perçu –, l'argument de la richesse est fréquemment évoqué. Un traducteur, valet de chambre de François Ier – noble et importante fonction –, Antoine Macault, écrit dans sa Préface à une version française de Cicéron (*Pro Marcello*) que « notre locution [production d'énoncés] fran-

---

1. Trad. G. Sabbah, dans Cl. Longeon, *op. cit.*

çaise n'est point, ainsi que nous reprochent à tort les étrangers, si maigre et si affamée qu'elle ne puisse bien rendre et exprimer en son commun parler tout ce que les Grecs et les Latins nous ont pu laisser par écrit[1] ». Maigre, affamée, pauvre : cette image de mendiant, ou de pauvresse, de loup ou de louve, pour notre langue gente et courtoise, est insupportable, mais elle devient un lieu commun. Pour un autre humaniste traducteur, Pierre Saliat[2], les traductions, faites pour les ignorants des langues anciennes, fournissent aussi aux savants la preuve que « leur langue vulgaire n'est point du tout si maigre, si pauvre, ni si affamée qu'elle ne puisse bien se mettre en place et présenter peut-être aussi ornement ["ornément", de manière aussi ornée], richement et triomphalement sur les rangs, comme feraient la grecque et la latine[3] ».

Saliat, qui sera donc le dédicataire du *Quart Livre* de Rabelais, écrit en termes lyriques d'amour-passion, en termes de désir, quitte à ce que « la fureur de [sa] plume » le conduise plus « à travers champs » que « par le droit chemin ». On croirait déjà entendre Montaigne ! Son exaltation est à son comble lorsqu'il s'agit de magnifier l'apport de la

1. Dans Cl. Longeon, *op. cit.*, texte 16 (orthographe modernisée).
2. P. Saliat, dont on connaît mal la vie, se fit remarquer en publiant en 1537 deux ouvrages, l'un traduit d'un texte faussement attribué à Salluste, l'autre d'Érasme, dont les préfaces sont, bien avant Du Bellay, de belles « défenses » de la langue française. En 1556, il était le secrétaire du cardinal de Châtillon, qui avait été le dédicataire du *Quart Livre* de Rabelais en 1552.
3. P. Saliat, Préface à la traduction du pseudo-Salluste, « contre Cicéron ».

langue grecque pour remédier à cette « maigreur », à cette pauvreté alléguée de la chère langue française :

Conjouissons, conjouissons et congratulons, malgré tels envieux, au nom du grand Dieu immortel, conjouissons, dis-je, et lui rendons grâces de ce qu'il a si divinement inspiré notre très chrétien roi, que non seulement il attire de tous côtés et excite par sa mugnificence et libéralité plus que royale les hommes savants en cette langue grecque, mais davantage les nourrit publiquement au commun profit d'un chacun. Ô France bienheureuse ! Ô bien fortunée nation française, qui reconnaîtras désormais en ta langue les dictions innumérables, et les phrases et manières de parler tant fréquentes qu'elle retient du grec ! Ô horoscope et planète adorables, qui avez jeté et épandu si bonne influence sur notre climat ! Ô journée à toujours mémorable et digne d'être marquée de belle craie blanche entre les jours que les Romains appelaient *fastes*, qui nous a produit un tel *fauteur* et nourrisseur de toutes bonnes lettres !

Même les purs tenants du latin, les humanistes les plus fervents de la langue de Cicéron, se mettent de la partie. Un cas remarquable est celui d'Étienne Dolet qui, malgré sa passion romaine, publie en français traités et traductions, de 1540 – il a alors trente et un ans – jusqu'à sa mort précoce, six ans plus tard. Confronté aux difficultés de vocabulaire pour rendre en français les « Épistres familières » de Cicéron, il doit confesser les insuffisances de la langue maternelle : « Je te veux avertir que la langue française n'est si copieuse qu'elle puisse exprimer beaucoup de choses en telle brièveté que la latine. » Cette brièveté est sans doute celle du mot et de la phrase simple, et ne concerne pas les procédés rhétoriques.

Inutile d'accumuler les variantes de la volonté d'enrichissement, au fil des grands témoignages du XVIᵉ siècle, de Jean Lemaire de Belges à Lefèvre d'Étaples, Guillaume Farel, Geoffroy Tory, Étienne Dolet, Jacques Peletier du Mans, les poètes de la « brigade » – future Pléiade –, avec en tête Ronsard et Joachim Du Bellay, dont la très fameuse *Deffence et illustration* sert pourtant de référence aux puristes de toute époque, qui retiennent la célébration du français et la « défense » contre des attaques qui ne sont pas toujours identifiées. Le terme « défense », légitime dans un temps où le latin étouffait toute langue vernaculaire, prend ensuite d'autres couleurs combatives – ou combattives[1].

Le lièvre et le renard

Dans le temps même de la grande épuration, du nettoyage sous pression, de la « conduite forcée » de Malherbe, au nom d'une pureté et d'une clarté

---

1. L'orthographe réformée, aujourd'hui, recommande assez logiquement *combattif*, comme *combattant*. Le Dictionnaire de l'Académie s'en tient à *combatif*.

supposées, peu de voix font entendre une protestation au nom des besoins réels d'une langue vive.

L'une des premières, des plus lucides, perçue en son temps comme absolument démodée et hors du goût moderne, est le fait d'une femme, la « filleule » de Michel de Montaigne, Marie de Gournay. Nourrie de la liberté de pensée qui vibre dans les *Essais*, persuadée que le langage, avec son imaginaire, sa fantaisie et aussi sa raison, n'a rien à gagner d'une hiérarchisation autoritaire des usages et d'une mythification de la langue, elle place ses propres « essais » sous l'invocation de l'ombre et du rêve.

Le titre de son livre, en 1627, est superbe : *L'Ombre de la damoiselle de Gournay (œuvre composée de meslanges)*.

« L'homme est l'ombre d'un songe, et son œuvre est son ombre. » Avec une modestie orgueilleuse, elle parle de la « franche simplicité », du « peu de méthode et de doctrine » de ses propos, reflétant une personnalité et un goût qu'elle sait éloignés de l'esprit du temps. « Ainsi donc, lecteur, mon livre n'espère pas grand accueil de toy »…

Dure critique des mœurs de son temps, témoin d'un passé plus valeureux, cette héritière du grand Montaigne se sent oppressée entre « la pédanterie des sçavans » et « l'ignorance du monde ». Concernant la contention culturelle et langagière, Marie de Gournay s'en prend aux censeurs en ces termes :

> Ignorans que la pureté n'est qu'une partie de la perfection d'une langue, […] ils la constituent à […] retrancher [à la nostre] à l'exemple de

quelque langage mort, le droict d'emprunt et de propagation : comme si la faculté d'amendement n'estoit pas du nombre de ses proprietez et de ses appartenances, tandis qu'elle restera vive.

Quoy donc, son Genie se pourroit-il abstenir, de chercher nouvelles richesses et delices [...].

[Les contempteurs de la créativité] devroient donc en premier article louër et advouër, en temps et lieu, les mots vieux, derivés, empruntez, transferez, nouveaux encore et particuliers aux Provinces ; secondement regarder en matière de langage, non tant aux mots, qu'à leur application et emploitte, considerée selon le besoin d'expression, et selon le merite du bastiment de la phrase qu'ils composent [...]

Ces « Docteurs » ne cherchent qu'une chose : « arracher d'une langue (comme ils font ailleurs de la Poësie, autant qu'ils peuvent) l'Uberté [latin *ubertas*, "la fécondité, l'abondance créée par la nature"], la grace et l'espoir d'enrichissement [...] ».

L'enrichissement, l'abondance ont alors deux sens, que certains – comme Marie de Gournay – savent distinguer : d'une part, un stock de signes lexicaux capable de refléter l'évolution de la société ; de l'autre, un maniement plus libre de la « grammaire-lexique », comme on dira beaucoup plus tard[1], mise au service de nombreuses finalités, tant pratiques qu'esthétiques, tant théoriques que rhétoriques.

1. C'est l'expression par laquelle le linguiste français Maurice Gross désignait sa description novatrice des effets du lexique sur la grammaire.

La demoiselle de Gournay conte la fable du lièvre et du renard. Le premier, oubliant que sa queue est minime, fuit parce qu'il a entendu dire que le renard avait été « happé [attrapé] par la sienne, si plantureuse ». Le lièvre c'est, bien sûr, la langue française, à laquelle les pédants et les censeurs refusent l'accroissement et la poussée, oubliant ses insuffisances ; le renard représente les langues antiques, à la « queue » si opulente qu'on peut bien en arracher quelques poils. Entre Montaigne et La Fontaine – dont les *Contes* italianisants et libertins, comme les *Fables*, au vocabulaire volontiers archaïsant, sont un perpétuel pied de nez à Malherbe –, l'indomptable Marie, dans sa solitude, représente un courant permanent de l'amour du français, étouffé pendant un siècle et sans cesse pris à partie par la conscience malheureuse des illusions perdues.

Marie de Gournay ne fut pas entendue. Le discours d'autorité, de contrainte, les mythes et la tyrannie du « bon goût » étaient, en surface, une pensée unique. Derrière agissait la volonté d'ordre et de stricte hiérarchie émanant du pouvoir politique, volonté dont l'Académie française naissante fut l'incertaine émanation, incapable d'accomplir les tâches assignées[1], mais très capable de censurer pédantesquement le chef-d'œuvre dramatique de cette époque, *Le Cid* de Pierre Corneille. Une autre force, strictement réactionnaire, venait défendre les hiérarchies sociales héritées contre

---

1. Une grammaire, une rhétorique, outre un dictionnaire qui vit le jour après trois quarts de siècle.

l'ascension bourgeoise, comme on l'a vu à propos du mythe de la pureté.

Cependant, la pratique réelle des discours contredit la prétentieuse assurance malherbienne. Les corrections et simplifications requises ne sont pas toujours pratiquées ; la poésie lyrique d'esprit baroque résiste. Une contre-littérature se développe : le burlesque. La libre-pensée s'exprime : le libertinage. La science et la technique nécessaires à la prise de pouvoir du tiers état bourgeois envahissent le discours français. On traduisait et adaptait le latin, le grec, l'italien, l'espagnol (Corneille) ; on continue, et on y ajoute des emprunts, souvent masqués par l'origine latine commune, à la parole anglaise, novatrice en politique et en science.

Derrière Malherbe et l'Académie, les ouvertures vers l'attitude des Lumières sont autant de brèches dans les digues qui prétendent maîtriser le courant verbal, au nom du Mythe.

Les appauvrisseurs, élagueurs et pinailleurs professionnels, les héritiers de Malherbe et les disciples de Vaugelas, ne sont toutefois pas seuls à s'exprimer, sous Louis XIV. Avec prudence mais subtilité, un prince de l'Église, comme on dit pompeusement, vient à la rescousse des forces vives.

Non par hasard, il appartient au parti des « Modernes », dans la célèbre querelle avec les Anciens. Car en matière de langue française, et de combat entre liberté et contrainte, le latin, langue de l'Église, n'est jamais bien loin.

C'est donc l'archevêque de Cambrai, François de Salignac de la Mothe-Fénelon, qui s'adresse, un an avant sa mort, à l'Académie française – il en était membre depuis 1693 –, dans une « Lettre à l'Académie » dont le titre complet, dans sa première édition, posthume, est : « Réflexions sur la grammaire, la rhétorique, la poétique et l'histoire, ou Mémoire sur les travaux de l'Académie française, à M. Dacier[1] [...], par feu M. de Fénelon [...] ».

On connaît deux versions antérieures, moins développées et partielles, l'une de la main de Fénelon, l'autre plus complète, copiée et corrigée par lui.

Au-delà de remarques aimables sur le dictionnaire, seul objectif rempli par l'Académie avant le XXe siècle, au-delà des projets que Fénelon estime souhaitables au service du français (une grammaire[2], plus encore une rhétorique et une poétique, trois grands traités sur la tragédie, la comédie, l'histoire), cette lettre manifeste, chez son auteur, une conception exclusivement « poétique » de la langue. Son appartenance au clan des « Modernes » n'exclut pas des jugements positifs sur les œuvres antiques : ainsi, on lit dans le *Projet d'un traité sur la tragédie* : « M. Corneille n'a fait qu'affaiblir l'action [...] et que distraire le spectateur dans son *Œdipe*

---

1. Grand traducteur, ainsi que sa femme, André Dacier fut élu secrétaire perpétuel de l'Académie française en 1713, succédant au grammairien Régnier-Desmarais. Parmi les « grands noms » de l'Académie en 1714 (sur 37), outre Fénelon, figurent l'abbé de Saint-Pierre, Campistron, Fontenelle, force prélats et grands aristocrates.

2. On sait (ou non, car cela mérite peu d'être retenu) que l'Académie, après plus de trois siècles d'incurie, publia en 1932 une grammaire dérisoire, qui fut en effet la risée des linguistes – Ferdinand Brunot, grand mandarin universitaire, se chargea de l'exécution.

[par rapport à l'*Œdipe* de Sophocle] », et nous sous-crivons aujourd'hui à cette opinion ; en revanche, quand il écrit que « M. Racine est tombé dans le même inconvénient en composant sa *Phèdre* », cela nous paraît assez peu pertinent, mais peu importe. Ces jugements marquent qu'il demeure impossible, alors, quand on réfléchit aux langues, français, grec ancien, latin, de ne pas appuyer toute comparaison, tout raisonnement, sur les textes lit-téraires, ce que confirme l'importance accordée par Fénelon, dans son programme pour l'Acadé-mie, à la rhétorique, à la poétique et finalement au théâtre et à l'histoire, genres où l'Antiquité domine encore.

Pourtant, dans cet important testament litté-raire d'un véritable et grand écrivain – malgré la désaffection qui le frappe – prend place un cha-pitre significatif sur la langue elle-même, dans sa dimension lexicale – celle de la nomination.

Après un projet de grammaire qui conseille à l'Académie d'éviter pour son élaboration les « savants grammairiens » et de « se borner à une méthode courte et facile » – on pense aujourd'hui à *La grammaire est une chanson douce* d'Erik Orsenna –, et sans se faire d'illusion sur la possibi-lité de « fixer une langue vivante », Fénelon aborde la question de la pauvreté-richesse de l'idiome.

Remarque liminaire : depuis un siècle, on a appauvri la langue en voulant l'épurer. Il n'est pas inutile de comparer la version initiale du texte de Fénelon, plus directe, à la version posthume : chaque mot compte.

L'Académie ne pourrait-elle point essayer d'enrichir notre langue d'un grand nombre de mots et de phrases [expressions] qui lui manquent ? Je me plains de ce qu'on l'a appauvrie et desséchée depuis environ cent ans en retranchant, avec une sévérité scrupuleuse, des mots qui avaient été en honneur du temps de nos pères et qui commençaient à vieillir. Ces expressions avaient je ne sais quoi de vif, de court, de hardi, de naïf et de passionné. Ils [*sic*] nous plaisent encore quand nous les retrouvons dans Marot, dans Amyot et dans les autres écrivains de leur temps. Ce vieux langage, quoique un peu informe et trop verbeux[1], a une grâce qu'on regrette.

Fénelon poursuit en regrettant les « retranchements » :

Je demanderais qu'on en introduisît beaucoup [de mots] sans retrancher aucun de ceux qui ont un son doux et qui sont exempts d'équivoque.

Suit une remarque sur la rareté de la synonymie vraie.

Dans l'édition parue après la mort de Fénelon, l'action des malherbiens (jamais désignée) ne consiste plus à « dessécher », mais à « gêner » la langue ; surtout, le texte le précise, « en voulant la

1. Cet adjectif, senti comme neuf, ne figurait pas encore dans le dictionnaire de l'Académie.

purifier ». Quant au « vieux langage », on peut l'apprécier chez Marot et Amyot, mais non dans « les autres écrivains de leur temps ». Ce vieux langage a des vertus « dans les ouvrages les plus enjoués et dans les plus sérieux » – c'est-à-dire, à nouveau, chez Marot et Amyot. Fénelon ne cite ni Ronsard, ni Montaigne, ni les Estienne, ni Pasquier, ni évidemment Rabelais. Quant au passé plus ancien, à notre « moyen » et « ancien français », on n'en parle plus du tout. Rappelons que Marot était considéré par La Bruyère comme plus moderne que Ronsard, et que la langue d'Amyot était appréciée par Vaugelas lui-même. Au XXᵉ siècle, le novateur de la prose que fut Céline opposait emblématiquement Rabelais, le révolutionnaire dont il se réclamait, à Amyot, fauteur de platitude prosaïque pour des siècles. Amyot a gagné, disait-il. C'était donc déjà vrai en 1700.

Dans son très bref programme d'enrichissement du lexique, Fénelon donne deux principaux préceptes, l'un formel, oral (le « son doux », pour « faciliter l'harmonie [...] avec le reste du discours »), l'autre sémantique, comme on dit aujourd'hui : il y a trop de « circonlocutions » dans la langue, il faut donc « abréger en donnant un terme simple et propre pour exprimer chaque objet, chaque sentiment, chaque action. Je voudrais même plusieurs synonymes pour un seul objet ».

L'objectif n'est pas ici une vision abstraite de la langue, mais un réglage à la fois esthétique et rationnel du discours : « éviter toute équivoque », « varier les phrases » (c'est la doctrine de la non-répétition,

qui a fait la fortune française des dictionnaires dits
« de synonymes ») et enfin « faciliter l'harmonie ». Autrement dit, plus de lexique pour plus de
clarté et de précision ; plus de variété et donc
d'agrément ; plus d'harmonie. Beaucoup d'esthétique, un hommage à l'oralité (la musique verbale), de la pensée clairement rendue.

Vient ensuite un raisonnement mille fois employé
au XVIe siècle : les Grecs ont formé des mots composés, les Latins les ont imités et ont emprunté
aux Grecs, qui savaient varier leurs vers en mêlant
les mots de divers dialectes. Sous-entendu : pourquoi l'Académie refuse-t-elle de s'en inspirer ?
Mais Fénelon est un « Moderne ». Il trouve un
nouvel argument pour l'enrichissement – absent
de la version primitive de sa lettre – qui n'aurait
pu se lire chez les humanistes de la Renaissance
ou dans l'« ombre » de Mlle de Gournay : c'est le
besoin et l'intérêt de disposer d'une langue
moderne proche et active.

> J'entends dire que les Anglais ne se refusent
> aucun des mots qui leur sont commodes : ils les
> prennent partout où ils les trouvent chez leurs voi-
> sins. De telles usurpations sont permises. […] Les
> paroles ne sont que des sons dont on fait arbitrai-
> rement les signes[1] de nos pensées. Ces sons n'ont
> en eux-mêmes aucun prix. Ils sont autant au
> peuple qui les emprunte, qu'à celui qui les a prêtés.

1. Des éditions postérieures (1787, 1824) portent « les figures ».
Mauvaise lecture, le s initial confondu avec le f, le gn ayant été
mal lu gur ? Mais l'ambiguïté des deux mots fait réfléchir.

Qu'importe qu'un mot soit né dans notre pays, ou qu'il nous vienne d'un pays étranger ? La jalousie serait puérile, quand il ne s'agit que de la manière de mouvoir les lèvres, et de frapper l'air.

D'ailleurs, nous n'avons rien à ménager sur ce faux point d'honneur. Notre langue n'est qu'un mélange de grec, et de latin et de tudesque, avec quelques restes confus du gaulois. Puisque nous ne vivons que sur ces emprunts, qui sont devenus notre fonds propre, pourquoi aurions-nous une mauvaise honte sur la liberté d'emprunter, par laquelle nous pouvons achever de nous enrichir ?

Cette déclaration iconoclaste, surtout adressée à une assemblée de puristes, est cependant corrigée par le recours, pour enrichir la langue, à « des personnes d'un goût et d'un discernement éprouvés » (seront-elles toutes de l'Académie ?) et par une réserve illustrée par une métaphore physiologique :

J'avoue que si nous jetions à la hâte et sans choix dans notre langue un grand nombre de mots étrangers, nous ferions du français un amas grossier et informe des autres langues d'un génie tout différent. C'est ainsi que les aliments trop peu digérés mettent dans la masse du sang d'un homme des parties hétérogènes [« hétérogénées », dans les versions antérieures, fait quasiment calembour] qui l'altèrent au lieu de le conserver.

Malgré l'évocation traditionnelle du « génie » des langues, autre mythe dur à la détente, malgré les erreurs sur l'origine du français (le grec et le latin sont mis sur le même plan ; mais le « tudesque » manifeste la reconnaissance de l'immense apport francique), ce passage sonne étonnamment moderne : reconnaissance de l'hybridation des langues, rejet des arguments d'amour-propre nationaliste, hypothèse de l'arbitraire du signe...

L'argument tiré de la liberté de l'anglais opposée à la contrainte française n'était pas neuf. Dans un ouvrage sur *Shakespeare en France*, Josserand citait un texte publié à Leyde en 1707, et vantait *Les Délices de la Grand'Bretagne* (par James Beeverell) :

> La langue anglaise n'a pas la délicatesse de la française ; mais tandis que les Français sont attachés servilement à une Académie qui leur impose des lois sur les mots, en sorte qu'ils n'osent presque pas hasarder un mot nouveau, quand même ils en ont besoin [...], les Anglais, au contraire, portent leur liberté jusque dans leur langue.

Les arrière-pensées politiques sont manifestes.

L'épuration du langage, institutionnelle, correspond au régime absolutiste ; l'enrichissement libre, à une liberté cautionnée par le régime parlementaire. Le XVIIIe siècle français mettra en œuvre cette opposition.

On le voit clairement ici, sur ce point de la « richesse », la langue n'est que très partiellement en cause : on s'intéresse surtout aux besoins d'expression et de communication, et aux moyens d'y répondre par les vocabulaires qui évoluent.

On vise une esthétique des discours, un combat pour occuper par l'idiome maternel, spontané, vivant, appelé à se répandre dans toute la nation, à investir l'espace culturel naguère occupé par le latin et, très partiellement, par le grec ancien. La monarchie absolue, la lutte entre l'aristocratie soutenue par le clergé et le « troisième état », amalgame de bourgeoisie et d'un peuple encore inexprimé, se reflètent dans l'idée de la langue.

Cela est plus sensible encore sur d'autres aspects du mythe de la langue aimée. Quant à la richesse, à partir du XVIIIe siècle, les vannes sont ouvertes, malgré l'Académie et les académismes. La politique de rétention ne correspond plus aux réalités ; elle se recroquevillera jusqu'à devenir une esthétique puriste à la Gourmont. La littérature, discours de référence et de contrôle depuis Malherbe jusqu'à Chateaubriand – le « français » que décrit le dictionnaire de Littré –, déploie les possibilités verbales, autant que le fait, sur un autre plan, l'ensemble des discours de spécialités : sciences, techniques, droit, activités politiques et économiques, organisation sociale...

Les pratiques d'« enrichissement » du français, constantes et conscientes au XVIe siècle, demeurent actives, malgré les objurgations restrictives du purisme classique. Chacun à leur manière, le XVIIIe et le XIXe siècle en portent témoignage, dans une opposition absolue entre les pratiques de langage spontanées, qui entrent peu à peu en littérature, et les discours pédants, pédagogiques et contraignants sur la langue française.

3

Une ivresse de raison

Tout commence par la clarté, le rêve de clarté, qui annulerait le passage obligé par les signes, qui nettoierait le langage, vitre sale qui sépare le sujet humain de la réalité, vitre faite de mots incertains et louches, de phrases malaisément déroulées, selon des règles différentes en chaque idiome.

« Ce qui se conçoit bien s'énonce clairement », le vers alexandrin, bien balancé, pas si bien sonnant (ki-se-kon…, bien-sé-nons'…), dont Boileau pouvait s'enorgueillir, relève de l'incantation. L'acte de pensée qu'il évoque rend hommage à la raison cartésienne ; l'acte de parole sous les divines espèces, chair et sang, révère la langue française maîtrisée par Malherbe et Vaugelas. Et si la pensée, fabrique d'idées, demeure un mystère, dans ce « dit » pompeux, elle entraîne, comme dans un syllogisme, la clarté de l'expression : si…, donc… En effet, si ce qui est à exprimer est « bien conçu », « […] les mots, pour le dire, arrivent aisément ».

Ceci, apparemment, est un propre du langage, mais, exprimé en français, c'est au français que ce discours s'adresse. Langue claire, à condition que ceux qui la parlent ou l'écrivent « conçoivent » convenablement. Cela reste raisonnable.

« Ce qui n'est pas clair
n'est pas français »

Mais voici venir les chantres du nationalisme culturel, pour qui la bonne pensée entre dans la langue même et anime son « génie ». Le pouvoir de clarté, appuyé sur d'autres aptitudes admirables, réside dans cette langue, au point, déclare l'étonnant comte de Rivarol, qui fait imprimer cette assertion en capitales, que « CE QUI N'EST PAS CLAIR N'EST PAS FRANÇAIS ».

Cette attribution de la « clarté » à la langue aimée n'avait rien d'étrange, dès lors que cette langue pouvait se réclamer de l'« universalité ». Dans les années 1780, Berlin, capitale du royaume de Prusse, était devenu l'un des hauts lieux de l'Europe intellectuelle. La ville abritait de nombreux protestants d'origine française et on sait que Frédéric II, féru de culture et de langue françaises, se servait des références à la philosophie des Lumières pour justifier sa politique souvent despotique. L'Académie de Berlin, internationale dans son recrutement, organisa en 1784 un concours littéraire sur le thème de l'universalité du français, demandant si les qualités de cet idiome justifiaient cette vocation, et si on pouvait penser que ce caractère universel allait durer. Le concours, qui posait cette question très politique, suscita de nombreuses réponses sensées, mais d'un style assez lourd. Celle de Rivarol, rhétoriquement supérieure, plus habile, était certes d'une belle clarté, mais sans grand rapport avec le réel, au moment où la maîtrise coloniale de l'Asie et des Amériques passait de France en Angleterre. Sur le plan symbolique, son argumentation eut une grande influence. On y reviendra[1]. Mais qu'est-ce qu'une rhétorique au service d'un imaginaire, sinon le *mythos* des Grecs, le mythe opposé au *logos* ? Qu'est-ce que la construction d'un univers légendaire donné pour vrai, sinon l'UTOPIA, cette « île de nulle part » (du grec *u*, négatif, et *topos*, « lieu ») inventée par Thomas More – en latin Morus – pour y placer une république parfaite, sans propriété privée ni monarchie : *De optimo republicae statu deque nova insula Utopia*, dit le titre latin de ce texte écrit en 1516 et qui devint le symbole du rêve politique irréalisable. Rappelons que l'auteur, grand humaniste ami d'Érasme, fut l'un des principaux hommes politiques d'Angleterre sous Henri VIII. S'opposant à lui lors du divorce du terrible roi, il fut emprisonné et exécuté. Il était resté catholique, refusant de rallier l'anglicanisme royal ; cela lui valut d'être considéré par l'Église comme un martyr, et canonisé.

Pour en revenir à Rivarol, le démenti cruel des faits, en ce tournant littéralement révolutionnaire du XVIIIᵉ au XIXᵉ siècle, ne se fit pas attendre. La relative « universalité » – en fait limitée à l'Europe[2] –

1. Voir la deuxième partie, chapitre II.
2. L'intitulé du sujet proposé par l'Académie berlinoise précisait « universalité européenne ».

était donc en train de passer du français à la langue anglaise, qui allait acquérir, en moins de deux siècles, une domination réellement planétaire.

La clarté française, cependant, refusa de quitter la scène culturelle. Simplement, elle se transféra du domaine fictif et collectif de la langue et d'un esprit souvent qualifié de « génie » aux productions de cette langue et aux manières d'en user, qu'on peut bien appeler des « langages ».

En 1966, Roland Barthes, répondant aux violentes attaques dont il était l'objet de la part de la critique universitaire établie, écrivait dans *Critique et Vérité* que « certains langages sont interdits au critique sous le nom de "jargons". Un langage unique lui est imposé : la "clarté" ». Celle-ci, dans les sociétés qui parlent français, n'est plus, selon l'auteur des *Mythologies*, une qualité de la communication verbale, mais « un certain idiome sacré », langage politique inventé par les classes supérieures pour « renverser la particularité de leur écriture en langage universel ».

Ainsi, en France, la critique officielle, qui en voulait tant à Roland Barthes, caste passéiste jalouse de son monopole, s'identifie à la pensée et à la parole de sa communauté ; et elle rêve d'une langue-clarté, si ce n'est d'une clarté-langage. Son français, par décret, sera non pas seulement clair, mais « la clarté » ; le français de la nouvelle critique étant « le jargon ». Tout, de ce jargon, pourra se traduire dans le français-clarté : il suffira d'annuler, par exemple, le surmoi freudien pour le dire « conscience morale[1] ». Associé au goût, au bon sens, à la pureté[2], la clarté est devenue moyen d'expression, langage et écriture, bien plutôt que langue.

Les adversaires de Barthes, de Foucault et de leurs semblables ont payé cher leurs affichages d'absolus. Ces professeurs, critiques reconnus, voulaient célébrer une clarté définitive, une clarté-discours, une clarté-écriture au service d'une clarté-pensée ; ils dénonçaient le jargon fauteur d'obscurité ridicule. Ils haïssaient l'oxymoron : l'« obscure clarté » de Corneille n'était pas faite pour eux. Finalement, ils obtinrent l'oubli relatif, parfois injuste, de leurs travaux, face à l'influence décisive de leurs adversaires « jargonneurs ». De même que la pureté, la clarté et la logique, qualités éminemment variables et attribuables à toute langue, à quelque degré que ce soit, et à tout discours signifiant, s'étaient ainsi élaborés des étendards : Pureté, Richesse, Clarté, Logique, sous lesquels se rangeaient les amoureux, plus transis que jamais, de la plus belle des langues. Que ces vertus puissent être refusées à des contrevenants – c'est-à-dire à des innovateurs en discours – et invoquées contre eux, il n'était pas besoin pour le constater d'attendre la colère d'universitaires distingués contre l'impudence d'une « nouvelle critique » au milieu du XXe siècle. Les attaques aujourd'hui

1. R. Barthes, *Critique et Vérité*, Paris, Seuil, coll. Tel Quel, 1966, p. 33.
2. *Ibid.*, p. 37.

oubliées des néoclassiques contre les premiers romantiques illustrent la même démarche. *Ce qui change dans le maniement d'une langue est une menace pour ses mythes.* D'où les réactions d'intolérance. Des réactions par nature « réactionnaires ».

Discours et bavardage sur la clarté des langues et de cette langue-ci, le français, sont des activités anciennes et toujours intenses. Dans un des chapitres les plus vifs d'un livre nécessaire, *De la langue française*, le poète et linguiste Henri Meschonnic cite, commente et déshabille un quarteron de critiques et de linguistes, non seulement des francophones, depuis les grammairiens et lexicographes de l'âge classique jusqu'à Albert Dauzat ou tel puriste moderne, mais aussi des admirateurs extérieurs du beau français, tel Friedrich Sieburg, qui voyait en 1930, dans *Dieu est-il français ?*, le francophone natif en proie à un « culte de la langue », et qui décrivait en ces termes cette vertu de l'idiome :

> La sûreté de la forme, le sens de la mesure, la belle clarté, l'instinct de la valeur des mots, le sens de ce qui convient, en un mot le goût, s'est réfugié dans la langue française, et agit en elle, avec une sûreté inébranlable que l'on pourrait appeler l'immortalité, si des symptômes tout récents n'apparaissaient d'une résistance consciente à cette perfection[1].

---

1. F. Sieburg, *Dieu est-il français ?*, Paris, Grasset, 1930, p. 190, cité par H. Meschonnic, *De la langue française*, Paris, Hachette littérature, 1997, p. 173.

Belle leçon de mythologie, dont la genèse est perçue, avec ces qualités de l'expression verbale « réfugiées » en une langue, devenues « sûres », « inébranlables » et quasi « immortelles » grâce à cet « instinct » qu'on appelle « le goût », qualités que ne menace, et encore « tout récemment », qu'une « résistance consciente » – toujours dans les termes de Sieburg. Cependant, les thuriféraires de la clarté française planent en plein rêve, sans se soucier de rien évaluer, mesurer, observer, comparer. Valéry les réveille, télégraphiquement :

> Clarté.
> La langue française est un syst [ème] de conventions entre les Français. La langue anglaise – – –
> Anglais.
> Dire que la l [angue] franç est plus claire que l'anglaise c'est dire que le système des conventions f [rançais] est plus commode – que la transmission est plus rapide et que les correspondances sont plus nettes. Uniformité et rapidité.
> Comment s'en assurer ?
> Pas de moyen direct [...]
> Il faut recourir aux conséquences. Or, rapidité et précision sont *pratique*. Trouver que la pratique est inférieure chez les Anglais[1] !

Le point d'exclamation final dit tout. La philosophie du langage – et la linguistique – peut tenter d'évaluer et de juger en termes de clarté des

1. *Cahiers*, 1927, XII, 288, dans Pléiade, t. I, p. 425-426.

fonctionnements une pragmatique, pas ces systèmes que sont les langues. Il suffit de poser la « clarté » en termes sémantiques pour que le degré de compréhension (la communication) l'emporte sur l'expression d'un présumé réel « que l'on conçoit bien ».

Et il suffit, comme le faisait déjà l'abbé Charles Batteux dans son *Traité de la construction oratoire* (1747), de noter que chacun, parmi les Latins de l'Antiquité comme parmi les Français, trouve sa langue plus claire que les autres, simplement parce que c'est celle qu'il sait le mieux et qu'elle fait partie de lui-même.

Bien sûr. Si *clarté* est familiarité, évidence, confusion du signe et de l'objet signifié, alors la clarté appartient à la langue dans laquelle on pense et on s'exprime le plus naturellement. Ma langue est claire, les autres, que je comprends mal ou pas du tout, ne peuvent l'être.

Cette vérité, absolue banalité vécue, correspond à la disparition pensée et impensée de tout code, de toute langue[1]. Dans la formule cartésienne, *cogito, ergo sum*, le langage s'est absenté, entre la pensée et l'être. Seule la liaison causale du syllogisme, *ergo*, le fait discrètement réapparaître.

Le mot *clair* lui-même, qu'il soit ou non appliqué à la langue chérie, raconte une étrange histoire. On y verra très « clairement » une métaphore

---

1. « Nous disons qu'un texte est *clair* quand nous ne percevons pas le *langage* dont il est fait. Il y a abstraction du langage », écrit P. Valéry, *Cahiers*, 1937, X, 350, dans Pléiade, t. I, p. 450.

optique : *clarus* en latin, comme ses descendants dans les langues romanes et en anglais, donne à la pensée et à son expression la lumière, donnée ou reçue, la lisibilité, la netteté que le sens de la vue transforme en connaissance, en perception. À la fin du XVIIᵉ siècle, la langue du Roi-Soleil et de ses sujets pouvait-elle ne pas être « claire » ?

Le latin *clarus*, cependant, source assurée de ce qu'on appelle en français « clair », ne semble pas s'appuyer sur la lumière et sur la vue. Le personnage romain qualifié de *clarus* n'était pas tant « brillant, éblouissant », du moins à l'origine, qu'il n'était « appelé » et « proclamé », car l'adjectif est apparenté à *calare* et à *clamare*, verbes du dire et de l'appel. Affaire de voix et d'ouïe, qui permet de « distinguer », par recours à ce que dit un autre mot latin d'origine commune, *classis*.

Derrière la métaphore lumineuse, très sensible, un recours archaïque au porte-voix des hiérarchies. Si cette langue peut être dite *clara*, c'est qu'elle est « appelée » par Dieu et la nature.

Le mythe se constitue par l'écoute des voix : Jeanne d'Arc en fut témoin.

Aussi bien, dès qu'on cherche à décrire, à faire l'histoire de cette affaire de clarté, on doit brasser des mondes d'ambiguïtés assez ténébreux. Henri Meschonnic, déjà cité, montre que *L'Histoire de la clarté française* de Daniel Mornet, livre publié en 1929, honnête et sérieux, sinon toujours clair, révèle une chaîne d'obscurités[1]. J'ajouterai que la

---

1. H. Meschonnic, *op. cit.*, p. 179-183.

démarche historique de l'universitaire découvre derrière l'utile abstraction idéologique une recherche, derrière un trait naturel une création entièrement culturelle, derrière une réalité présumée une fable, un roman.

Il y a le roman de la pureté, celui de la richesse, voici celui de la clarté. La bibliothèque mythologique prête à la langue aimée les aventures d'une déesse dans un Olympe d'abstractions. En décrivant l'idée de *clarté*, l'*Encyclopédie* de Diderot parle de « style » et d'« idées » et en fait une technique de communication en langage, dont l'objectif unique est de rendre « facile et nette à l'entendement de celui qui écoute ou qui lit, l'appréhension du sens et de la pensée de celui qui parle ou qui écrit ».

On est alors très loin d'une vertu propre à une langue, et plus proche du rapport recherché entre moyens langagiers et besoins logiques, dans l'univers des signes.

La linguistique, après les révolutions du XIXe et du début du XXe siècle, règle son compte à la clarté, en tant que propriété d'une langue : « On parle beaucoup de la clarté du français : le plus souvent, c'est à une attitude de l'esprit qu'on pense bien plus qu'à la langue », écrivait Charles Bally dans l'Introduction à son ouvrage *Linguistique générale et linguistique française*, renvoyant cette idée-force de « clarté » à la psychologie collective, où elle pose tout autant de problèmes. Il poursuivait : « Une langue est claire quand elle fournit un ensemble de procédés permettant de tout dire clairement *avec un minimum d'effort* ;

elle pèche contre la clarté quand elle oppose au libre jeu des idées une foule d'entraves inutiles[1]. »

On voit alors ce que devient cette grâce suprême qu'on voulait accorder, en bloc, à une langue plus qu'aux autres : un instrument pour l'économie de la communication la plus efficace. À partir de quoi les débats sur la clarté – et sur la logique, l'ordre... – ne peuvent plus être que des évaluations des structures fonctionnelles des langues qui permettent la prise en charge de significations sans trop de déperdition et sans trop d'« effort ».

Ce n'est évidemment pas cette clarté-là que Rivarol identifiait au français, car elle pourrait bien s'incarner dans les transgressions d'une norme remplie d'arbitraire et d'obscurité :

> [...] la « clarté française » a toujours été un des principaux arguments des défenseurs de la langue. Mais la question serait de savoir si la langue correcte ne présente pas elle-même des équivoques intolérables et si quelques-unes des innovations que l'on reproche au français avancé ne sont pas dues précisément au besoin de prévenir ou de détruire les équivoques, latentes ou déclarées, que présente le français traditionnel. Dans ce cas, le besoin de clarté, pas les procédés de différenciation qu'il déclenche, constituerait au contraire un des facteurs de changement linguistique[2].

1. Ch. Bally, *Linguistique générale et linguistique française*, Berne, A. Francke, 1950, p. 16-17.
2. H. Frei, *La Grammaire des fautes*, Slatkine Reprints, 1982 (1re édition Paris, Genève, Leipzig, 1929, p. 64).

Ordo et *ratio* marchent main dans la main

À la clarté, qualité flottante entre tel usage et la langue qu'il emploie, s'articule donc une autre vertu, la logique. En matière de légende de langue, la logique est l'ordre naturel de la raison humaine passé sans médiation dans les signes. *Ordo* et *ratio* marchent main dans la main ; leur union devient intime, et ils engendrent Clarté, garante de Vérité…

Logique, cependant, recourt à la langue des penseurs de la Grèce antique, pour qui existait une *tekhnê* du *logos*, concept simple pour eux, hybride pour nous, puisque nous ne pouvons le rendre que par deux mots durablement affrontés : « pensée-langage » (ou « pensée-parole »).

Le dialogue entre la pensée et l'expression verbale occupe un grand pan de la philosophie occidentale – et sans doute de la pensée humaine. Souvent, il s'en tient à deux entités générales, *langage* faisant pendant à *pensée*. C'est poser que toutes les langues sont en cause, dans un rapport égalitaire avec cette pensée.

Le mythe, cependant, se met dans la pensée, rationnelle ou irrationnelle, comme le ver dans le fruit. En ouverture d'un manuscrit inachevé, sous le titre *La Prose du monde*, Maurice Merleau-Ponty présentait et commentait « le fantôme d'un langage pur ». Le mot, le signe, l'image y tiennent lieu de la chose. Ceci est bien une pipe, malgré la célèbre formule inscrite sous l'image de Magritte, et « toutes les pensées [y] sont destinées à être dites par [la langue] ». Dès lors, « toute signification qui paraît dans l'expérience des hommes porte en son cœur sa formule, comme, pour les enfants de Piaget, le soleil porte en son centre son nom[1] ». Ce nom est de convention, et change d'une langue à l'autre. Les langues naturelles occupant toute la place pour la plupart des humains, les tentatives de tirer le langage vers la pensée passent par le projet d'une langue universelle. Au-delà des constructions semi-naturelles du type espéranto, qui ne visent pas à l'universel, puisqu'elles sont construites sur les seules langues indo-européennes, règne l'algorithme, la « *characteristica universalis* » de Leibniz, le langage logico-mathématique, « révolte contre le langage donné[2] ». Ce langage, pour être naturel et donné, doit s'incarner dans une langue particulière, ma langue, partagée avec vous, lecteurs. Et voici la langue française dans le rôle du fantôme et du fantasme, ceux du « langage pur ». D'autres brandissent avec plus de difficulté, car ils en parlent à travers et par une langue naturelle et donnée, le fantôme de la pensée pure.

Sagement, dans le temps politique et symbolique du « bon usage », de la pureté de la langue, de sa clarté, les messieurs de Port-Royal font dia-

1. M. Merleau-Ponty, *op. cit.*, p. 8.
2. *Ibid.*, p. 10.

loguer la *Logique* et la *Grammaire*. S'agissant du français comme de toute langue, la question est bien là.

Pour la résoudre, une option, fictive, quasi religieuse : le recours à une grammaire qui soit à la fois naturelle, spécifique et logique, universelle. La politique, comme d'habitude, détourne la philosophie – à moins qu'elle ne l'ait suscitée – et invente au XVIIe siècle un emblème pour un fantôme, ou pour un mystère religieux. Une incarnation. De même que l'homme-christ est en Dieu, et Dieu dans cet homme, qu'il *est* cet homme, le français est dans la pensée, dans la raison, qui sont *dans* cette langue. Le français *est* raison ; la raison, comme la clarté, est française. Il fallait un signe matériel de ce mystère, comme il y a dans le mystère chrétien une « transubstantiation » de la chair et du sang christiques en pain et en vin. Ce sera un *ordre*, celui qui permet à la chaîne de mots de devenir phrase, support de jugement, et donc de pensée.

Observé dans la majorité des phrases françaises écrites, que l'on compare volontiers aux phrases latines, l'ordre de trois fonctions grammaticales – sujet, verbe, complément – semble caractériser le français, alors que le latin le plus admiré affiche un joyeux désordre apparent, remis en place par les marques de fonction que sont les cas des substantifs et des adjectifs.

Ériger cet ordre, qu'on appelle « direct » ou « simple », en loi de la raison, c'est, pense-t-on, faire du français la langue la plus douée pour être le miroir de cette raison d'avant Kant, dans la pensée classique de l'« imitation », trahison de la doctrine aristotélicienne de *mimesis*. Souvent, ce montage intellectuel qui fait du français l'image fidèle de la pensée rationnelle est utilisé dans l'affirmation des qualités profondes du français face au latin. Il suffit de lire les titres d'ouvrages de l'époque, tels ces *Avantages de la langue françoyse sur la langue latine* de Louis Le Laboureur (1669) ou la *Lettre* de l'abbé Charles Batteux *sur la phrase françoise comparée avec la latine*. Le thème de l'« ordre direct » semble apparaître au XVIᵉ siècle : Louis Meigret, dans sa *Grammaire* de 1550, estime que « si nou'considerons bien l'ordre de nature, nou'trouverons, qe le stile Françoes s'y range beaucoup mieus qe le latin[1] ». Argument dans la lutte contre le latin, et aussi contre la rhétorique de la complexité, au nom, encore et toujours, de la clarté, du goût. Entre ces valeurs célébrées, la confusion est grande, et la notion mythifiée d'ordre naturel, simple, logique, reflet fidèle du processus rationnel – selon la doctrine un peu simple du signe qui se déploie à l'époque classique –, ne réussit pas à clarifier la situation.

L'identification de l'ordre des mots en français à la pensée rationnelle souffre pourtant des exceptions. La position de Rivarol, selon qui « la construction de la phrase [française] fut toujours directe et claire » est extrême jusqu'à l'absurde.

---

1. Cité dans la graphie assez personnelle de Meigret, par H. Meschonnic, *op. cit.*, p. 165.

Celle de Diderot était plus souple, qui reconnaissait un « ordre des idées » différemment reflété selon les langues, selon qu'elles ont ou non des déclinaisons. Mais il dérivait vers une doctrine du génie des langues, celui du français, seul, le portant à la philosophie et à la sagesse, alors que le grec, le latin, mais aussi l'italien et l'anglais – qui n'ont pourtant pas de déclinaisons – sont faits « pour persuader, émouvoir et tromper ». On ne croit pas rêver : on rêve, et c'est un rêve intéressé.

Cependant, d'autres penseurs renversent la notion d'ordre logique. L'abbé Batteux milite pour ce qu'il appelle l'« inversion », trouvant même l'ordre des mots latins absolument naturel, puis se reprenant en critiquant la qualité « naturelle » de tout ordre des mots. Condillac dévissera le mythe de la nature dans la langue : « Ce qu'on appelle [...] naturel varie nécessairement selon le génie des langues[1]. »

Dans le domaine, essentiel aux XVIIe et XVIIIe siècles, de la pédagogie du latin, la distance entre l'ordre des mots dans cette langue et celui qui domine en français est un obstacle à la compréhension. Du Marsais, futur auteur des *Tropes*, ce livre majeur de ce qui ne s'appelait pas encore « sémantique », invente une méthode interlinéaire pour l'initiation au latin. Il en tire une idée :

Il y a deux sortes de syntaxe. I. La syntaxe simple et nécessaire, qui suit l'ordre primitif des

1. Condillac, *Essai sur l'origine des connaissances humaines*, I, XII.

pensées ; qui range les mots [...] en suivant [...] l'ordre dans lequel l'esprit les a conçues [les idées].

II. L'autre sorte de syntaxe est la syntaxe figurée et élégante. C'est celle qui est comunement en usage en latin, où l'on suit l'ordre des passions et des mouvemens interieurs[1].

Cette réflexion pose une question embarrassante : en quoi l'ordre des passions serait-il moins « naturel » que celui des idées ? Mais elle soumet la syntaxe « figurée et élégante », qui ne peut être qu'une rhétorique, « aux règles essentielles de la syntaxe simple qu'elle suppose ». Cependant, en passant de la première à la seconde de ces « syntaxes », on est passé de la grammaire du français, servant à évaluer celle du latin, à la grammaire du latin, qui est bien différente, expliquée par le français. Le tout en équilibrant les qualités des deux langues : logique et raison au français, émotion et élégance au latin.

Malgré les tours de passe-passe et les exaltations forcées, la légende de l'ordre direct, marquant l'accord privilégié de la raison et de la langue française, continue d'animer des réflexions amoureuses et peu rationnelles, du XVIIe au XXe siècle et sans doute après.

Voulant donner ses lettres de noblesse à l'ordre direct, on a travesti Quintilien et fait dire aux grammairiens de l'Antiquité ce qu'ils ne disaient

1. Du Marsais, *Réflexions sur la Methode de M. Le Fèvre, de Saumur* [...], IV, II. *Œuvres* (1797), t. I, p. 197 (paru dans le *Mercure de France* de juin 1751).

pas. Malgré les contre-attaques de philosophes, notamment Condillac à la fin du XVIIIᵉ siècle, malgré celles de tous les linguistes observateurs des différents idiomes, un courant de pensée, chez les laudateurs, francophones ou non, de la langue française, lui attribue cette étrange vertu d'être le reflet pur de l'esprit cartésien[1]. Tradition nationale, comme on voit.

Renonçant à entrer dans les subtilités grammaticales et les déchiffrages culturels, on se contentera de conclure avec Henri Meschonnic : « Le thème de l'ordre naturel a surtout montré le spectacle d'un manque de sens du langage[2]. » En effet, pour construire une image mythique de la langue, mieux vaut aveugler ses caractères réels, comme on aveugle une voie d'eau. L'amour de la langue est-il à ce prix ?

1. Un ouvrage érudit est consacré à cette affaire intellectuelle : *La Théorie de la construction directe de la phrase*, par Roberto Pellerey, Paris, Larousse, 1993.
2. H. Meschonnic, *op. cit.*, p. 171.

4

Un culte génial

À propos de cette langue française, princesse adorée et lointaine, à l'image de celle des troubadours occitans, tous les mythes s'appuient sur une idée-force. L'une des plus dynamiques : celle du « génie ».

Trois étapes, chemin classique, dans l'élaboration de cette belle fable. Un mot, pluriel, ambigu, intrigant ; une idée, applicable à la fois aux humains et à des abstractions telles que les langues ; enfin, la sélection de cette idée, par hypothèse haute et valorisante, applicable à la seule langue française, ou à l'esprit français, à la nature française, dans une démarche où le langage est signe de la « nation », parfois du « peuple ». Même travail du sens, en allemand, entre *Sprache*, *Geist* et *Volk* : « langue », « esprit », « peuple ».

Le mot *génie* n'apparaît en français qu'avec la Renaissance – première attestation connue sous la plume de Rabelais, en 1532 –, il est transplanté du latin : *genius*. C'était le nom, tiré de *genus*, *generis* (qui a donné le français « genre »), d'une divinité qui présidait à la *generatio* d'un être vivant et à sa naissance. Or, *natio*, « nation », vient de *nascere*, « naître » : parenté révélatrice. Pour l'animisme, le *genius* du latin archaïque est le double divin et tutélaire de chaque être humain. Puis, sous l'Empire romain, le mot sort du domaine surnaturel pour embrasser les qualités spécifiques, morales et intellectuelles d'un être humain, *homo*, le plus souvent *vir*, « mâle ». *Genius* conserve des connotations religieuses ou magiques qu'un terme proche, *ingenium*, n'a pas ou n'a plus.

En français, autrement qu'en d'autres langues, le mot *génie* va osciller d'un domaine à l'autre, d'une valeur religieuse à une caractérisation psychologique, d'une force inspiratrice à une inventivité technique ou scientifique, signification plus tardive qui aboutira à l'*ingénierie*, mot calqué sur l'anglais. Plus faiblement, « génie » peut se contenter de désigner le caractère propre, la spécificité, la nature particulière d'une entité.

C'est une nébuleuse, en partie actualisée, en partie virtuelle, qui entoure le mot et l'idée de « génie », lorsque, au XVIIᵉ siècle, on l'applique aux langues, et parmi elles au français. Nébuleuse où s'expriment, au-delà d'une nature propre, la vitalité, la spécificité d'un sujet, l'inspiration divine ou naturelle, la créativité, enfin des aptitudes supérieures – on qualifie de « génie » une personne exceptionnelle, un grand créateur, à partir du règne de Louis XIV. Les sens antérieurs du mot s'en trouvent fortement valorisés, impliquant non plus une spécificité quelconque, mais une supériorité hiérarchique.

Dans l'ouvrage déjà cité d'Henri Meschonnic, l'auteur traite en deux chapitres distincts du mot et de la chose. Dans le texte important consacré par Marc Fumaroli au génie de la langue française[1], à part des considérations sur les origines du mot, c'est de contenu, de la « chose », c'est-à-dire des doctrines de la spécificité du français, surtout face au latin, qu'il est question, quelle que soit la manière d'en parler. Pour aborder ce « lieu commun français », et voir derrière les mots l'« architecture symbolique », c'est sans doute la démarche qui convient. Mais pour considérer le mythe, la fable à l'usage des soupirants de la langue, *génie* ne se laisse pas substituer à *esprit*, à *nature* et à *naturel*, à *caractère*, à *propre* ou à *propriété*. La complexité sémantique de chaque terme, ses liaisons issues du latin, ses « connotations », mot pédant mais utile, ses échos, si l'on préfère, font partie de l'élaboration du mythe, qui prend place dans les productions du discours, différentes pour les mots *nature*, *esprit* et *génie*. Que ce mot *génie* apparaisse dans le discours cocasse et jargonneur de l'escolier limousin, chez Rabelais, en fait d'abord un latinisme pédant et ridicule, qualifiant une attitude personnelle vis-à-vis du langage. Du Bellay cite le mot latin, *genius*, qu'il rend par « ceste energie, et ne sçay quel esprit », pour évoquer la « divinité d'invention » des poètes – une inspiration supérieure. De fait, avant le milieu du XVIIᵉ siècle, le mot *génie* ne s'applique guère qu'aux créateurs, pour « disposition, talent ».

L'expression « génie des langues » apparaît dans un discours de l'orientaliste Bourzeys à l'Académie, en 1635, et n'est employée normalement qu'en

---

1. *Les Lieux de mémoire*, dir. Pierre Nora, Paris, Gallimard, III, 3.

1650 et après, dans des contextes en relation profonde : le génie d'une nation, d'un peuple[1]... Et l'on verra que les deux contextes tendront parfois à se rejoindre, la langue puisant sa génialité dans celles de la nation ou du peuple, alors que ce dernier semble se tenir en un lieu fictif, car sa parole, avant l'idéologie des Lumières et surtout avant le romantisme, n'est pas même entendue.

Génie de la langue et valeurs nationales

Le thème du génie de la langue française a pu survivre jusqu'au XXe siècle, encore que l'ouvrage d'Albert Dauzat[2] qui porte ce titre témoigne surtout du désir de séduire un nationalisme linguistique sourcilleux (nous sommes en 1943) en modernisant les contenus langagiers. Ceci parce qu'il utilise et dévie une problématique réelle.

En effet, le souci de commenter les différences entre les langues naturelles, de comprendre Babel, est au cœur d'une idée profonde du « génie ». Pour

---

1. Les emplois de *génie*, associé à *langue*, en français, sont étudiés par Hans Helmut Christmann, « Bemerkungen zum "Génie de la langue" » (*Lebendige Romania, Festschrift für H. N. Klein*, Groppingen, 1976) ; et « Zu den Begriffen "Génie de la langue" und "Analogie" » (*Beitrage zur Romanischen Philologie*, XVI, 1977, 1, p. 91-94).
2. Albert Dauzat, journaliste et linguiste, se fit connaître par un remarquable travail sur un patois, puis sur l'argot de la guerre de 1914-1918 (rééd. A. Colin, 2007). Spécialiste de la langue française, ce fut un vulgarisateur infatigable.

remplir leur usage d'expression et de communication tout en étant incompréhensibles entre elles, les langues doivent bien receler des propriétés spécifiques, dont l'articulation est à chaque fois unique. Évoquer un « génie », qu'il s'agisse du *genius* inspirateur ou de l'*ingenium* interne, c'est poser que chaque langue répond à une propriété particulière. Dès lors, la machine de la « distinction » – catégorie de pensée inventoriée en sociologie par Pierre Bourdieu – se met en marche, transformant le dynamisme unique symbolisé par l'idée de génie en une « qualité » – ce mot lui-même, en français, transmettant l'ambiguïté fonction/estimation. « Génie », comme « qualité », devient axiologique, objet d'un jugement de supériorité, et utilisable pour les manipulations idéologiques. Lorsque Marc Fumaroli[1] considère le « génie » de la langue française à l'époque classique comme une institution (au même titre, d'ailleurs, que la pratique sociale de la « conversation »), il manifeste l'existence d'une téléologie culturelle. Celle-ci conduit de considérations purement rhétoriques à d'autres portant « sur la monarchie, sur le roi de France, sur la noblesse française, émanation et interprète de l'*ingenium* propre à la nation ». *Genius* et *ingenium* cachent donc *natio* et *rex*, et le chemin réel, dans le réseau des idées à recevoir, puis reçues, va des seconds aux premiers. On peut penser que c'est

---

1. Professeur au Collège de France, académicien (1995), Marc Fumaroli est un grand spécialiste de la rhétorique aux XVIe et XVIIe siècles et de la société intellectuelle européenne à l'âge classique.

pour garantir des valeurs nationales et monarchiques dominatrices de l'Europe que la « langue » (en fait le discours, *sermo*) est mobilisée et dynamisée par un génie.

D'ailleurs, dans l'analyse conceptuelle fine de Marc Fumaroli, c'est plus l'« esprit », notamment selon Voltaire, qui est commenté, ainsi que les catégories de pensée du XVIe siècle (la « naïveté », par exemple). Ces notions sont inscrites dans une doctrine de la mémoire et de la continuité, à la fois rhétorique et littéraire. Où l'on constate que le « génie » du français est surtout un réceptacle prestigieux pour les qualités symboliques – ici considérées comme des éléments structurés d'un mythe – faites de clarté, de politesse, d'élégance, d'ordre, de raison, de pureté… jusqu'à la prétention à l'« universalité » fondée sur une vertu suprême et assimilant cette langue, le français, à tout le langage humain. C'est là, à ce tournant, qu'on retrouvera Rivarol.

Ainsi, on appliquera la catégorie du « génie », retrouvée au XVIe siècle dans le fonds latin, aux langues – ce qui se produit en français au milieu du XVIIe siècle, on l'a vu. C'était rendre possible les comparaisons fonctionnelles si on cherche à décrire les grammaires et à comprendre les difficultés de la traduction. C'était autoriser les confrontations sémantiques entre les lexiques, enfin et surtout les différences pragmatiques, s'agissant des activités rhétoriques et littéraires d'« illustration ». Ces opérations tendaient à l'élévation vers le statut politique et esthétique de « langue », à partir du chaos incompréhensible, indescriptible, que révèlent les parlers spontanés qualifiés de « jargons », de « patois », plus tard conçus en termes d'usages dialectaux. Dante avait fourni le modèle avec son « vulgaire » rendu « illustre », admirablement réalisé par le passage des parlers toscans des villes et des campagnes au discours réglé et sublime de la *Commedia* (qualifiée de *divina* après sa mort).

Durant l'âge classique, la définition du mot « langue » est restrictive, et l'opposition de son concept à celui des parlers spontanés entre même dans la terminologie des grammairiens, et notamment Du Marsais :

> Tout langage qui est usité parmi les personnes du premier rang d'une nation est apelé langue ; mais celui qui n'est en usage que parmi le bas peuple, se nome [nomme] jargon[1].

Grande lucidité, chez l'auteur des *Tropes*, fin sémanticien d'avant la sémantique. Le passage du discours populaire, par essence variable et impossible à décrire, à la « langue vulgaire », pouvait être vu au XVIᵉ siècle comme un effet astrologique des différents climats. C'est du moins la position au début du XVIᵉ siècle du bon Charles de Bovelles, érudit picard latinisant, faute de pouvoir trouver une stabilité dans le flottement dialectal, dans son « Livre de la différence des langues vulgaires et de la variété du

---

1. Du Marsais, *Les Véritables Principes de la grammaire* [...], chap. préliminaire, *Œuvres* (1797), t. I, p. 271.

discours français » (*Liber de differentia vulgarium linguarum et Gallici sermonis varietate*, 1533). Pour Bovelles, le temps de l'histoire et l'espace de la géographie sont les causes de cette déconcertante variété du langage vulgaire qui incite à recourir, en France même, au solide et stable latin. Les hiérarchies sociales n'y ont aucune place.

Mais deux siècles et demi plus tard, et déjà vers la fin du XVIIe, la variété linguistique, domaine de la faute et de l'incertitude, prive les parlers, le *sermo*, de la qualité de « langue » obtenue par le trajet qui mène du bas peuple aux « personnes du premier rang ». Par rapport aux références de Vaugelas, la Cour du roi et les « meilleurs écrivains », la localisation du pouvoir et les jugements esthétiques permettant une mise du discours en littérature disparaissent. C'est le rang social (et non la naissance, on peut le noter) qui, dans les mots au moins, crée la « langue ». La construction intellectuelle et lexicale de Du Marsais est schématique et brutale ; elle n'est pas fictive.

Si l'idée de « langue » repose sur la hiérarchisation de la société, celle de « génie » ne peut se contenter de cette source mondaine : un reste de sens du sacré, sinon de religiosité, l'anime.

Appliqué dans un esprit de célébration nationaliste à la langue française, le mythe du « génie » servit à une sorte de divinisation posthume des efforts de Malherbe et de Richelieu, jusqu'au délire universaliste de Rivarol.

Dans l'affaire, et malgré l'amour que les « génialistes » lui portaient, la langue française était à la fois transfigurée et défigurée. Sa nature propre de système fonctionnel, avec une musique orale, des images graphiques, des signes et des combinaisons signifiantes en effet spécifiques, était en général délaissée au profit de la production rhétorique des discours couronnés par la classe dominante pour leur esthétique et leur valeur intellectuelle. Ceci, sous ce nom qui ne fut diffusé qu'au XIXe siècle : « littérature ». Dans cette alchimie symbolique, la langue proprement dite s'évanouissait, ce qui explique que ceux qui la décrivaient minutieusement, les grammairiens, les lexicographes et autres vocabulistes, n'avaient guère appelé à leur secours un certain « génie ».

Cette démarche, en revanche, nourrit pendant deux siècles les symboliques et les mythes. Que l'idée de « génie de la langue » ait pu survivre à la critique philosophique (Kant) et aux assauts du romantisme contre la rhétorique au long du XIXe siècle et encore au XXe est un indice de cette nostalgie de la simplicité que garantissait aux « aménageurs » du langage un patronage surhumain.

Et plus la démarche, initialement justifiée par le désir d'arracher le français à l'emprise du latin (l'élément « défense » de la *Deffence et Illustration*), devient un tour de passe-passe nationaliste, plus la définition du « génie » des langues se veut analytique et linguistique. Rivarol, encore :

Ce mot [...] a l'inconvénient des idées abstraites et générales ; on craint, en le définissant, de le généraliser encore. Mais afin de mieux rapprocher cette expression de toutes les idées qu'elle embrasse, on peut dire que la douceur et l'âpreté des articulations, l'abondance ou la rareté des voyelles, la prosodie et l'étendue des mots, leurs filiations, et enfin le nombre et la forme des tournures et des constructions qu'ils prennent entre eux, sont les causes les plus évidentes du génie d'une langue ; et ces causes se lient au climat et au caractère de chaque peuple en particulier[1].

Trop général et indéfinissable, en effet, ce pseudo-concept de « génie de la langue ». Déjà au XVIIIᵉ siècle, et plus encore ensuite. « Un des mots dont l'acception est la plus vague », écrit le linguiste Jacques-Philippe Saint-Gérand, dans une étude sur cette notion de « génie de la langue française » de 1780 à 1960[2].

Cependant, en analysant le désir d'affirmer la spécificité du français face aux langues antiques, ensuite face à l'italien, au XVIᵉ siècle, puis l'apparition de l'expression et ses rapides instrumentalisations, ainsi que ses présupposés politiques, on peut, avec Gilles Siouffi[3], spécialiste de la langue française classique, mesurer l'importance de cette notion dans la fabrication d'une image transcendée, non de la langue en elle-même, mais d'un

1. Rivarol, *De l'universalité de la langue française*, p. 13 (éd. de 1797).
2. Dans *Et le génie des langues ?*, études rassemblées par H. Meschonnic, Presses universitaires de Vincennes, 2000, p. 17-66.
3. G. Siouffi, *Le Génie de la langue française à l'âge classique*, à paraître, Paris, Champion, 2007. Voir aussi A. Rey, F. Duval, G. Siouffi, *Mille ans de langue française*, Perrin, 2005.

usage seul digne d'en brandir l'emblème, le « bon usage », naturellement.

Tous les mythes du français peuvent converger dans ce *genius-ingenius*, et plusieurs justifications des pratiques de langage y trouver place. Il s'agit fondamentalement de la construction d'une « imaige de la Langue Françoyse » (Du Bellay, *Deffence et Illustration*, II, II), image évolutive, où sont exposés les facteurs esthétiques et poétiques, et masqués les facteurs politiques et de hiérarchisation sociale.

Si ce (pseudo) concept de « génie », à l'époque classique, peut être appliqué aux théories qui cherchent à définir des « langues », à partir du flot des discours et de ce que l'on considère comme le marécage des dialectes, dès qu'il est affiché dans des titres d'ouvrages que signent des professeurs de rhétorique oubliés (1668, Louis Dutruc ; 1678, Jean Ménudier ; 1685, Jean d'Aisy), il se réduit et se déforme à plaisir, devenant un argument publicitaire pour vendre soit l'apprentissage de la grammaire et de la phraséologie française aux étrangers, soit l'élégance et la clarté d'une rhétorique aux francophones. Ainsi, Ménudier place sous la marque « Génie » des marchandises très ciblées : des « proprietez » et des « élégances » – syntaxe et rhétorique –, à savoir « les belles manières de parler de la Cour, les mots les plus polis, les expressions les plus à la mode[1] », très particulières déclinaisons pour un concept quasi philosophique. Une notion du langage liée à la

---

1. Cité par Gilles Siouffi, *op. cit.*

reconnaissance d'un système, aboutissant à distinguer et à définir une langue. Ce concept est alors rattaché à un dynamisme constructeur, qui s'affirme contre le sentiment d'insécurité face au latin et se déploie dans un réseau de jugements à la fois esthétiques et sociaux, synthétisant un faisceau de qualités requises et supposées les mêmes, une fois encore : clarté, politesse, délicatesse, élégance, ordre, ingrédients symboliques du bon usage, garantis par des séries de remarques lexicales et phraséologiques qui effleurent à peine la spécificité du français.

Chaque commentateur du « génie » insiste sur quelques aspects valorisés de l'idiome, pour aboutir, le plus souvent, à une sorte de charte du bon style pour traducteur, pédagogue ou écrivain. Il s'agira, par exemple, « d'entrer dans le génie de la langue françoise, et de rechercher ce qui fait la beauté de certaines locutions ["manières de dire, de s'exprimer"] qui nous charment et qui expriment si bien ce que l'on veut dire[1] ». Politesse, élégance et clarté, nécessaires pour entrer dans ce génie.

On est très vite passé de l'idée de caractère naturel de la langue à une notion de qualités du style, projetées fictivement sur la langue elle-même, ou plutôt sur son image.

Aux XVIIe et XVIIIe siècles, l'idée en question fonctionne sur au moins deux plans. Celui dont il vient d'être question, utilitaire ou politique,

1. Morvan de Bellegarde, *Reflexions sur l'elegance et la politesse du stile*, 1695, Préface ; cité par G. Siouffi, *op. cit.*

et celui de la vision des langues, chez les grammairiens et les philosophes du langage, qui tentent d'articuler les universaux du langage humain et les propriétés spécifiques de chaque langue. Selon Beauzée[1] dans l'*Encyclopédie*, « ce qui se trouve universellement dans l'esprit de toutes les langues » est distingué « des différences qui tiennent au génie des peuples qui les parlent ».

Cette position sera adoptée ailleurs qu'en France et développée en particulier par Condillac, qui met en marche un mouvement dialectique qui part du génie des peuples, ou des nations, puis induit l'apparition d'un génie de la langue assuré par « le secours des grands écrivains », autrement dit par l'usage supérieur de cette langue dans un discours lui aussi « génial ». Le génie a besoin des génies. Le pouvoir collectif ne peut s'exprimer que par une rencontre de pouvoirs créatifs individuels.

Une langue qui rend intelligents les Français « même stupides »

Si les utilisations intéressées du lieu commun de génie-de-la-langue tendent à disparaître après

1. Nicolas Beauzée (1717-1789), grammairien et lexicologue, écrivit avec son collègue Douchet, pour Diderot, les articles de l'*Encyclopédie* consacrés à la grammaire. Ils les signaient E.R.M., pour École royale militaire, établissement où ils enseignaient. Beauzée est l'auteur d'une importante *Grammaire générale* (1767). Il fut académicien.

Rivarol, les modulations plus fines du concept ont ensuite contribué à nourrir la réflexion linguistique. Rivarol lui-même, on l'a vu, s'interrogeait sur la volatilité d'une notion que toute tentative de définition rendait, disait-il, d'autant plus générale. Les autres compétiteurs du concours de Berlin – voir ci-dessus –, et d'abord l'écrivain allemand Johann Christoph Schwab, codétenteur du prix avec Rivarol, ou Étienne Mayet, mettent en question l'idée de « génie », par rapport aux facteurs linguistiques, grammaticaux (c'est le cas d'Étienne Mayet) ou historiques et sociaux (Friedrich Melchior Grimm, Schwab).

Les réponses à ce concours illustrent les relations étroites, sur le plan intellectuel, entre la Prusse de Frédéric II et la France. Leurs auteurs sont, par exemple, François-Thomas (Franz Thomas) Chastel, né en 1759, établi comme professeur de français à l'université de Giessen, ou, plus connu, Johann Christoph Schwab (1743-1821), conseiller de l'instruction publique à Stuttgart, théologien et philosophe, qui fut secrétaire du duc de Wurtemberg. Il écrivit sa contribution en allemand ; elle reçut le premier prix et fut ensuite traduite en français. Le cas du Lyonnais Étienne Mayet, né en 1751, est très particulier : ce manufacturier en soieries avait été appelé à Berlin par Frédéric II lui-même pour organiser une industrie de la soie en Prusse. Il y réussit fort bien et, grand amateur de littérature, écrivit force poèmes ainsi que des comédies. Enfin, le plus français des hommes de lettres allemand avec le baron d'Holbach,

Friedrich Melchior, baron de Grimm (1723-1807), était devenu, après l'abbé Raynal – ami de Diderot et pourfendeur du colonialisme européen –, le responsable d'une *Correspondance littéraire, philosophique et critique* destinée à renseigner plusieurs souverains européens sur l'actualité culturelle française, et à travers elle, sans doute, sur la spécificité de ce « génie français » illustré par Voltaire et par les Encyclopédistes[1].

Le « génie de la langue », après la révolution philosophique et linguistique de la fin du XVIIIᵉ siècle et du début du XIXᵉ, va se cliver en deux. D'une part, la description typologique – avec les thèmes traditionnels, dont le fameux « ordre naturel » dont on a voulu créditer le français. De l'autre, l'incarnation dans les langues du « génie des peuples » ou « des nations ». D'une part, la genèse de la grammaticalité, qui ne surgira peut-être, rationnellement, avec les sciences du langage naissantes, que grâce à l'affectivité fortement politisée de l'idée de « génie ». De l'autre, en un paradoxe vertigineux, l'affirmation d'un « génie du peuple » indispensable à l'existence d'un génie attribué à la langue de ce peuple, qui devrait induire la prise en compte de la parole dudit peuple, précisément éliminée avec une patience inlassable au moyen des idées de « langue » et, dans le pays de Louis XIV et d'un Napoléon qui fut Buonaparte et le trahit, d'un

---

1. L'ensemble des réponses au concours de Berlin est publié sous le titre « Académie de Berlin », *De l'universalité européenne de la langue française*, Paris, Fayard, 1995.

« français » rendu littéraire, aristocratique et monarchique ou impérial.

L'apparition du peuple est le fait des Lumières, puis des nationalismes européens et des romantismes, et on peut avoir le sentiment que, pour survivre, il fallait que le génie se raccrochât à la fois à la connaissance des langues différentes, et à ce que la langue allemande exprime avec le plus de force : *Volk* et *Geist*, le « peuple-nation » et l'« esprit » hégélien.

Gilles Siouffi analyse ce glissement en notant que, vers la fin du XVIIIe siècle, l'idée de « génie de la langue » se sépare quelque peu de « l'imaginaire linguistique » pour servir de « support à la réflexion politique ». On peut aussi considérer que l'imaginaire en question est une superstructure de l'action politique, que l'élément imaginaire est transféré de la langue à la nation ou au peuple, et que la réflexion politique a changé de nature, le service de la langue du monarque devenant celui de l'idiome de la nation. Effet second de la pensée de Montesquieu et de Rousseau ?

Pour avoir confusément servi, à la fin du XVIe et au début du XVIIe siècle, d'assise à une intuition de la grammaticalité qui n'avait pas encore les moyens de contempler sa propre image avec la netteté de contours que procure l'investigation scientifique, le concept de « génie de la langue » est néanmoins loin d'avoir subi, avec le XVIIIe siècle, le recul qu'on aurait pu attendre de la part d'une notion au caractère si peu démontré.

[…] Loin de le dissoudre, le XVIIIᵉ siècle s'est efforcé de consolider le concept [de « génie de la langue »] en ajoutant des considérations d'ordre géographique et historique aux produits de la spéculation grammaticale du XVIIᵉ siècle[1].

Il est facile d'illustrer ces remarques en constatant que le thème du « génie des langues » a pu servir au raisonnement philosophique quand ce dernier visait l'universalité de *la* grammaire et la spécificité *des* grammaires. Ainsi, dans l'influent ouvrage de l'Anglais James Harris, *Hermes*, avant sa conclusion, l'auteur avait écrit que l'examen, la « réforme » de nos idées générales

nous conduit à observer comment les nations, ainsi que les individus, ont des idées qui leur sont propres et particulières, et comment le génie de leurs langues se forme de ces idées particulières, puisque le symbole doit toujours répondre nécessairement à son type primitif ; comment les nations les plus sages, ayant un plus grand nombre d'idées et des idées plus saines, ont aussi une langue plus exacte et plus riche[2].

Harris citait à l'appui de sa thèse le grand Francis Bacon, qui recommandait l'examen des langues pour obtenir des observations et des conjectures « sur le génie et les mœurs des peuples qui les parlent[3] ». Cette idée devint vite banale.

1. Gilles Siouffi, *op. cit.*, Préface.
2. *Hermes*, livre III, chap. 5, trad. François Thurot, Messidor, an IV.
3. F. Bacon, *De Augmentis Scientiarum*, VI, 1.

Exprimé ou suggéré, le principe ontologique de « génie » sert à la fois aux commentateurs des langues et à ceux qui scrutent la nature des « esprits nationaux ». Chez Ernst Robert Curtius, dans son *Essai sur la France*, il est question de l'« esprit », du « génie français », non de celui de la langue, et ces catégories sont appliquées au discours philosophique. S'inspirant de Bergson, qui exigeait pour « l'idée philosophique » de « s'exprimer dans la langue de tout le monde », Curtius s'en prenait au mythe de la « clarté française[1] », sans aborder le thème périlleux de la nature du français en tant que langue.

Quant à Hermann von Keyserling, dans son célèbre *Das Spektrum Europas*, traduit en français en 1930 (*Analyse spectrale de l'Europe*, Stock), il s'interroge, sans employer l'idée de « génie », sur l'« expression française », affirmant que, « à l'intérieur du conscient », au centre du « mode de vie du Français », réside un esprit qui « s'est créé une langue parfaite ». « L'expression française, poursuit-il, est, dans tous les domaines, d'une clarté évidente. » Ce serait donc cette langue française, en tant qu'expression de l'esprit français, qui, étant « de la logique incarnée », étant « si spirituelle qu'un Français même stupide [...] paraît plus intelligent qu'il ne l'est en réalité », ce serait cet idiome sublime qui rendrait universellement

1. Les vives critiques de Meschonnic à ce sujet (*op. cit.*, p. 77-80) visent plus l'histoire des idées philosophiques que l'essence supposée d'une langue.

compréhensible le tout de la « culture occidentale », européenne. Tout l'arsenal classique y est : clarté, esprit – aux deux sens du mot français –, lucidité, raffinement. Cette langue parfaite se limite à l'expression universelle du « conscient ». En effet, pour Keyserling, le Français est l'Européen le plus obtus lorsqu'il s'agit de ce qui n'est pas français, et qui lui reste étranger. La même langue « parfaite » ne sauve nul Français « d'une ridicule puérilité : naïf, borné, c'est un "introverti émotionnel"[1] ». La balance des jugements positifs et négatifs, également extrêmes, n'est pas en cause ; mais bien le caractère magique d'une langue qui rendrait la « francité » claire au monde entier tout en aveuglant ses usagers sur tout ce qui n'est pas eux. L'extraordinaire prétention de l'auteur, juché sur son « idéal de grand seigneur[2] », à décrypter l'esprit de toutes les nations de l'Europe repose en partie sur un transfert de ses propres jugements (exprimés en allemand) quant à la nature des diverses langues, en tant que moyens d'expression des esprits nationaux. Le « génie de la langue », ici encore, engendre des images sonores et graphiques fictives : des voix surnaturelles, des inscriptions dans le ciel.

1. « La France », *Analyse spectrale de l'Europe*, Paris, Stock, 1930, p. 51-52.
2. *Ibid.*, Préface.

II

LA GRANDE MÉTISSERIE

1

Naissances créoles

L'amour de la langue commence par la haine de ses innombrables contradictions et de ses incessantes combinaisons, par le rejet de la plupart des voix qui la portent. Non qu'elles ne soient perçues ; mais nul ne peut se reconnaître dans ce grand pouvoir collectif de pensée-parole, d'expression et de communication, immense et confus. L'idée de « métissage » ne suffit pas. Ce dont il faut parler, c'est bien d'un lieu de rencontre langagière généralisée, dont l'expérience la plus forte, dans le court et le moyen terme historique, est celle des langues créoles.

Le haut Moyen Âge fut en effet le siège, en un demi-millénaire, d'une créolisation à grande échelle. Les variétés de la langue latine en furent l'objet, rendues peu à peu distinctes, à partir de la forme élaborée et normalisée qui s'était constituée autour de Rome et qui, avec l'expansion de l'Empire, s'était répandue hors de la péninsule italienne.

Pour que la langue latine puisse ainsi se répandre, se diviser, se transformer, il lui fallut régner sur des régions qui pratiquaient d'autres idiomes. D'abord en Italie, où elle recouvrit peu à peu toute une famille de langues alors vivantes, tels l'osque ou le volsque, aux noms mystérieux. On parle en linguistique d'un groupe « italique », mis à mal par le latin, qui n'épargna pas non plus l'étrusque, qui n'était pas une langue indo-européenne.

Un linguicide tranquille : le gaulois

Parmi les zones que l'Empire romain conquit, figurait un vaste territoire où étaient employées les langues de peuples originaires d'Europe centrale et qui répandirent leurs usages vers le sud-est et vers l'ouest. Leurs idiomes appartenaient à un groupe structurellement assez proche de celui des langues italiques, mais très différent dans son incarnation en plusieurs branches. C'étaient les Celtes, et l'une de leurs principales langues, le gaulois. Ce n'est que vers la fin du XIXe siècle, avec les travaux d'Arbois de Jubainville[1], que l'on place l'origine de ces populations dans la région du Haut-Danube, mais Hérodote l'avait déjà suggéré. Que cette source soit ou non un peu plus orientale, comme on le pense aujourd'hui, toujours est-il que l'archéologie situe l'arrivée de ces peuples et de leur langage entre 1600 et 1300 avant l'ère chrétienne dans ce qui va devenir les Gaules, et plus tard la France, la Belgique et l'Helvétie (Gaule Cisalpine), plus le nord de l'Italie (la Transalpine). Entre ces dates anciennes et le Ve siècle

---

1. Henri d'Arbois de Jubainville (1827-1919). Chartiste, historien de la Champagne, il se spécialisa dans l'étude des premières populations connues de l'Europe et devint le premier professeur d'histoire des Celtes au Collège de France.

avant J.-C., cet immense mouvement de populations continue, le peuple celte se déployant et s'accroissant – âge dit « du bronze », civilisation de la Tène[1], auparavant période de Hallstatt[2] –, alors que les civilisations antiques de la Méditerranée orientale se construisent, avec des langues écrites et l'apparition des villes, en contraste avec cet état de chose occidental qu'on peut qualifier de protohistorique. Or, avant l'Histoire, par définition, pas d'écriture. Si on sait peu de la langue gauloise, on ignore tout de celles qui ont précédé la parole celtique dans ces mêmes régions. Tout, à l'exception notable d'une langue qui refusa de disparaître, et qui est parlée depuis plus de trois mille ans en Europe occidentale : l'euskara du pays des « Vascons », les Basques. On peut noter, au passage, que l'expression des étymologistes, qui qualifient de « préceltique » ou de « pré-indo-européenne » – encore plus ancienne – l'origine de quelques mots, est une manière élégante d'afficher une ignorance partagée. Car on ne sait rien des langues pratiquées avant le gaulois, dans ces Gaules, alors que les cultures correspondantes sont illustrées par l'archéologie. Comme si les arts précédaient la parole ; ce qui est absurde. Ce qui est vrai, c'est qu'ils précèdent l'écriture.

1. Site préhistorique de Suisse, près du lac de Neuchâtel. Cette civilisation celte du deuxième âge du fer va du Ve au Ier siècle avant l'ère chrétienne.
2. Hallstatt, village d'Autriche, près de Salzbourg, a fourni le matériel archéologique du premier âge du fer, du XIe au Ve siècle avant l'ère chrétienne.

Plus tard, à l'époque de l'invasion des troupes romaines et du *De bello gallico* de ce Caius Julius Caesar que nous appelons « César », sans plus, la langue gauloise n'était que rarement écrite, et en caractères grecs (ou étrusques), ce qui fit croire jadis à une parenté entre gaulois et grec ancien.

La conquête des Gaules eut de grands effets historiques. L'un fut la diffusion de la langue latine au-delà des territoires où elle s'était déjà installée, par exemple dans cette *Provincia* qui devint la Provence, et qu'on appelait la Narbonnaise.

Deux phénomènes majeurs bouleversent surtout l'usage des langues en Europe occidentale, après la conquête des Gaules par les armées de César et la défaite des confédérations gauloises. Ce sont : le recul de la langue celtique sur le continent, puis sa disparition en quelques générations ; la diffusion de deux usages du latin, l'un écrit et resté assez proche de sa forme classique, grâce à l'Église catholique, l'autre parlé, de plus en plus différent du modèle que présentent les écrivains romains de l'Empire. Différent et scindé, selon les territoires et les influences d'autres langues : substrat ibère ou gaulois, apport germanique en Gaule[1]…

La disparition du gaulois fut progressive, du IIe au Ve siècle. Les modifications du latin, de plus longue durée, préparaient – mais il faut se garder

---

1. Tout ceci, évidemment, trop simple et superficiel. On se reportera à la synthèse de Frédéric Duval, « Aux origines du français », dans *Mille ans de langue française*, Paris, Perrin, 2007.

de toute illusion téléologique – deux grandes familles de parlers, les occitans au sud de la France actuelle, les romans, puis « français », mot germanique, au nord.

Il semble paradoxal de réfléchir à la constitution métisse de la langue française en commençant par rappeler l'énigme du gaulois disparu sur le territoire correspondant assez exactement à la francophonie européenne d'aujourd'hui.

La disparition du gaulois, cette grande langue parlée de l'Armorique et des îles britanniques au pays des Galates, en Asie Mineure, envahi par les Celtes au IIIe siècle avant J.-C., eut lieu vers le Ve siècle. En effet, on rencontre encore des inscriptions en gaulois au IVe siècle. Disparition et remplacement par une forme régionale du latin impérial clivée en trois familles dialectales, celle du Nord aboutissant à une langue littéraire et politique qu'on appelle « roman » : le très ancien français.

Nous n'avons que peu de connaissances de ce long processus, et de l'influence du « substrat » gaulois sur l'évolution du latin régional des Gaules avant l'apparition de ces parlers romans – longtemps appelés des « vulgaires ». On peut dater cette genèse du VIIe siècle, mais ces nouveaux parlers n'ont pas laissé de traces avant les IXe et Xe siècles. La disparition du gaulois fut quasi totale. Les seuls restes facilement observables du gaulois en français sont de nombreux noms propres de lieux, des noms de personnes – tel le célébrissime *Vercingétorix* – et des mots celtes passés en français, souvent sous une forme latinisée (du sol au ciel : la *boue* et l'*alouette*, en passant par la politique : l'*ambassade*). D'autres effets du gaulois sur le bas latin des Gaules peuvent être évoqués, expliquant en partie les différences phonétiques évidentes entre, d'une part, l'italien, l'espagnol, le portugais et le galicien, l'occitan et le catalan, et de l'autre, le français « d'oïl » (*e* « muet », accent tonique déplacé et affaibli…).

Malgré cette discrète présence, au VIIe siècle, le gaulois est mort. Le breton d'Armorique appartient bien à la même famille celtique, mais il vient de formes insulaires, précisément du pays de Galles.

Les historiens sont donc face à une étrangeté : la fin d'une grande langue de civilisation en quatre ou cinq siècles. Bien des explications générales et hypothétiques ont été fournies. Notamment l'attirance des Gaulois pour les civilisations méditerranéennes (leur graphisme, assez rare pour rendre très ardue l'étude de leur langue, était surtout nourrie d'écriture grecque), matérialisée par les relations économiques importantes entre la Narbonnaise, *provincia* romaine, et toute la Gaule. Ou encore l'admiration pour le mode de vie et la pensée de Rome, transmis par le latin, langue écrite « dans le marbre ».

Plus concrètement, on évoquera les effets de la romanisation politique et administrative des Gaules, allant des rares villes aux petits centres commerciaux et agricoles – on peut rappeler que le mot *ville* procède du latin *villa*, désignant un ensemble économique rural de culture et d'élevage. Dans ce domaine de l'économie qui marque la vie quotidienne, les savoir-faire techniques venus de Rome se sont implantés avec leurs vocabulaires ; plus tard, ces vocabulaires résisteront aux influences germaniques. Le gaulois germanisé des IIe ou IIIe siècles pouvait ressembler sur ce point au français américanisé de Montréal vers 1950, avant les réactions de refrancisation. Là encore, comme sur le plan juridique, la romanisation est partie des centres, des villes. Non seulement le gaulois hérité a dû se latiniser, mais le latin est peu à peu devenu indispensable, surtout en politique, dans l'administration, pour le droit, et dans les techniques importées du Sud : construction en pierre, hygiène urbaine, irrigation, culture de la vigne et artisanat du vin – alors que la cervoise était celte (mais le mot *bière* est germanique). En agriculture, l'histoire du vocabulaire témoigne de cette invasion latine dès qu'il s'agit de commerce, et non plus de production rurale locale : alors que le mot *ruche* remonte à une source gauloise, *miel* est du pur latin.

Seules les relations quotidiennes, familiales, affectives spontanées ont pu échapper à cette vague romaine. Et encore insuffisamment pour que le gaulois puisse conserver un statut de langue maternelle à fonctions limitées, mais vivante, comme le font aux XXe et XXIe siècles des centaines de langues africaines à côté de plus grandes langues véhiculaires (tel le swahili) et des langues de communication internationale imposées par la colonisation. Le latin en territoire gaulois fut l'équivalent de l'anglais et du français dans l'Afrique colonisée.

À ces données, il faut évidemment ajouter un fait linguistique majeur : le gaulois était peu écrit, la civilisation celte était orale. On sait que la caste religieuse, celle des druides, interdisait la notation écrite : la littérature gauloise religieuse, qu'elle soit didactique ou lyrique, entièrement orale, est définitivement perdue. Pourtant, à partir du IIIe siècle avant l'ère chrétienne, des inscriptions gauloises en caractères grecs apparaissent : elles concernent le commerce, de brèves dédicaces d'objets, un calendrier, des contrats commerciaux.

Comme facteur de danger pour le gaulois, on peut probablement ajouter la proximité, dans la famille des langues indo-européennes, du groupe celte et du groupe italique : on peut citer des ressemblances de mots (*rex* latin, *rix* gaulois, « roi »), de morphologie (génitif en *i* des mots en -*o*, correspondant au -*us* latin ; forme en *b*- du futur…). Cela a pu faciliter le passage d'une langue à l'autre. De même, aujourd'hui, la proximité entre le vocabulaire anglais, due à l'emprunt massif au latin et au français au Moyen Âge, et celui des langues romanes a pu donner à l'anglais une force de pénétration accrue sur le français.

D'autres facteurs, sociaux ceux-là, sont intervenus. Les armées romaines furent un lieu de brassage incessant entre Latins, Celtes et Germains. Les besoins du commerce incitaient forcément des Celtes à parler latin. Surtout, les classes supérieures – militaires ou politiques – des tribus gauloises vaincues durent se soumettre à l'ordre romain, exprimé en latin. Déjà à l'époque de Tacite[1], l'historien latin témoigne du prestige, auprès des élites gauloises, de l'école romaine d'*Augustodunum* (où *dunum*, « citadelle », est un mot gaulois). Sous l'empereur Tibère, donc, la future ville d'Autun possédait une sorte d'université avant la lettre où « les fils des plus grands personnages des Trois Gaules », écrit Tacite, recevaient une éducation à la romaine. L'accession à la citoyenneté romaine, titre nécessaire pour toute carrière, était subordonnée à une bonne connaissance du latin.

Cette langue est donc partie du sommet de la hiérarchie sociale, et elle s'est étendue peu à peu aux classes artisanales et commerçantes, la résistance du gaulois ne pouvant se manifester que dans les zones rurales en faible contact avec le reste du pays.

On pourrait comparer la situation du latin dans les IIe et IIIe siècles à celle du français des Normands en Angleterre au XIIe siècle. Mais le français dit « anglo-normand » ne s'imposa pas aux classes actives et rurales ; par épuisement de son réservoir de locuteurs, le français des îles britanniques recula et disparut, au XIVe siècle, avec quelques restes et tout un vocabulaire.

La disparition du gaulois dans les régions où il fut pendant des siècles la langue unique est une tout autre affaire.

1. Né vers l'an 50, mort vers 120, grand écrivain, moraliste et historien, à qui l'on doit beaucoup de ce que l'on connaît des Gaulois devenus Gallo-Romains.

La parole « barbare »

Bien entendu, dans l'Empire romain finissant, la situation des langues dépend aussi des mouvements de populations. Aux IIIe et IVe siècles, avec les migrations invasives des Goths, des Alamans (repoussés en 367 vers Strasbourg par l'empereur Julien), la menace des Huns, déportant vers l'ouest des populations germaniques, la Gaule subit une série de violences, de désordres, de famines. Au Ve siècle, la situation change ; si les Wisigoths d'Alaric[1] prennent Rome (en 410, cinquante ans avant que les Vandales ne viennent mettre la ville à sac), les Burgondes, les Francs et les Wisigoths, alliés aux Gallo-Romains, repoussent les Huns d'Attila près de l'actuel Châlons-sur-Marne (on parle savamment des « champs catalauniques »). Le dernier empereur romain d'Occident, Romulus Augustule, sera déposé en 476 par les Hérules, peuple germanique venu du Nord par la mer Noire. On voit par là l'importance immense prise par les ethnies de langues germaniques. Importance militaire, dans la composition des armées romaines ; importance socioculturelle aussi en Italie du Nord, occupée par les Lombards au VIe siècle ; importance politique, avec les royaumes franc (actuelle France du Nord), ostrogoth (Italie :

1. Alaric Ier (v. 370-410), roi des Wisigoths, envahit l'empire d'Orient, puis l'empire d'Occident.

Théodoric[1]) et wisigoth (Espagne et Aquitaine, conquise par les Francs à la fin du Vᵉ siècle).

L'évolution du langage ne pouvait être indifférente à ces événements. Le latin parlé par les Celtes, puis par le *melting pot* militaire et économique créé par les différentes ethnies germaniques, évolua dans la pluralité des alliages entre vocabulaires d'origines diverses, tout en conservant un latin dont la structure, littéralement, se créolisait.

« Créolisation » du latin

Dans ces époques de troubles et de violences, le gaulois n'est plus qu'un souvenir. Et le latin se présente sous plusieurs formes. L'une, plus ou moins normalisée, surtout écrite – mais on la parle dans les monastères, à l'école –, sert de support européen à la diffusion de l'Église, dont le centre de décision est Rome. Ce latin chrétien médiéval se superpose à des formes orales de moins en moins unifiées, les situations du latin parlé « vulgaire » variant selon les régions. En Italie, le latin écrit est resté stable jusque vers l'an 1000. En Espagne, les Wisigoths convertis avant la fin du VIᵉ siècle encouragent les lettres latines : témoin, la langue d'Isidore, évêque de Séville, le grand encyclopédiste du VIIᵉ siècle. En Italie du Nord, les

1. Grand souverain et diplomate, il organisa au début du VIᵉ siècle une partie de l'ancien Empire romain d'Occident et fit la grandeur de Ravenne.

Germaniques Burgondes faisaient de même. Mais plus au nord, en Gaule notamment, ce latin écrit, encore maîtrisé par Grégoire de Tours, évêque et diplomate, auteur d'*Histoire des Francs* (*Historia Francorum*) et mort en 594, ou par Fortunat, évêque de Poitiers et poète au VIe siècle, va souffrir de la disparition des écoles mises en place par l'Empire romain au Ier siècle. Les Francs ne semblent avoir aucun égard pour le latin, alors même qu'ils abandonnaient leur langue pour le parler ! Ne restent plus dans le Nord que les clercs et les moines pour savoir écrire, et ce qu'on écrit n'est plus littéraire : des textes religieux, des actes notariaux, des documents juridiques, dans un style incertain, fait de bribes de langue classique, de formules, avec des hésitations graphiques (les finales étaient escamotées, le *e* se confondait avec le *i*), et des reflets (précieux pour nous) d'un latin parlé de plus en plus éloigné des canons cicéroniens. L'enseignement d'un latin stable, hors de l'Église, résiste encore dans les régions occitanes, mais non au nord de la Loire. Les incertitudes conduisent à des ambiguïtés, et la communication écrite n'était plus assurée en Gaule aux temps des Mérovingiens. De là, sans doute, les réformes de l'enseignement inaugurées par Pépin « le Bref » et surtout par son fils, Charles le Grand, Karl der Grosse, notre Charlemagne, le *magnus*.

À côté d'un latin vacillant, mais assez unifié et restauré, le latin parlé évoluait donc en divergeant. La prononciation s'adoucissait, le *k* du latin, écrit *c*, produisant un *tch*, puis *ch* (*campus* donne *champ* – on prononçait le *p*), le *s* suivi de consonne (*scr-*, *sp-*) devenant *es-*, et finalement *é* (*scribere*, *escrire*, *écrire*). De même que le *ch-*, le *j*, d'abord *dj*, est inconnu du latin. Le son *qu* dans *aqua* devenait peu à peu *awa*, d'où plus tard *eow*, puis *eau*. Le lexique était révolutionné, *testa* (« coquille, pot », puis « crâne ») remplaçant *caput* au sens de « tête », *caballus* éliminant *equus* pour « cheval », les dérivés se substituant aux mots simples (*avicellus*, « petit oiseau », donne le mot *oiseau*, ce qu'exprimait *avis* en latin ; *auricula* remplace *auris*, d'où *oreille*, etc.). La morphologie se simplifie : plus de neutre ; les cas sont réduits à deux : sujet et « régime » (complément). Quant à la syntaxe, la liberté de position des mots de la phrase latine classique n'est plus possible, dès lors que leur fonction n'est plus signalée par les cas : feu le nominatif, l'accusatif, le génitif, etc., sont confondus.

C'est sans doute vers le milieu du VIIe siècle que ce demi-latin, variant selon les régions, aboutit à un ensemble dialectal que l'on peut considérer comme « créolisé » par rapport au latin écrit de cette époque, même si les processus sont différents de ceux qui, au XVIIe siècle, croisent les lexiques de langues européennes avec des grammaires simplifiées par les esclaves parlant plusieurs langues africaines.

Pour les nécessités de la propagande religieuse, le concile qui se tient à Tours en 813 recommande le prêche en langue vulgaire, attestant ainsi que, dans la population rurale au moins, le latin des prières n'est plus compris. Déjà au VIIe siècle, les clercs, en France du Nord, avaient besoin de « gloses » en latin vulgaire pour comprendre les termes de l'Écriture sainte (dans la langue des premiers siècles, et traduisant l'hébreu ou le grec) ; on en a retrouvé à l'abbaye de Reichenau sur une île du lac de Constance. Mais il s'agit là de variations internes au latin.

Pour le connaître, ce latin du haut Moyen Âge, il nous faudrait des témoignages oraux, évidemment inexistants. Quant aux notations écrites, dans une société où savoir écrire signifie forcément aussi savoir le latin, elles ne concernent pas les parlers « vulgaires », qu'il s'agisse de dialectes locaux ou d'une forme relativement unifiée de ces parlers, qu'on va appeler le « roman ».

Cousins germains

Ainsi, sur les restes épars du gaulois, patrimoine celtique, au milieu des mouvements incontrôlés des formes de latin, l'une allant jusqu'à produire des parlers spontanés qui se comprennent mal entre eux, interviennent d'autres langues, celles des peuples germaniques. Langues perdues ou très mal connues, pour la plupart. Une seule, le gotique, est attestée par des documents miraculeusement conservés.

La grande famille des idiomes germaniques a été mise en ordre par les linguistes du XIXe siècle. On peut rappeler ce classement passablement abstrait et provisoire : un groupe nordique, dont les langues sont connues sous forme écrite et littéraire au XIᵉ siècle, et qui aboutit à des langues encore en usage aujourd'hui : islandais, danois et féroïen (la langue des îles Féroé), norvégien, suédois ; un groupe oriental (« ostique »), dont les idiomes ne se parlent plus depuis des siècles : le gotique (écrit sans *h*), le longobard, le burgonde, le vandale ; un ensemble occidental (« westique »), avec le francique, langue des Francs, l'alémanique des Alamans, le haut allemand – source de l'allemand actuel –, le bas allemand et, dans les îles britanniques, un métissage d'ancien saxon et de la langue des Angles, peuple du sud du Danemark, l'anglo-saxon.

Illustrant l'état précaire de nos connaissances, un sérieux remaniement de ce tableau est dû au linguiste suisse Ernst Schwartz[1]. Constatant la proximité des idiomes nordiques avec le gotique et les langues proches, on admet depuis Schwartz la répartition en un germanique continental, où l'on trouve les parlers francs, alamans, bavarois, puis un ensemble got et scandinave où l'on fait voisiner les langues nordiques et « ostiques » de l'ancien classement, et entre ces deux groupes un « germanique de la mer du Nord » (Nordseegermanisch) d'où procèdent l'anglo-saxon et le frison (la Frise, au nord des Pays-Bas). Plus à l'est, un groupe de l'Elbe (Elbgermanisch), plus hypothétique, comprendrait notamment le longobard ou lombard.

---

1. E. Schwartz, *Goten, Nordgermanen, Angelsachsen*, Berne, 1951.

Plusieurs de ces idiomes sont venus interférer avec le latin vulgaire, puis avec les parlers romans qui en procèdent. Pour l'Hispanie – future Espagne – et l'Aquitaine, c'est surtout le wisigot, branche du gotique séparée, semble-t-il, de son homologue de l'Est, l'ostrogotique, au IIIe siècle. La réputation disgracieuse des Ostrogots résulte plus des interprétations tardives de l'histoire que des réalités. Les Wisigots s'en sont mieux sortis, grâce à leur organisation politique et à leur métissage culturel avec le latin, en Hispanie notamment, grâce aussi à leur christianisation.

Mais tout ceci est à la fois sommaire et sujet à caution. On aura une idée de la complexité extrême de l'histoire de cette Europe des « barbares », avec ses migrations imposées par la misère ou volontaires, ses établissements, ses campagnes militaires violentes et ses razzias, ou au contraire ses pactes avec les restes de la force romaine, dans tous les cas ses brassages de population, en lisant les historiens récents, à la recherche de sources maigres et difficiles à interpréter[1].

Le grand paradoxe est que, malgré la domination, soit destructrice, soit organisatrice, des peuples germaniques sur les territoires de l'Empire romain éclaté, les langues des envahisseurs, même dans une domination politique stabilisée – les meilleurs exemples étant celui des Wisigots en Aquitaine et en Espagne, puis celui des Francs

---

1. Par exemple, la synthèse remarquable de Lucien Musset, *Les Invasions : les vagues germaniques*, 2e éd., Paris, PUF, 1969.

en « France » –, ont cédé la place aux dialectes romans malgré la prise de pouvoir politique. En Espagne, en Italie, en France même, pays de nom germanique, qui doit son unité aux Francs mérovingiens, les seuls témoins de la parole germanique se trouvent au nord-est, en Lorraine orientale, et à l'est, en Alsace, alors que dans la seconde moitié du VIe siècle, les royaumes mérovingiens, partis de Hesse et ayant progressé jusqu'au nord de la France (avec Clovis, 486), s'étendaient sur presque tout le territoire de la France actuelle, remplaçant au sud-ouest le pouvoir wisigotique du roi Alaric II, vaincu par Clovis (bataille de Vouillé, près de Poitiers, 507), et au sud-est le vaste royaume des Burgondes (après 534). La langue des Wisigots et le burgonde ont disparu, le francique (plus exactement l'ancien bas francique) aussi, malgré Clovis, ou à cause de lui et de sa conversion au catholicisme romain. Au VIIIe siècle, les parlers franciques et alémaniques étaient vivants, sur la côte nord, jusqu'à Montreuil-sur-Mer, le Boulonnais étant germanisé par des commerçants saxons. Le Brabant, dans la future Belgique francophone, présentait des îlots germaniques. En revanche, d'après l'étude des noms de lieux, jusqu'au IXe siècle, il semble qu'on parlait roman (très ancien français) autour de Maastricht, Aix-la-Chapelle et jusqu'au XIIIe siècle près de Trèves, ainsi que dans la vallée de la Moselle[1].

---

1. M. Gejsseling, « La genèse de la frontière linguistique dans le nord de la Gaule », *Revue du Nord*, 44, 1962.

Plus tard, la frontière des langues, entre dialectes romans et parlers germaniques, assez précisément connue au XIIIe siècle, resta stable : dialectes franciques au nord – aujourd'hui la limite entre français, dialectes wallons de Belgique et néerlandais flamand ; entre français et parlers germaniques de Lorraine, encore nommés francique ; entre français et dialecte alémanique alsacien, entre français et suisse alémanique, plus au sud, en Helvétie.

C'est à l'intérieur de cette frontière et dans la moitié nord de la France actuelle – à l'exception de l'Armorique – que les dialectes issus du latin, recevant d'importants apports germaniques, surtout franciques, vont donner naissance à une langue lentement unifiée.

À cette langue romane, les apports franciques, succédant vers le milieu du Ve siècle à des emprunts germaniques indistincts, sont de plusieurs natures. Phonétique, avec la diphtongaison du *a* latin et la réapparition du *h* dit « aspiré », syntaxique, avec l'adjectif placé avant le nom (Neuchâtel, et non Châteauneuf), et surtout lexicaux.

La langue des Francs n'a d'ailleurs pas attendu l'invasion des Gaules par ces peuples pour être parlée dans le domaine gallo-roman. De la fin du IIe siècle au Ve siècle, des représentants de ces peuples figuraient dans les troupes romaines, lieu de contact et d'échange entre le latin et l'ensemble des langues germaniques. Aux IIIe et IVe siècles, nombreux sont les Francs, avec d'autres « barbares » germaniques, qui reçoivent du pouvoir romain le droit de s'installer sur des terres abandonnées, pour les exploiter sans trahir leur rôle militaire. Ces soldats-laboureurs, appelés par les historiens des « lètes », ont bien dû conserver leur langue dans l'usage quotidien ou entre eux, réservant le latin aux relations avec l'extérieur.

Puis, après une première colonisation limitée au nord des Gaules, entre Picardie et Lorraine, la période des rois mérovingiens (VIe-VIIe siècles) correspond à de nouveaux apports, dans une zone plus importante, jusqu'à la Loire. Enfin, à l'époque carolingienne, l'influence franque dans la langue, latin tardif ou dialectes – surtout ceux du Nord –, couvre la totalité de la France future.

Le rôle de l'influence francique dans la répartition des dialectes d'oïl, plus germanisés, et d'oc, restés plus proches du latin, est très discuté. Mais les modifications de la phonétique (avec le *h* prononcé, le *w-* articulé *g-* [*warra* « querelle, rixe » donne *guerre*]) témoignent de cette influence. Avec l'apport germanique des Francs, le vocabulaire gallo-roman s'enrichit : plus de 700 mots en français médiéval, dont 500 environ sont restés, certains très fréquents, dans l'organisation militaire (*sénéchal*, *maréchal*) et politique (*baron*), dans le vocabulaire des sentiments (*honte*, *haine*), dans la végétation (*hêtre*, *houx*), l'anatomie (*hanche*), les couleurs et teintes (*gris*, *brun*)... Cependant, les mots du commerce et de l'artisanat, ceux de la religion, fixés par le latin chrétien, restent protégés[1]. Cette répartition est d'ailleurs caractéristique des mœurs et coutumes des Germaniques, d'abord auxiliaires de l'Empire et colons, puis envahisseurs et introducteurs de l'organisation sociale féodale et royale.

Moins nombreux et plus limités, les apports d'autres langues germaniques, le gotique – seule langue germanique ancienne bien connue, grâce à la traduction de la Bible par l'évêque Wulfila, en partie conservée –, le burgonde, l'alaman, témoignent de la vivacité extrême des interférences linguistiques – et donc ethniques – dans la genèse des langues parlées en Gaule, ces dialectes gallo-romans qui ont donné naissance au français et aux variantes de l'occitan.

Métissage et créolisation pourraient bien être les maîtres mots du Bas-Empire romain et des nations apparues au Moyen Âge sur son territoire.

---

1. Voir L. Guinet, *Les Emprunts gallo-romans au germanique* (du Ier au Ve siècle), Paris, 1982 ; Ph. Wolff, *Les Origines linguistiques de l'Europe occidentale*, Toulouse, 1982.

2

CHEMINS DE TRAVERSE

Il est facile, et sans doute exact, de parler de « dialectes gallo-romans » au Moyen Âge. Mais de quoi parle-t-on, alors ? De parlers locaux, spontanés, dont nous n'avons d'autre trace que leurs héritiers lointains, les dialectes et patois des XIXᵉ et XXᵉ siècles, en voie de disparition et qui ne ressemblent à leurs ancêtres qu'autant que le français contemporain ressemble au très ancien français. Au Moyen Âge, la seule trace que nous ayons de ces parlers consiste en variantes cohérentes, selon les régions, d'une même langue écrite pratiquée dans la moitié nord de la France.

Ces dialectes, tels qu'ils étaient parlés, nous restent donc inconnus sauf par reconstitution. Leur passage à l'écrit les a évidemment normalisés, à tel point que les trouvères picards, les poètes en « anglo-normand », le français d'Angleterre, ou le poète-romancier champenois Chrétien de Troyes pouvaient être entendus et lus par tous les lettrés du royaume (ils étaient peu). L'admirable poésie romanesque de Chrétien est écrite selon ce qu'on appelle une *scripta*, portant des traces du dialecte local, mais visant la langue commune, celle du roi. Les dialectes spontanés, eux, étaient nombreux et divisés, depuis qu'ils s'étaient détachés du latin parlé populaire. Jusqu'à quel point, et avec quelles frontières d'intercompréhension, nous l'ignorons.

Quand on écrit « le français », au Moyen Âge, ce peut être un modèle qu'on n'est pas certain d'atteindre, mais dont on se sent proche. Ainsi, chez le trouvère picard Conon de Béthune, critiqué à la Cour de France par des puristes dont faisait probablement partie la mère du roi Philippe Auguste, champenoise[1] : plus on est éloigné de Pontoise – et de Paris –, plus mal parle-t-on, entend-on dire.

Vexé, le poète-chevalier (il participa à deux croisades) se désole. « Je constate », écrit-il,

> *[…] que mon langage eut blasmé li François*
> *et mes chansons, oiant les Champenois,*
> *et la contesse, encor dont plus me poise*
> *[ce qui me fait encore plus de peine…]*
> *encor [que] ne soit ma parole françoise*
> *si la puet on bien entendre en françois,*
> *ne cil ne sont bien apris et cortois,*
> *s'ils m'ont repris, se j'ai dit mot d'Artois,*
> *car je ne fui pas norriz [élevé] à Pontoise.*

1. Philippe II Auguste, l'un des principaux acteurs de la construction royale de la France, était le fils du roi Louis VII, dit le Jeune. Ce dernier, époux d'Aliénor d'Aquitaine – mariage qui avait notablement agrandi le royaume de France –, l'avait répudiée en 1152 ; elle reprit sa dot et épousa le roi d'Angleterre, Henri II Plantagenêt. Louis VII se remaria avec Constance de Castille, qui mourut quatre ans plus tard. En 1160, le roi Louis, devenu veuf, épousa Adèle (ou Alix) de Champagne, fille du comte Thibaut II. C'est elle qui eut pour fils Philippe, futur roi, et qui exerça la régence en son absence, pendant la 3e croisade.

Ainsi, parler ou écrire en parfait français n'est pas nécessaire pour être compris en cette langue. Mais il s'agit là d'un grand poète et de sa clientèle princière. Les choses pouvaient être bien différentes dans les classes populaires illettrées, malgré les influences et les interférences entre parlers locaux. On se bornera donc à distinguer de grandes familles dialectales, selon ce qu'on sait des variantes phonétiques – que reflète imparfaitement la langue écrite –, selon les particularités de la grammaire et de la formation des mots, selon les vocabulaires, résultat, outre la source latine, d'influences germaniques variées, comme on l'a vu.

Les frontières entre dialectes, le plus souvent nommés « patois », ce qui les déprécie, restent imprécises, et les influences réciproques sont nombreuses. Une chose est sûre : c'est que le latin populaire n'a pas évolué de manière nettement différenciée, selon une transmission linéaire, entre les différents parlers du nord de la France féodale ; ceux-ci ont divergé. Le sentiment de l'« autre langue » ne pouvait jouer qu'entre l'ancien français et l'ancien occitan[1] (deux ensembles dont seul le premier tentait de s'unifier), ou bien entre cette langue d'oc et le castillan, ou l'ensemble des dialectes d'Italie (les langues où l'on dit *si* et non *oc* ou *oui*, expliquait Dante), ce qui rejoint de manière rassurante le sentiment commun.

---

1. Les parlers dits aujourd'hui « franco-provençaux », de Lyon à la Suisse romande, étaient eux aussi sentis comme distincts de la langue d'oïl.

Même si nous sommes incapables d'imaginer les échanges verbaux entre seigneurs féodaux, ou entre paysans de régions différentes – entre seigneurs et serviteurs, ou paysans, c'étaient des ordres –, ou bien entre tous les humains, nous pouvons reconstituer une géographie dialectale, à condition de nous en tenir à des ensembles assez vastes.

Un groupe de l'Est, incluant lorrain, champenois, bourguignon ; un autre du Nord-Est, avec le picard et le wallon de Belgique, assez proche des dialectes de l'Ouest. Parmi ces derniers, le plus important est le normand, dans la région où les envahisseurs vikings du IXᵉ siècle se sont empressés d'abandonner leur langue pour adopter le gallo-roman local. Plus à l'ouest, aux marches de la langue bretonne, le gallo. Le dialecte roman de Normandie, exporté en Angleterre après les exploits de Guillaume dit le Conquérant, fournit une variante sans doute très voisine, amplement identifiée par l'abondante et admirable littérature dite « anglo-normande », aux XIIᵉ et XIIIᵉ siècles. Enfin, un groupe central correspond à l'angevin, au berrichon et au poitevin, géographiquement proches des dialectes occitans du Nord, tandis qu'à l'est, une zone de parlers a été baptisée « franco-provençale », couvrant tous les dialectes parlés de Lyon à la Suisse et à la Savoie, et trahissant, selon une théorie discutée, l'influence burgonde.

Ce qui est devenu la forme écrite appelée « roman », puis « français », n'est pas, comme on a pu le croire au XIXᵉ siècle, un dialecte de l'Île-de-France, le fantomatique « francien », mais bien un compromis politiquement nécessaire, une langue véhiculaire – tel le kiswahili en Afrique de l'Est – largement partagée depuis la mer du Nord jusqu'à la Loire, et de la Belgique wallonne et de la Lorraine aux marches de Bretagne. Cette langue n'a pu « prendre » que par l'effet de diffusion souhaité et soutenu par le pouvoir royal, poussé par le rayonnement économique et social de Paris.

Un compromis écrit de ces dialectes apparaît sous la forme d'un jargon artificiel, fabriqué à des fins politiques pour formuler les accords entre deux des petits-fils de Charlemagne, Charles dit le Chauve et Louis le Germanique, alliés contre leur frère Lothaire, devenu menaçant. L'affaire commence avec Louis Ier de France, dit le Pieux ou le Débonnaire. Fils de Charlemagne, héritier de l'empire d'Occident, il voulut maintenir l'unité de l'*Imperium* en faisant de son fils Lothaire son unique héritier – donnant cependant l'Aquitaine à Pépin et la Bavière à Louis (dit le Germanique), ses deux autres fils. Il avait eu de Judith de Bavière encore un autre fils, Charles (qui sera appelé le Chauve), que ses demi-frères voulurent écarter. Ils déposèrent le roi Louis en 833, mais Pépin et Louis le rétablirent ensuite. Pépin avait été fait roi d'Italie à l'âge de quatre ans ; en 806, il avait reçu la Bavière et l'Alémanie et mourut quatre ans plus tard. Des quatre fils de Louis Ier restaient donc Charles, Louis et Lothaire. Lothaire Ier, empereur d'Occident (840), entra en guerre avec ses frères Louis et Charles ; battu en 841, il dut accepter le traité signé à Verdun en août 843, qui lui concédait l'Italie, la Provence, la Bourgogne et les régions baptisées Lotharingie – d'où vient Lorraine –, à partir de son nom ; son royaume avait deux capitales, Aix-la-Chapelle et Rome. Louis recevait la partie germanique de l'Empire carolingien, Charles la partie occidentale (à l'ouest de l'Escaut, de la Meuse, de la Saône et du Rhône). C'était la fin de l'empire d'Occident ressuscité par Charlemagne et le début des États d'Europe occidentale sur le continent. Dans la partie réservée à Louis et Charles, le monde roman et le monde germanique se côtoyaient. La différence des cultures et des langues allait produire un peu plus tard l'emploi, à côté du latin, de parlers germaniques évolués, alémanique ou ancien haut allemand, et d'un nouveau « vulgaire » roman, dans un échange de serments destiné à stabiliser la situation par des accords proclamés en commun. Ces accords donnèrent donc lieu à un serment solennel, en trois versions, et non pas, selon les habitudes, en latin seulement. C'était en 852, à Strasbourg. Pour le texte en langue germanique, l'ancien haut allemand, la chose était simple : cet idiome était employé et assez bien fixé depuis plus d'un siècle. Charles le Chauve prononça donc le début de la formule en germanique, dans la langue des soldats de Louis, qui, comprenant le message, lui répondirent dans leur langue. Pour Louis le Germanique et les troupes de Charles, il n'existait à notre connaissance (certes lacunaire) aucun modèle écrit. Quel responsable de communication très doué inventa ce serment bilingue et concocta cet écrit, le premier document connu qui représente, sinon du « français », du moins une langue virtuelle distincte du latin ? Nous l'ignorons.

Nous disposons de ce texte grâce à un manuscrit copié vers l'an 1000 et d'après un témoignage d'un contemporain, le chroniqueur Nithard, mort au milieu du IXe siècle.

Voici la teneur du serment de Louis le Germanique, traduit :

> Pour l'amour de Dieu, pour le salut commun du peuple chrétien et pour le nôtre, à partir d'aujourd'hui, et autant que Dieu m'en donne la sagesse [le « savoir »] et le pouvoir, je soutiendrai mon frère Charles par mon aide, en toute chose, comme on doit selon la justice porter secours à son[1] frère si lui en fait autant à mon égard [...].

Ce serment proféré en « non-latin » correspondait-il aux usages langagiers, d'ailleurs variés, des officiers et soldats de Charles ? Probablement pas. Mais assez pour être entendu, et en tout cas plus que s'il avait été dit en latin, même « vulgaire ».

On s'accorde à penser aujourd'hui que ce discours était exprimé dans une langue hybride, artificielle, peut-être établie pour l'occasion, qu'on pourrait comparer aux discours officiels des hommes politiques d'Haïti lorsque le créole effectif et

---

1. Ainsi sont les possessifs, peu cohérents, dans le document.

spontané est partiellement « décréolisé » pour solenniser la parole.

Voici le début de ce serment, que Louis a pu prononcer, en outre, avec l'accent de sa langue maternelle… :

> Pro deo amur et pro Christian poblo et nostro commun salvament d'ist di [de ce jour] en avant in quant [pour autant que] deus [Dieu] savir et podir [savoir et pouvoir] me dunat si salvarai [« sauverai », soutiendrai et aiderai] eo [je] cist meon fradre Karlo et in aiudha et in cadhuna cosa si com om [on] per dreit [selon le droit] son fradra salvar dift [doit] in o quid [en ce que] il mi [lui à moi] altresi [ainsi] fazet.

Cette langue, éloignée du latin par la grammaire et les mots, en porte les traces aujourd'hui effacées ; sa prononciation devait être moins nette que la graphie ne le supposerait, sinon on n'aurait pas écrit (ou recopié) le même mot « frère » en *fradre* puis *fradra*. On a vu là un mixte de roman du Nord et d'occitan. L'ordre des mots n'y est pas encore celui de l'ancien français du XIᵉ siècle.

État intermédiaire, incertain, forme écrite sans doute artificielle, mais témoignage important, vu les enjeux politiques du texte.

La suite, induite des œuvres de plus en plus nombreuses notées en français du Xᵉ au XIIIᵉ siècle, est mieux connue. Une langue à peu près unifiée, de plus en plus différente de sa source, le latin populaire. Des sons nouveaux : le *u* de *mur* et de *dur*, inconnu du latin et d'autres langues romanes, les voyelles notées *ou* et *eu* qui se substituent au *o* latin (*louer*, *cœur*), le *s* après voyelle, encore écrit, qui cesse de se prononcer (*teste* ou *asne* se disent alors avec un *e* et un *a* longs, sans sifflante). Des sons complexes deviennent simples et l'écriture en garde la trace : *ou*, d'abord prononcé *oü*, *ow*, n'a plus qu'un son, noté *u* dans d'autres langues ; *ai* autrefois dit *aï*, devient un *è* ; *éaw* devient *o*, écrit *eau*. Côté consonnes, un *th* germanique que l'anglais conserve devient *t*. Les voyelles nasales (*an*, *on*, *un*…) remplacent progressivement le *n* latin (*an'*, *on'*…).

Tout en perdant la plupart des cas de la déclinaison latine, l'ancien français déconcerte le lecteur moderne par ses deux formes : au masculin singulier, *li murs* est sujet (*murus*), *le mur* est complément (*murum*). Au pluriel, *les roses* vaut pour les deux fonctions : sujet et complément. Parfois, le nom change de forme, selon qu'il est sujet (*li cuens*) ou complément (*le* ou *lo cunte*, « le comte », et, d'origine germanique, *li bers*, « le baron », dont la forme comme complément est *baron*). On voit que c'est l'accusatif du latin qui donne la forme unique du français moderne : *murum* et *rosam*, non pas *murus* et *rosa*. Mur, *rose* ont éliminé leur *s*, réservé à la marque du pluriel. Pour les verbes, apparaissent des formes composées, avec *avoir* et *être*, qui n'existaient pas en latin classique.

Mais ces évolutions – bien plus nombreuses, on s'en doute, que ces quelques cas – ne rendent pas compte de la nature de l'ancien français, où la souplesse dans l'ordre des mots, réduite par rapport au latin, est encore bien plus grande qu'en français moderne. Pour le lecteur d'aujourd'hui, cette langue doit une part de magie à son rythme et à son lexique, qui en font une langue étrangère mais proche, rebelle à la traduction.

Cet idiome, devenant national et européen, fut le support d'une très grande littérature, longtemps méconnue ou méprisée avant d'être redécouverte avec toute son époque, le « Moyen Âge », *medium aevum*, par le romantisme. Elle fut ensuite éditée et étudiée par la philologie, au XIXe et au XXe siècle, bénéficiant alors du savant enthousiasme d'universitaires français (au premier rang desquels un Gustave Cohen[1]). Derrière l'intérêt pour l'ancien français au nom d'une conception plus large de la littérature française et européenne par les thèmes – Tristan et Iseult, issu du patrimoine celtique – ou de la connaissance d'une langue nécessaire au déchiffrage de l'histoire médiévale (on en voit les effets chez deux grands médiévistes, Georges Duby et Jacques Le Goff), les formes évolutives du français, entre le XIe et le XVe siècle, apportent de grandes connaissances sur la société francophone de ces époques, ses passions et ses mythes.

Durant trois cents ans, du XIe au XIIIe siècle, l'ancien français correspond à l'univers plastique

---

1. Gustave Cohen (1879-1959), universitaire en renom, fut un médiéviste militant, auteur d'un livre influent, *La Grande Clarté du Moyen Âge* (Gallimard, 1945). Il fut notamment le fondateur du groupe étudiant de théâtre médiéval « Les Théophiliens ».

roman et gothique, à une musique sublime. Il en a la richesse, la puissance spirituelle animée par la religion catholique omniprésente, et la beauté, incarnée par des chefs-d'œuvre en divers genres : chansons de « geste »[1], « romans » en vers, poésie lyrique, jeux scéniques, etc. Certains contenus culturels ont conservé une grande vitalité jusqu'à nos jours : ainsi, les romans-poèmes du cycle arthurien, qui adaptent la « matière de Bretagne », c'est-à-dire la légende celte des îles britanniques, et en font un réservoir européen de mythes, contes et récits, alimentant l'ancien français, notamment sous sa forme « anglo-normande », l'ancien anglais, l'ancien haut allemand, à côté des langues d'origine : le celtique irlandais, écossais et gallois.

Chrétien de Troyes, Conon de Béthune, les auteurs des premières branches du *Roman de Renart*, Marie de France[2], Rutebeuf font partie des plus grands écrivains européens. Pour qu'ils soient perçus après leur époque, il aura fallu cette véritable renaissance médiévale que fut le romantisme, relayé par la science philologique. Mais ces vastes territoires retrouvés, tout comme ceux de la musique (indissociable de la poésie), de l'architecture et de la sculpture médiévales, abritent une complexité d'influences insoupçonnables avant les travaux des XIXe et XXe siècles, qui se continuent aujourd'hui.

---

1. Voir plus loin : « La geste et la chanson ».
2. Cette Marie, dont le nom (« de France ») a fait supposer qu'elle était princesse, vivait et écrivait en Angleterre. C'est la première poète en français et l'une des plus grandes ; on ne la connaît que par ses admirables vers, qui transcrivent les légendes bretonnes.

Toutes les civilisations d'Europe occidentale et plusieurs autour de la Méditerranée contribuent à l'épanouissement de cette langue littéraire multiforme. Ces croisements concernent aussi les variantes des dialectes d'oc, siège d'un épanouissement littéraire également admirable.

S'agissant du lexique, l'hybridité des sources – latin populaire des Gaules, fonds gaulois, apports germaniques, surtout francique – s'accroît encore. C'est le phénomène de l'emprunt, où un mot « étranger » – provenant de quelque langage humain que ce soit – est pris brusquement, à l'oral ou à l'écrit, et passe à l'état de mot français, ou de tout autre idiome, sans crier gare.

L'emprunt est indispensable pour assurer le rapport entre toute langue et ce qu'elle doit exprimer, désigner, nommer. Dans les fonts baptismaux de la désignation, l'emprunt fournit le supplément d'expression nécessaire quand sont épuisés les moyens de la création interne : dérivation, composition, abrègement, manipulations formelles…

Dans le cas du français, l'emprunt concurrence très vite les signifiants issus de l'usure phonétique du latin populaire. Dès le Xᵉ siècle, par retour au latin écrit, certains mots échappent à l'érosion orale. Tandis que le latin *diurnum*, « le jour », devient *dj'ourn*, *djorn*, puis *jour*, ou que *tegulam* avale son *g* pour produire *t'joule*, *tiule*, se renversant en *tuile*, le latin *diabolum* garde son *d*, devenant *diaule* (*diaoul*), et retrouve son *b* (*diable*) ; pour le son *g*, *figuram* demeure *figure*, et non quelque *fioure*. *Diaule* et *figure* sont des emprunts, le premier au latin chrétien, qui l'avait subtilisé au grec, le second au latin classique, continué au Moyen Âge. Aux XIᵉ et XIIᵉ siècles, les emprunts du roman viennent donc du latin, mais aussi des dialectes populaires, produisant des jeux phonétiques : le *k* latin donne par voie orale un *ch-*, sauf en picard, et cette forme peut influencer le français central en ajoutant à *chevrette* la prononciation *keuvrette* (avec la déformation appelée « métathèse » [*kèvr-* donne *krev-*] et par une étonnante métaphore, *crevette*). Ainsi, picard et normand sont présents dans ce « français du roi » qui, par ailleurs, les snobe. En outre, le normand, dialecte gallo-roman, a enregistré quelques mots de son germanique d'origine : *équiper* vient d'un terme de navigation viking, c'est-à-dire danois. Ces emprunts sont internes au domaine royal. Ce n'est pas le cas de ceux qui viennent de l'occitan provençal avant 1481 (date où la Provence devient française). La source occitane du vocabulaire français est essentielle ; elle fut longtemps sous-estimée, car on peut confondre cette origine avec le latin tardif.

Ce n'est pas tout. Les langues germaniques, en dehors du vocabulaire qu'apportent les Francs dans leurs bagages, sont des fournisseurs, parfois dans des domaines spéciaux. Les Vikings danois romanisés de Normandie apprennent aux usagers du français à parler norrois en marine : *quille*, *étrave* (on a cité à l'instant *équiper*) ; les Frisons du nord de la Hollande sont responsables, entre autres, de la conservation du poisson (le hareng *saur*, *hareng* étant lui-même un pur germanisme adopté par les

Francs). Déjà, les Anglo-Saxons : *nord* (*north*), *sud* (*south*), *bateau* (un dérivé de ce qui est en anglais moderne *boat*). On oublie souvent, devant la marée grise des anglicismes et américanismes modernes, que le français a eu besoin de la langue anglo-saxonne dès le Moyen Âge – infiniment moins, il est vrai, que la langue anglaise du français.

Plus inattendu, peut-être, la vague d'emprunts médiévaux à l'arabe, d'abord par le relais espagnol. Quand les rois catholiques assurent la *reconquista* politique des califats *andalous* (mot qui n'a rien à voir avec les Arabes, mais qui évoque les Vandales), la langue arabe donne du son et du sens à l'idiome castillan et, par là, au reste des langues d'Europe. D'autres mots arabes sont rapportés par les croisés. L'ensemble manifeste la supériorité de la culture arabe médiévale sur les cultures d'Europe occidentale, notamment en sciences (par le mot *zéro*, forme italienne tirée de *sif'r*, qui a fourni *chiffre*, par des termes qui commencent par *al*, l'article arabe aussi transcrit *el* : *alchimie*, *alcool*, où l'on reconnaît le *kohol*, le nom propre *algorithme*, étranger au *rythme* grec). La culture arabe musulmane s'exprime aussi en Europe par des termes de musique (*guitare*), de civilisation (*jupe*, *matelas*), sans oublier l'*orange*. Ces enrichissements du savoir, de la nomination du monde naturel et des objets fabriqués commencent dès le XIe siècle, et utilisent la médiation des langues romanes méridionales : castillan, catalan, italien. Les croisements deviennent de véritables réseaux, géographiques, culturels, sémantiques, et manifestent l'impossibilité de penser une langue comme un système se développant en vase clos. Même la morphologie, formation des mots incluse dans la syntaxe – le système profond de la langue –, porte la trace du métissage : le préfixe *mes-*, *mé-* de *mésaventure*, de *méchant* (*meschéant*, de *choir*), de *médire*, etc., est germanique.

Cependant, la productivité relativement faible du français dans la formation de mots nouveaux (par rapport à l'allemand, à l'évidence, et même à l'italien) l'incite d'autant plus à « emprunter » sans réserve.

Au XIVe siècle – avec le « moyen » français –, les sources traditionnelles sont réactivées. Mais on peut ressentir une modification des procédés. Alors que, dans les siècles précédents, on a un peu l'impression que l'occasion crée le larron, se manifestent au XIVe et au XVe siècle une politique plus volontaire, plus organisée, d'enrichissement. C'est que le français doit assumer de nouvelles fonctions. La médecine parlait latin, plus ou moins bien, mais la chirurgie, encore associée aux barbiers dans les corporations, s'exprimait en français, par ignorance de la langue de Cicéron. Il faut donc traduire en français, pour les « chirurgiens » d'alors, des textes comme la *Grande Chirurgie* de Mondeville[1]. En 1314, par cette traduction, une terminologie latine passe en français.

1. Il s'agit d'Henri de Mondeville (1260-1320). Il étudia la médecine à Montpellier, puis en Italie et devint célèbre comme chirurgien, au point qu'il fut celui du roi Philippe le Bel, puis de Louis X, dit le Hutin, ou le Querelleur. Il est l'auteur du premier traité français de chirurgie.

En philosophie et dans la pensée abstraite, l'évêque Nicolas Oresme, avant 1380, puise dans les traductions latines d'Aristote un vocabulaire intellectuel qui manquait. Une autre source par traduction est Bersuire[1], au milieu du XIVe siècle. Pierre Guiraud[2], dans un petit livre lumineux sur le moyen français, écrivait que cette époque de la langue « fournit plus de la moitié de notre dictionnaire actuel[3] ».

Cette vague latine crée une situation particulière : chaque source latine, après avoir fourni un mot hérité, avec usure phonétique, donne une forme plus proche de la langue d'origine. Ainsi, *naviguer* s'ajoute à *nager*, *fragile* à *frêle*, *intègre* à *entrer*, *hospital* à *hostel*. Certains, comme *estimer*, éliminent leur cousin ancien, *esmer*. Dans le même temps, la morphologie latine fournit des formes françaises nouvelles, tels des adjectifs en *-able* (*-abilis*).

De tels procédés de création interne transfèrent l'influence de la langue antique, la plaçant dans le français, tandis que ce dernier prend la place du latin dans de nombreux domaines.

---

1. Pierre Bersuire ou Bercheure, Berchure (v. 1290-1362), religieux bénédictin, fut un grand traducteur et encyclopédiste.
2. Ce linguiste français mérite un hommage particulier. Universitaire par accident, d'un tempérament aventureux et libre, il fut le spécialiste du français sous tous ses aspects (avec de nombreux ouvrages de vulgarisation), et aussi un chercheur original, dans *Les Structures étymologiques du lexique français* (Paris, Larousse, 1967). Il explora les étymologies obscures, les mystères et les lois du vocabulaire érotique, la sémiologie de la sexualité, et tenta de déchiffrer le code secret des ballades en argot de Villon.
3. P. Guiraud, *Le Moyen français*, Paris, PUF, coll. « Que sais-je ? », p. 51.

Quand tout poème était musique

L'ancien et le moyen français fournissent, dans une syntaxe différente de la nôtre, le fond du vocabulaire, mots et phrases étant notés selon une graphie proche de la prononciation. Lire ce langage avec notre langue orale actuelle le mutile, rendant presque inaudible sa musique originelle, au moins quant au rythme, qui est fondateur. Or, au Moyen Âge, toute poésie est musique : les textes des « chansons » de geste et ceux des trouvères sont quasiment des partitions, qui demandent une réalisation vocale, un accompagnement instrumental. Restituer l'effet musical et lyrique de cette poésie suppose une reconstitution que seuls les musiciens et musicologues ont osé tenter. Retrouver l'oralité musicale derrière la lettre écrite fut l'une des passions d'un admirable médiéviste poéticien, Paul Zumthor[1].

La renaissance d'une musicalité, cependant, ne garantit pas la compréhension du langage : plus

1. Paul Zumthor, né à Genève en 1915, fut d'abord philologue, contribuant au grand dictionnaire étymologique de Walther von Wartburg (le seul à écrire en français dans cette œuvre collective en langue allemande, élaborée à Bâle), avec qui il signa une *Histoire de la langue française*. Universitaire en Europe (France, Pays-Bas) et en Amérique du Nord (États-Unis, Canada : Montréal), il devint le plus grand spécialiste de la poétique médiévale française. Il décrivit aussi et déchiffra les procédés des poètes de la fin du Moyen Âge appelés « les grands rhétoriqueurs », les réhabilitant. Son œuvre couvre l'histoire médiévale (*Guillaume le Conquérant*), l'histoire des cultures, la poétique, la littérature dans ses rapports avec l'oralité. Il est aussi l'auteur de plusieurs romans.

encore que la perte des sons, que les étrangetés de la phrase, c'est la disparition d'une partie des mots et l'évolution des autres qui transmettent un message presque aussi brouillé que celui d'une langue entièrement étrangère et qui, pourtant et pour toujours, nous parle à l'oreille.

Avant les XIVe et XVe siècles, les textes en français attestent des habitudes d'expression orale, les faibles différences régionales des *scriptae*, qui concernent surtout le lexique, étant certainement renforcées par les différences d'accent. Il semble que la précision de la pensée, reprise à partir de l'époque classique par le choix minutieux du « mot juste », soit obtenue alors par des procédés beaucoup plus souples, où des mots et des groupes de mots de sens voisin sont choisis en fonction de suggestions, de références subtiles qui permettent de distinguer de nombreuses valeurs pour une même expression.

On en a souvent conclu, à tort, que l'ancien français donnait aux mots une valeur plus vague et plus mouvante que la langue moderne, alors que les ambiguïtés, pour les auditeurs et les lecteurs du temps, étaient levées par tout un monde de références suggérées, dont une large part nous échappe. D'où une immense difficulté de traduction, qui va s'atténuant lorsque les changements du moyen français se produisent. Villon, sauf dans les cryptiques ballades en jargon, Marot, Charles d'Orléans, ou bien Froissart, ne sont plus à traduire, mais plutôt à commenter et à expliquer. Leur charme – au sens fort – agit encore pendant la période classique, comme les éditions l'attestent, alors que Chrétien de Troyes et ses contemporains entrent dans un long oubli.

On vient de lire à plusieurs reprises l'expression « moyen français ». La fortune de cet adjectif qui exprime la transition, le passage entre deux situations mieux caractérisées, est remarquable. *Moyen* succède au latin *medius* pour signifier cet « âge » (*aevum*) entre l'Antiquité et les Temps supposés modernes. Le « Moyen » Âge ne suffisait pas, et on a tenté de caractériser « par défaut » un espace langagier où on ne reconnaît plus l'« ancien français » et pas encore le « français moderne » qu'on se plaît à saluer quand « enfin, Malherbe vint » (la formule est de Boileau). Voici donc un français qui n'a de « moyen » que sa situation chronologique entre deux périodes qu'on pensait bien connaître.

On fait commencer cet état de la langue au milieu du XIVe siècle. Ce qui correspond assez bien à diverses mutations de la société : liquidation de la féodalité, développement d'une administration royale (dès Philippe le Bel, avant 1304, le royaume est agrandi), apparition d'une bourgeoisie à rôle politique (les Parlements) et économique (l'expansion commerciale de quelques régions d'Europe occidentale et des plus grandes villes).

Tandis que la symbiose franco-anglaise se défait (avec Philippe de Valois, 1328[1]), la langue française

---

1. Philippe VI de Valois fut reconnu roi de France par les barons du royaume, dans un imbroglio de successions plausibles, écartant Édouard III d'Angleterre. Ce fut le début d'une guerre qui allait durer cent ans.

se renforce sur le continent, mais s'affaiblit puis disparaît en Angleterre. Après la guerre de Cent Ans, Louis XI, couronné roi en 1481, en unifiant politiquement l'un des plus grands pays d'Europe, donne à la langue française normalisée autour de Paris sa chance historique. Quand la Provence, cette année-là, est incluse dans le domaine royal, la suprématie du français sur les dialectes du terroir occitan est historiquement scellée.

La grande destinée de cette langue fut peut-être accrue par une simplification syntaxique majeure : les deux cas de l'ancien français ont disparu, les conjugaisons des verbes se simplifient : *avoir*, au passé simple, faisait *j'oi*, *tu eüs*, *il ot*, qui deviennent alors *j'eus*, *tu eus*, *il eut... ils eurent*. L'ordre des mots, du fait de la disparition des deux cas, se stabilise : sujet, verbe, complément, puisqu'on ne peut plus les distinguer par l'apparence. Ce qui va produire trois siècles plus tard le mythe de l'« ordre logique », évoqué plus haut. Bien d'autres effets, concernant les prépositions, les articles, les possessifs, rapprochent le français de ses habitudes modernes.

Le stade du miroir

Avant les fixations et les fantasmes de l'âge classique, un moment très particulier du français se déploie, pendant les années 1500 et au début du XVIIe siècle.

Autour du XVIᵉ siècle, dans la longue évolution de cette incertitude qu'on nomme « moyen français », une véritable révolution du regard se produit.

Jusque-là, le roman puis l'ancien français se contentaient de s'affirmer, d'exprimer, de créer, de s'équilibrer, à la fois aux dépens d'une forêt de dialectes et de langues et au détriment de ce tyran, le latin. C'était déjà beaucoup. Comme un aimant, le « français », usage de Paris et du roi, semblait attirer des locuteurs et des « trouveurs », des écrivains et des puissants, en France et hors de France. L'Italien Brunetto Latini, qui fut le maître de Durante Alighieri, alias Dante, choisissait le français pour décrire le monde et célébrer les mœurs politiques de son pays dans *Le Livre dou Trésor* ; le grand voyageur Marco Polo dictait en français ses souvenirs merveilleux à un codétenu italien, Rusticien de Pise, dans la prison de Gênes. Ceci pouvait susciter des jugements d'admiration pour la langue élue, de même que trouvères et « romanciers » s'inquiétaient de leurs façons régionales de parler et d'écrire, rêvant de la « pureté » du langage d'Île-de-France.

On parlait donc du langage, exprimant, mais très discrètement, ses sentiments à son égard. Mais ce « métalangage » – cet au-delà ou cet au-dessus des langues – était noyé dans un flot de discours sur le monde, la société, soi-même, sur les valeurs qui aident à vivre, sur les autres univers, sur Dieu, sur les rêves, sur la mort.

Or, parmi les sources de ces discours, la langue française, dans l'antique territoire gallo-romain, était en train de l'emporter. Relais puissant du manuscrit recopié à grand-peine, l'écrit imprimé, apparu en 1438 en Occident, est lentement diffusé au XVᵉ siècle. Il produit après 1500 tous ses effets. Quand le langage entre dans la modernité technique, ces effets sont immenses. On peut déjà parler, pour l'amour de la langue, d'une « industrie ».

De toutes parts, une prise de conscience, un intérêt passionné visent ce système que l'on se contentait de faire exister, parfois génialement : la langue française.

Tous les moyens d'action apportés, d'abord en Italie, pour ce qu'on a nommé plus tard la renaissance des lettres (on parlait alors de « restitution », de « restauration »), la fixation d'une langue « illustre » – l'adjectif de Dante, après qu'il a hissé sa normalisation des parlers toscans au statut de grand idiome littéraire –, la redécouverte d'une Antiquité proche, la fascination grecque, la tentation d'une langue sacrée à portée des érudits, l'hébreu, et aussi la multiplication des écrits par l'imprimerie, tout cela contribue à former une image multiple, un reflet brouillé, dont le support mental et affectif modifie la nature du miroir.

Le français se voit, se compare – au latin, à l'italien, au grec –, s'analyse – la grammaire –, se décrit – les premiers vrais dictionnaires –, s'admire, se fait peur, fait le beau, se fait des grimaces. « Miroir, mon beau miroir… » À la manière des contes de fées, ceux qui la parlent et l'écrivent interrogent passionnément cette langue, pour la défendre (contre le latin, contre l'informe et la diversité des paroles de terroir), pour l'illustrer, oubliant parfois que des siècles de création avaient fait de son passé un admirable réservoir de sens, de rythmes et d'images.

L'intérêt créateur pour cette langue se fixe donc sur sa variante durable et mieux contrôlée, l'écriture, que Gutenberg a appris à diffuser, créant un nouveau milieu de lecteurs.

Les tentatives des imprimeurs – à Venise, Anvers, Lyon, Paris… –, quelle que soit la langue qu'ils notent, consistent à chercher une norme graphique. Celle du latin est acquise. En français, c'est alors une vraie guerre des orthographes, entre le désir d'évoquer directement, simplement, les sons du beau parler royal, et le souci de retrouver le passé ou de produire de belles formes (le *roy*, le *lys*, tout arbitraires, mais clins d'œil, par ce « *i* grec », à quelque grâce platonicienne). De même que leurs prédécesseurs copistes et enlumineurs, les premiers imprimeurs associent une fidélité musicale aux sons du langage et le goût pour l'ornement visuel et l'allusion « étymologique » vraie ou fictive. Marcel Cohen[1] parle d'« orthographe pour l'esprit » à propos de ces lettres parasites qui éloignent l'écrit de la parole, qu'elles soient

1. *Histoire d'une langue, le français*, Paris, Éditions sociales, 1967, p. 164. Marcel Cohen (1884-1974) fut un des principaux linguistes français de sa génération. Spécialiste des langues sémitiques et de l'amharique d'Éthiopie, il est l'auteur d'importants travaux sur l'histoire de l'écriture et sur la langue française (*Histoire d'une langue, le français*, 1re éd., 1950). Il fut le premier en France à promouvoir une sociologie du langage – chez lui d'esprit marxiste –, qui devint plus tard la « sociolinguistique ».

intellectuellement justifiées (le *g* de *doigt* évoque *digitus*) ou fantaisistes (*dompter*, attesté au XIVe siècle, brandit un *p* qu'on chercherait vainement dans le latin *domitare* : l'ancien français écrivait *donter*). Marcel Cohen évoque aussi une « orthographe pour l'œil », qui peut faire penser à une nostalgie calligraphique, cachée dans l'« ortho-graphie », ne supportant plus d'être « toute droite » (*orthos*).

La passion du français prend alors diverses formes : naissance d'une grammaire qui commence à se dégager des catégories latines (Louis Meigret, *Tretté de la grammere françoeze*, 1550), francisation du mot *dictionarium*, « recueil de manières de dire » (*dictiones*) avec le *Dictionaire francais-latin* de Robert Estienne, paru en 1535. Le français est alors décrit, comparé, jugé, célébré ; savants et créateurs proposent de l'améliorer, de le défendre. Charles de Bovelle, en latin, semble déplorer l'incertitude, le vague, le changeant de toute parole spontanée, soumise seulement à l'influence du « climat », avec ses astres capricieux, pour mieux exiger une fixation qui ferait de cette langue un solide nettement défini, qu'on pourra décrire et transmettre. Avec fougue, intelligence, perspicacité, des érudits et des poètes aux noms injustement oubliés déploient, au début de ce siècle bouillonnant, le grand poème d'action de la langue : Lemaire de Belges, Lefèvre d'Étaples, Geoffroy Tory, l'auteur du *Champ fleury* (1529), Pierre Saliat[1]... Ce sont des « humanistes », sou-

1. Il en a été question plus haut.

vent des traducteurs, toujours des écrivains. Un peu plus tard, des savants érudits, Étienne Dolet, Jacques Peletier du Mans, l'auteur des *Recherches de la France*, Étienne Pasquier, feront de même. Guillaume Budé, pour sa part, avait été le grand pourvoyeur de grec[1].

Un des grands sujets de controverse est la hiérarchie à établir au sein de la pluralité des usages. L'opinion n'est pas unanime, qui consiste à privilégier sans conteste le français royal – celui de la Cour de François Ier – et parisien.

Au contraire, Geoffroy Tory se risque à imiter le modèle des dialectes du grec ancien pour faire

---

1. Ces auteurs figurent parmi les principaux humanistes de la Renaissance française. Étienne Dolet (1509-1546), imprimeur, était latiniste tout en défendant – à partir de 1540 – le français : il édita Marot et Rabelais, et écrivit un livre sur la traduction. Esprit libre, partisan de la tolérance religieuse, il fut condamné pour athéisme au bûcher. Jacques Peletier du Mans (1517-1582) avait de nombreuses cordes à son arc d'humaniste : la philologie, les mathématiques, la médecine et surtout la poétique. Il traduisit *L'Art poétique* d'Horace (1541), qu'il préfaça à la gloire de la langue française, avec des arguments que Du Bellay reprendra. Son *Art poétique françois* (1551) concilie la langue antique et le français, ce qu'il exprime aussi en poésie : « J'écris en langue maternelle/Et tâche à la mettre en valeur,/Afin de la rendre éternelle/Comme les vieux [les Anciens] ont fait la leur » (*Œuvres poétiques*, 1547). Guillaume Budé était de la génération précédente (1467-1540). C'était à la fois un érudit, remarquable helléniste, et un homme d'action, diplomate, prévôt des marchands, magistrat. Il fut à l'origine du Collège de France, fondé en 1530, et propagea en France l'étude du grec. Quant à Étienne Pasquier, un demi-siècle plus tard, avocat et poète, il s'attaqua en 1580 à la première histoire synthétique de la France (*Les Recherches de la France*), qui étudie non seulement les institutions, mais aussi les mœurs, les croyances et les langues, dont il perçoit la dimension sociale. Sa liberté d'esprit lui valut de dures critiques au XVIIe siècle. Pierre Saliat, traducteur, a déjà fait l'objet d'une note.

voisiner « la langue de Court et Parrhisienne [*sic*], la langue Picarde ; la Lionnoise, la Lymosine et la Prouvensalle ». Henri Estienne[1] est d'un avis comparable, tout en valorisant la langue de la capitale, et presque tous sont d'accord pour prendre, selon les termes de Ronsard, « les vocables plus significatifs des dialectes de nostre France [sans se soucier] si les vocables sont Gascons, Poitevins, Normans, Manceaux, Lionnois, ou d'autres païs, pourveu qu'ils soyent bons et que proprement ilz expriment ce que [l'on veut] dire » (*Abbrégé de l'Art poétique françoys*). Affaire de « pays », de géographie avant tout, le parler de chaque lieu étant valorisé en fonction de faits historiques et de réputations ; ainsi Montaigne, accordant tant de vertus au gascon, alors que le languedocien de sa région ne le séduit guère. En fait, la plupart des témoins de l'époque adoptent le jugement de Peletier du Mans, pour qui « n'i a androet [endroit] ou lon parle pur Françoes, fors la ou ét la Court, ou bien la ou sont ceus qui i ont etè nourriz [élevés] » (*Apologie à Louis Meigret*).

Malgré les condamnations portant sur « les corruptions et dépravations » que fait subir au fran-

---

1. Robert Estienne était l'auteur d'un important thesaurus latin (1531), qui lui permit d'aboutir quatre ans plus tard à un dictionnaire français-latin. C'était la première fois qu'on employait en français le mot, alors écrit *dictionaire*. Le fils de Robert, Henri, était né en 1531. Il devint un grand helléniste, et son *Trésor de la langue grecque* parut en 1572. Mais son amour des langues anciennes laissait place, comme chez nombre d'humanistes à cette époque, à la mise en valeur du français. Henri Estienne est l'auteur d'un *Project du livre de la précellence du langage françois* (1579), qui exerça une grande influence, tout comme sa vive protestation contre le français « italianisé », alors à la mode.

çais le « menu peuple » (Henri Estienne), les savants lucides, et notamment Pasquier, trouvent la pureté du « vray françois […] esparse par toute la France ». Il n'y a pas un lieu (Paris) ni un milieu (la Cour) qui monopolisent les vertus de la langue, mais une sorte de raffinerie omniprésente qui extrait des jargons spontanés du royaume (Pasquier n'emploie pas alors le mot « dialecte », mais bien « langue »), ce qui mérite d'être « approprié » au français commun. Cette quintessence est rassemblée à la cour royale et à Paris. Or, le roi François affectionne les pays de Loire, d'où vient l'idée durable que le plus excellent français est celui de Touraine.

La conscience de la variété aboutit le plus souvent à une ouverture d'esprit qui fonde un « humanisme ». Vis-à-vis du passé, cette ouverture se marque par l'arrivée massive de mots pris au grec antique sans la médiation latine et, parmi les langues vivantes, à l'italien, qui fournit au français des pans entiers de vocabulaire, de la guerre à la banque et dans tous les domaines culturels. Henri Estienne se bat contre le français italianisé – comme au XXᵉ siècle René Étiemble le fera contre le « franglais » –, mais on parlera italien à la Cour, avec Marie de Médicis et Mazarin. Avant cela, certains milieux d'élite ou de commerce se glorifient, à Lyon, de converser dans la langue de Boccace et de Pétrarque, qui est aussi celle des banquiers. On se croirait dans les bureaux français d'une multinationale du XXIᵉ siècle, où il est du dernier commun de parler la langue des employés, et du dernier chic de jargonner en mauvais anglais étatsunien !

Quoi qu'il en soit, au XVIe siècle, les influences européennes s'entrelacent : la langue française s'ouvre aussi à l'espagnol, qui continue à faire transiter des vocables arabes (*abricot*, *bizarre*, *adjudant*...) et à l'allemand, au rythme des rencontres brutales que permettent les guerres (*halte*, *fifre*, *rosse*) et des occasions plus pacifiques (*bière*).

Deux types d'événements mondiaux fournissent au français du XVIe siècle de nouveaux moyens d'expression. En matière de vocabulaire, c'est la découverte des « Indes occidentales », avec les informations et les mots rapportés du Brésil par Jean de Léry[1], ce Montaigne du Nouveau Monde (ainsi, les *topinambours* redécouverts par les grands cuisiniers d'aujourd'hui portent le nom d'une tribu amérindienne, les Tupinambis, qui parlent une langue de la famille tupi-guarani ; ainsi, notre *chocolat* et nos *tomates* – mots et choses – procèdent en ligne directe du nahuatl mexicain, la langue de l'Empire aztèque).

En matière de discours intellectuel, théologique et général, ce sont les effets fulgurants de la Réforme, qui casse l'unité de pensée de toute

1. Parmi les grands voyageurs de la Renaissance, Léry mérite une place à part. Ce Bourguignon protestant, réfugié à Genève, est l'un des parrains de l'ethnologie, et manifeste une ouverture d'esprit analogue à celle de Montaigne. Son *Histoire d'un voyage fait en la terre de Brésil* (1578) est un témoignage, dans une langue claire et savoureuse, de l'élargissement de l'humanisme européen aux dimensions de la planète.

l'Europe occidentale, jusqu'alors inspirée, normalisée, contrôlée par le catholicisme romain et les Papimanes, comme disait Rabelais. Les effets de la Réforme sont certainement plus importants encore pour la langue allemande, avec la traduction de la Bible par Luther. Mais la traduction par Calvin de son *Institution de la religion chrétienne*, en 1541, sur le texte latin qu'il avait écrit à Bâle cinq ans auparavant, marque une avancée du français, et pas seulement dans le domaine de la théologie, réservé jusque-là au latin. Calvin est l'un des principaux témoins de la nouvelle prose d'idées en langue vernaculaire, qui triomphera du latin un ou deux siècles plus tard.

Sur le plan du sentiment et de l'image, ou plutôt des images du français, cette époque est cruciale. Le fait est ressenti par l'opinion la moins informée, à propos d'un texte littéraire et d'une loi, qui symbolisent ce combat pour le français – et font aussi partie de l'arsenal, constitué d'une succession de contresens, de l'éternel purisme. Il s'agit bien sûr de *Deffence et Illustration de la langue françoise*, signé Joachim Du Bellay (1549), par ailleurs très grand poète[1], et de l'Ordonnance de

1. Joachim Du Bellay, né en 1523, partageait avec Ronsard la passion poétique manifestée par les grands Italiens, notamment Pétrarque. Son inspiration était personnelle, mais stimulée par un long séjour romain chez son oncle le cardinal Jean Du Bellay, qui fut le protecteur de Rabelais. Entre l'admiration pour la civilisation romaine et l'exaltation de la langue française, Du Bellay finit par choisir la simplicité de son lieu natal, Liré, sur une colline dominant le Val de Loire, qu'il préfère au « mont Palatin », dans le célèbre sonnet : « Heureux qui comme Ulysse... »

Villers-Cotterêts. Cette Ordonnance, par laquelle, dix ans auparavant, François Ier avait imposé l'usage du français, et non plus du latin, dans les ordonnances et jugements des tribunaux du royaume – cet usage était déjà très fréquent –, tout en imposant aux curés de tenir registre des baptêmes, ce qui réjouira les historiens et démographes de l'avenir.

Le texte de Joachim Du Bellay était d'une admirable tenue et d'une rhétorique entraînante. Il devait beaucoup à ses prédécesseurs. Ses conseils auraient dû hérisser le poil des plus modérés des puristes, mais ceux-ci préférèrent, au XIXe et au XXe siècle, y retenir la métaphore belliqueuse de la « défense ». Celle-ci ne correspondait nullement à une arrogance conquérante, mais à un combat pour l'honneur et pour la création poétique et à une libération requise par rapport au latin, langue pourtant adorée et célébrée par Joachim lui-même. Meurtre du père ? « Défense », en effet, contre le trop pesant latin, mais accueil du mélange, de la variété la plus libre qui soit. L'anti-Malherbe et l'anti-Vaugelas incarnés, en compagnon de route du génial Ronsard.

Quant à Villers-Cotterêts, c'est le triomphe de la volonté politique du monarque constructeur d'un absolutisme éclairé, au nom symbolique et prédestiné, François – qu'on devrait surnommer « le Grand ». Ronsard, Du Bellay et leur « brigade » (future Pléiade) ; François Ier : poésie et pouvoir, les deux facteurs du succès des langues.

En tendant aux francophones un miroir, où se reflètent confusément tous les usages autour du français et la variété de ses incarnations, cette époque, sans innovation profonde du langage, a profondément modifié les rapports à la variété dialectale reconnue ; elle a produit des images et des mythes actifs, qui vont être déformés et trahis.

Le français en est sorti grandi, au prix d'une injustice massive pour son passé, mais avec une libre intelligence de son avenir. Le symbole le plus fort de cette vertu nouvelle se trouve dans la littérature, avec une poésie nourrie des grands Latins et de Pétrarque, avec un parfum unique qu'on retrouvera jusque chez Aragon ; une prose de sagesse didactique (Amyot, Pasquier) et une géniale explosion intellectuelle et lyrique dans l'éclat du rire, œuvre de Rabelais. Le français avait déjà fait ses preuves sur ce terrain, mais dans une spontanéité admirable, où les jeux de langage rhétoriciens envahissaient parfois l'émotion et la masquaient (les « Grands rhétoriqueurs », démasqués par Paul Zumthor[1]).

Au XVIe siècle, tout est dit. Certains amoureux du français déplorent l'absence dans sa littérature d'un génie universel, à la manière de Shakespeare. Mais ce génie est bien présent, en France, dans cette époque de folie, un génie polycéphale qui chante et blasonne le corps féminin avec Marot, qui déroule l'hymne de Ronsard et les chants d'amour de la Pléiade, qui invente le secret mallarméen avec Maurice Scève, qui refait le monde en

1. Voir la note p. 166 consacrée à Paul Zumthor.

éclatant de rire et en faisant exploser le langage, avec Gargantua et Pantagruel, qui avale la pensée latine pour en faire une sagesse d'humanisme moderne, avec Montaigne et son témoin d'amitié, La Boétie, qui parcourt le monde nouveau avec le Malouin Jacques Cartier, découvreur du Canada, et avec Jean de Léry, qui crée la tragédie moderne avec Robert Garnier[1], qui fait entrer la guerre en poésie, avec d'Aubigné, longtemps avant Apollinaire... Enfin, Shakespeare pouvait venir, en même temps que Malherbe, d'ailleurs.

Ces créateurs du XVIe siècle français sont à la fois eux-mêmes, Shakespeare et Hugo, Leopardi, Mallarmé et Aragon, Joyce et Pessoa. Ce sont les inventeurs de la modernité européenne.

Le siècle confisqué

Quand on parle du XVIIe siècle, on se fixe sur une période étroite, caractérisée par une construction politique et symbolique impressionnante et assez monstrueuse : la cour du Roi-Soleil, grand et solennel spectacle donné par une poignée de privilégiés à une mince élite ; hors de ce théâtre, un peuple misérable.

---

1. Le dramaturge Robert Garnier (1544 ou 1545-1590) composa sept pièces peut-être trop statiques et déclamatoires pour être sauvées dans l'oubli – à l'exception des *Juives*, tragédie biblique qu'on peut juger d'une valeur égale à celle d'*Athalie*. Même si on ne le joue plus, Garnier demeure un grand poète épique et lyrique.

Ce siècle fut aussi et d'abord un temps de violence et de furie, de pauvreté cruelle, et aussi une période d'invention héritée des temps antérieurs, un âge baroque (Théophile Gautier disait : « grotesque »), burlesque, inventif, débridé.

Qualifier le français du XVIIe siècle de « classique » – habitude due au romantisme, d'ailleurs – est une étrange aberration, qui consiste à mythifier une tendance parmi dix autres – l'humanisme continué, le burlesque, le libertinage intellectuel, la préciosité, la galanterie… –, à instaurer fictivement un ordre, à placer un masque élégant et figé sur un visage mobile, expressif, hilare et douloureux.

Ce visage a une bouche qui parle. J'ai dit que la langue française s'était vue au miroir. Métaphore trompeuse, car ce sont des humains, ceux qui ont affaire à cette langue, qui se sont vus en elle, ce qui leur a sans doute permis de regarder les autres langues dont ils se servaient parfois, et les modulations de cet insaisissable français.

Ce regard nouveau, ébloui ou lucide, n'empêche pas les évolutions. Celles-ci ne sont rendues conscientes que par des jugements de valeur négatifs. Quand les dernières diphtongues de l'ancien et du moyen français disparaissent, quand le *r* et le *l* finals ne sont plus prononcés, leur maintien paraît rural et vulgaire. Ceux qui disent « couri », « mouchwa », « i faut » trouvent incultes les *courir*, les *mouchoir*, les *il faut* qui sont alors populaires ; à la fin du siècle, ceux qui prononcent *rwa* ce qu'on écrit *roi*, et qu'on doit dire *rwé*, avec un *r* joliment roulé, paraissent horriblement mal dégrossis. Le *r* moderne, dit « parisien », qui apparaît alors, est une insulte aux oreilles délicates ; le *ye* de *caillou* est vulgaire, et cent cinquante ans plus tard, Littré défendra toujours le *l* dit « palatal » (*lje*), familier en italien (*gl*), qui faisait prononcer « *aiguilyeu* » et non le vulgaire « *aiguiy* ». Phénomène plus ancien, la disparition du *e* final : on disait *direu* encore au XVIᵉ siècle ; ensuite, c'est *dir'*.

Quant à l'orthographe, après les tentatives multiples du XVIᵉ siècle vers un phonétisme vivant, c'est une norme fixe, unique, impérieuse, souvent illogique, voire absurde, qu'installe l'Académie. Unifiant les variantes, on impose l'écart maximum entre écriture et prononciation, en maintenant toutes les lettres « étymologiques » ou décoratives qui encombrent l'écrit, comme pour mieux rejeter les illettrés et manifester que la parole spontanée doit rester hors du français, qui ne peut être bon qu'écrit.

Alors que la Real Academia d'Espagne, aux XVIIᵉ et XVIIIᵉ siècles, donne à l'espagnol castillan un système d'écriture économique, rationnel par rapport à la prononciation réelle, le français, tout comme l'anglais, instaure un double principe, le visuel différant du phonétique. Et il fait de l'orthographe une autre langue, la seule valable symboliquement. Il y aura un correctif au XVIIIᵉ siècle, avec une réforme limitée. Une tendance spontanée à rétablir l'unité produira peu à peu la prononciation pédante et fautive qui nous conduit à faire sonner le *p* de *dompter*, dont on a vu qu'il était erroné, le *s* final de *mœurs*, d'*ours* – ma grand-mère occitane mais francophone, au milieu du XXe siècle, disait encore *un our*, *une ourse* –, à prononcer *gageure* comme on l'écrit et non, conformément à la formation du mot (*gager* et le suffixe *-ure*), « gajure ».

Cependant, le XVIIe siècle est encore très tolérant aux variantes que rejettera « le stupide XIXe siècle[1] » (sur ce plan).

On peut écrire des pages sur l'évolution lente de la syntaxe, largement commentée – puisque la langue, depuis un siècle, est vue et observée au microscope – par les fixateurs du présumé seul bon usage.

Comme toujours, et quels que soient les attitudes et les mythes, le lexique va son train. Pendant que les régulateurs, au nom du bon goût, s'emploient à épurer, rejetant la volonté créatrice des gens de la Renaissance, les besoins nouveaux de la science et des techniques, qui explosent après 1650, produisent une inflation lexicale, de même que ceux du droit, des beaux-arts et de la musique (qui puisent au réservoir italien), et que ceux de l'économie, qui accompagnent la montée bourgeoise.

Paradoxe : c'est quand cette inflation, libre pendant la période baroque et avec le genre burlesque, quand cette folie permanente de Cyrano,

1. La formule est de Léon Daudet.

de Sorel, de Tristan[1] est contrainte par la camisole de force malherbienne, c'est précisément quand les écrivains s'autocensurent en adoptant le vocabulaire académique « épuré » de l'honnête homme, c'est alors qu'on ressent l'impérieux besoin de nouvelles désignations.

L'institution s'en sort en inventant un clivage fictif et assez pervers entre les mots du bel et bon usage et le soi-disant « langage des arts [techniques] », que l'on continue d'appeler aujourd'hui « langage de spécialité », alors même qu'une bonne part de ces mots devient indispensable à la communauté entière. C'est l'origine de conflits artificiels, tel celui qui éclate entre le dictionnaire de l'Académie, voué au « français » pur, écartant la part maudite du vocabulaire, et le *Dictionnaire universel* d'Antoine

---

1. Savinien de Cyrano de Bergerac (1619-1655) était à peu près oublié quand Edmond Rostand donna son nom à un personnage imaginaire, sans doute inspiré du peu que Rostand connaissait de l'écrivain. Le Cyrano célébrissime de la scène brouille l'image du véritable Cyrano, auteur d'une comédie qui influença le Molière des *Fourberies de Scapin*, érudit sceptique en religion, inventeur de fictions plus philosophiques que scientifiques (*Les États et Empires de la Lune ; du Soleil*) et grand témoin de la liberté de style et de pensée de la première moitié du XVIIe siècle.

Charles Sorel (v. 1600-1674) est l'auteur de deux romans, l'un picaresque, *La Vraye Histoire comique de Francion*, l'autre parodique, *Le Berger extravagant*. Le premier est un chef-d'œuvre de réalisme comique et inconvenant, que l'époque classique s'empressa d'oublier.

François Tristan, dit Tristan L'Hermite (v. 1601-1665), écrivit, comme Cyrano, pour le théâtre ; sa tragédie *Marianne* eut autant de succès que *Le Cid*, en 1636. Ses poèmes, du burlesque au lyrique, sont d'une musicalité exceptionnelle.

Furetière[1], qui assume cette part. Tout cela garantissait pour longtemps la méconnaissance d'un autre clivage, essentiel, profond, masqué, celui des deux domaines d'action pour les signes. Celui de la signification, exploré par les dictionnaires « de langue », et celui de la désignation, territoire de la terminologie – affaire de noms et de concepts – et de l'encyclopédie. Celle-ci se développe au XVIIe siècle, préparant les Lumières ; elle englobe l'appréhension des objets, des lieux, des personnes qui nous importent par les « noms propres ».

Au-delà des étroits milieux que constituent la Cour, le pouvoir, les érudits, les écrivains et ce que l'on n'appelle pas encore les « intellectuels » (notion issue des combats d'idées lors de l'affaire Dreyfus), la langue française prend force et éclat.

La France est, pour l'époque et pour l'Europe, un pays très peuplé (autour de vingt millions d'habitants) ; son territoire s'agrandit, ses maîtres recherchent l'hégémonie européenne. Elle envoie des colons en Amérique du Nord (Canada, Louisiane alors française) et dans les « îles » des Caraïbes, ainsi que des commerçants dans l'océan Indien. Le vrai pouvoir est celui du monarque ou de son principal ministre : Henri IV, assisté de Sully ; Richelieu, suppléant Louis XIII ; Mazarin pendant la minorité de « petit Louis, dit XIV[2] », puis le Roi-Soleil soi-même, assisté des bourgeois

1. Voir M. Roy-Garibal, *Le Parnasse et le Palais*, Paris, Champion, 2006 ; A. Rey, *Antoine Furetière, un précurseur des Lumières sous Louis XIV*, Paris, Fayard, 2006.
2. Joli titre d'un récit de Claude Duneton.

Colbert et Louvois, puissants mais soumis, alors qu'un autre bourgeois, un « oligarque » (comme on dira à propos de la Russie actuelle), Fouquet, sera anéanti (Vladimir Poutine rêve-t-il d'être Louis XIV ou Pierre le Grand ?).

Les violences sporadiques et désespérées de la misère paysanne sont écrasées. Les révoltes des nobles contre le pouvoir central le sont aussi (par Richelieu, Mazarin). La symbiose entre pouvoir royal et clergé catholique conduit à proscrire tout schisme (les Réformés, la RPR : « religion prétendue réformée ») et même toute pensée indépendante (le jansénisme est à peine toléré, les « libertins » persécutés : on brûle un homme pour ses idées). Cependant, l'Église « gallicane », en tant que « fille aînée » et libérée, est relativement rebelle à la papauté.

C'est dans ce cadre historique que les produits du langage français circulent par écrit – le livre se diffuse, ainsi que les périodiques, telle la *Gazette* de Théophraste Renaudot, à partir de 1631 – mais aussi par oral. Non seulement le théâtre et les superbes sermons, qu'on écoute, mais une bonne part de la poésie et de la littérature, pour nous objets de lecture muette, alors déclamées ou susurrées dans les salons et les « ruelles ». Non seulement les missives restées célèbres de Mme de Sévigné, mais des épistoliers oubliés, et aussi des poèmes, de La Fontaine, de Boileau, lus à haute voix avant d'être imprimés. La lecture individuelle, cependant, est devenue courante dans le milieu cultivé et mondain. On sait que, vers le début du siècle, les dames faisaient relier en forme de missels les romans extravagants de Nervèze[1] pour les lire durant d'interminables offices religieux. Ces écrivains, méprisés plus tard, pratiquaient un style hyperbaroque, fait d'allégories incessantes, et qui céda vite la place aux romans élégants et interminables d'Honoré d'Urfé (*L'Astrée*) ou de Madeleine de Scudéry, seul auteur ou seule autrice – je renâcle à suivre les Québécois, qui écrivent « seule auteure » – à pouvoir vivre aisément de ses droits.

Mais à qui s'adressaient livres et périodiques ? À ceux et celles qui, à la fois, parlaient et comprenaient correctement le français et, bien sûr, savaient lire, ce qui n'était pas le cas des féodaux à qui l'on déclamait les chansons de geste, il y a si longtemps… Autrefois, la lecture allait avec la maîtrise du latin ; cela devenait de moins en moins vrai.

En France, en Belgique wallonne, en Suisse romande, en Savoie, les villes fournissent ces lecteurs, mais on en trouve dans les notabilités de province et de campagne : noblesse et clergé, bourgeois de robe et commerçants.

---

1. Antoine de Nervèze (v. 1570-après 1615), courtisan d'Henri IV, puis du Prince de Condé, est l'auteur de quantité de romans sentimentaux alambiqués, en réaction contre la tradition des aventures chevaleresques. Avec quelques autres romanciers de ce temps (des Escuteaux, du Souhait), il représente un moment de l'évolution des goûts de la noblesse et prépare la préciosité. Les excès de leur style en firent la cible des critiques de la génération suivante, dont les grands romanciers, Honoré d'Urfé, Madeleine de Scudéry, pratiquent une écriture plus souple, plus élégante, mais dont les récits sont tout aussi éloignés de notre sensibilité.

C'est surtout vrai dans le nord de la France et autour de Paris, ou encore en Normandie, en Champagne, déjà moins en Lorraine, encore moins en Savoie. En Bretagne, réunie au royaume en 1532, en Artois et en Flandres, en Alsace, régions devenues françaises par des traités au XVIIᵉ siècle, l'assimilation linguistique est très partielle. Dans l'acte de reconnaissance du pouvoir royal signé par la ville de Strasbourg, en 1681, figure une dispense d'application de l'Ordonnance de Villers-Cotterêts. Dans des régions plus anciennement soumises au roi, mais de langue occitane, l'usage du français est restreint à la classe cultivée. Lorsque Jean Racine se rend de Paris à Uzès, il cesse de comprendre et d'être compris à partir de Valence, dans une auberge où il requiert vainement un pot de chambre… Il s'accommodera de cette situation dans des circonstances plus nobles, grâce à l'italien et à l'espagnol, qu'il connaît bien.

Outre la Louisiane et le Canada, le français s'emploie aussi dans les îles, à côté des créoles qui viennent de naître. En Europe, le français commence à être pratiqué, à l'écrit et même à l'oral, dans des lieux où les langues maternelles n'ont pas encore reçu le prestige symbolique que recherchent les aristocrates et les cours princières : les États germaniques, le Piémont, la Hollande, surtout avec l'afflux des protestants chassés par la révocation, catastrophique pour la France, de l'édit de Nantes.

C'est au XVIIIᵉ siècle que cette expansion européenne du français produira tous ses effets, avant de reculer après l'Empire.

Progrès du français, recul relatif des dialectes d'Occitanie et des langues périphériques vont de pair avec une limitation des pouvoirs du latin. À partir de 1624, on peut soutenir une thèse en français. À Port-Royal, des « petites écoles » enseignent en français, de 1638 à 1660 – quand les jansénistes sont persécutés. Le janséniste Blaise Pascal n'écrit d'ailleurs qu'en français. En 1637, Descartes écrit en langue vivante – acte révolutionnaire – son *Discours de la méthode* ; ses *Méditations* postérieures sont écrites en latin, mais rapidement traduites. Pourtant, dans les échanges entre savants européens, le français est concurrencé par le latin et par les autres langues modernes. Après l'italien et l'espagnol, ce sont, dans la seconde moitié du XVIIᵉ siècle, l'anglais et l'allemand qui se manifestent le plus. Le texte scientifique majeur du XVIIᵉ siècle est dû, chacun le sait, à Isaac Newton : ce sont les *Philosophiae naturalis Principia mathematica* de 1687 (ce titre latin : *Principia mathematica*, fut repris en 1911-1912 par Bertrand Russell et Alfred North Whitehead, pour un texte écrit, bien sûr, en anglais, et qui fonde la logique mathématique moderne). Des concepts scientifiques majeurs, tel « circulation (du sang) » (Harvey, dans *Exercitatio anatomica de motu cordis et sanguinis in animalibus*, 1628) ou encore « gravitation » (Newton) apparaissent en latin avant de passer dans les langues vivantes. Le bilinguisme latin/langue vernaculaire est encore la règle chez les penseurs, les savants, les philosophes. Le grand Leibniz, selon les circonstances, écrit le latin, le français, l'allemand. Les philosophes anglais passent définitivement à leur langue maternelle.

Un autre indice du recul du latin se trouve dans les dictionnaires destinés au français. En 1606, le *Thresor de la langue françoyse* de Jean Nicot[1], issu du dictionnaire français-latin de Robert Estienne, conserve un repérage latin pour chaque mot français décrit. Au milieu du siècle, les jésuites produisent des dictionnaires pédagogiques où le latin, supposé stable, sert à fixer le sens des vocables français : le père Pomey, jésuite, grand pédagogue, compose un *Dictionnaire royal* destiné au Dauphin, d'où sa qualification. Mais en 1680 paraît l'ouvrage d'un professeur de français, Pierre Richelet, dix ans plus tard, celui d'Antoine Furetière, et en 1694, après de fatigants délais, la première édition du dictionnaire de l'Académie. Alors, plus de latin : c'est le français qui explique le français, en miroir – un miroir embellissant.

Ce français-métalangage, commentateur de lui-même, se développe, en grammaires (Laurent Chiflet, *Essay d'une parfaite grammaire de la langue*

---

1. Jean Nicot (v. 1530-1600), seigneur de Villemain, fut un diplomate important. Son nom est demeuré notoire parce qu'on nomma le tabac, qu'il introduisit en France, *herbe à Nicot*, ou *nicotiane* (*nicotine* est resté). Six ans après sa mort fut publié un *Trésor de la langue française tant ancienne que moderne*, qui était le premier dictionnaire de ce type consacré à cette langue, et où le latin n'occupait plus qu'une place très modeste.

françoise, publié à Anvers en 1664, destiné aux Flamands et écrit en français), notamment par la tentative cartésienne de *Grammaire générale et raisonnée de la langue française*, à articuler avec une *Logique*, dans la perspective philosophique des « Messieurs de Port-Royal », Arnauld, Lancelot et Pierre Nicole[1]. Ce sont des penseurs. Et Ménage, explorateur des origines, est un érudit (*Origines de la langue française*, 1650, amplifié plus tard).

Avec moins de savoir et de compétence, mais un sens aigu de la communication sociale et du service royal (requis impérieusement par Richelieu), les auteurs de « remarques » fixent un usage roi. Leur porte-étendard est Vaugelas, instrument, avec le père Bouhours, de la grande fabrique de mythes dont il a été question plus haut, mais aussi, comme on l'a vu, observateur fidèle des usages et des jugements de la classe dominante en matière de langage. Ceux-là furent les continuateurs de l'opération de nettoyage commencée par Malherbe et continuée par l'Académie. Un corset rigide pour

---

1. Il s'agit d'Antoine, dit le Grand Arnauld (1612-1694), théologien et penseur, d'une famille illustre (son frère aîné, Robert Arnauld d'Andilly, est l'auteur de traductions et d'un *Journal* ; sa sœur Jacqueline, dite mère Angélique, fut abbesse de Port-Royal avant son autre sœur Jeanne Catherine, dite mère Agnès). Antoine Arnauld rédigea avec Claude Lancelot (v. 1615-1695), pédagogue et grammairien (*Le Jardin des racines grecques*, 1657), une *Grammaire générale et raisonnée* (1660), puis, avec le moraliste janséniste Pierre Nicole, la *Logique de Port-Royal* (1662). Ces deux textes figurent parmi les plus importantes réflexions consacrées à la pensée et au langage à l'époque classique. Arnauld et Nicole se réfugièrent aux Pays-Bas lors des persécutions menées contre le jansénisme.

le corps adoré, au risque d'en faire une déesse inaccessible ou bien une momie en bandelettes.

À l'époque de Louis XIV, l'image dans le miroir devient fictive, non seulement par déformation, mais par insuffisance, à la manière d'un téléobjectif, alors qu'un immense grand-angle serait nécessaire. Du tableau immense et complexe du français, seule une parcelle, importante mais restreinte, nous est révélée.

Nous avons pourtant quelques témoignages, traités par l'écriture, de ce territoire du langage autour du bon usage. Des bribes de discours spontané flottent à la surface de nos ignorances ; elles sont nombreuses à l'époque du baroque, grâce au talent et à l'oreille fine du sarcastique Scarron ou du Charles Sorel de l'*Histoire comique de Francion*, dont plusieurs passages burlesques auraient fait de parfaits scénarios pour Fellini. Mais la conception du « familier », ressenti à l'époque à propos de la prose aisée de la *Princesse de Clèves*[1], n'est plus la nôtre. Les mazarinades, ces couplets méchants et vengeurs hostiles au cardinal, fourmillent d'expressions populaires qui eussent fait hoqueter Vaugelas. Dans le même esprit, un texte plaisant, les *Agréables conférences de deux pay-*

---

1. Le chef-d'œuvre de Mme de La Fayette est aujourd'hui l'un des rares romans du XVIIe siècle à être lus et admirés (sauf par le président Sarkozy, qui en critiqua la référence, trop archaïque à son goût, dans l'enseignement). Le caractère « familier » de sa langue était reconnu ; c'était par exemple l'opinion de l'abbé de Charnes, cité dans P. Dumonceaux, « Comment interroger, pour l'histoire de la langue, les corpus non littéraires ? », *Actualités de l'histoire de la langue française*, Trames, Limoges, 1984.

sans de Saint-Ouen et de Montmorency sur les affaires du temps (1649-1651), illustre l'existence d'usages régionaux du français influencés par les patois. Publié au XXᵉ siècle par le critique et universitaire Frédéric Deloffre, ce texte a sans doute pour objectif de faire rire les lettrés au détriment des rustres, en accumulant les déformations, les confusions, les interférences entre « bon français » et parler rural spontané. Certes, quand Molière fait parler des ruraux, par exemple dans *Dom Juan* – qui offre aussi du parler petit-bourgeois endimanché, avec son monsieur Dimanche –, il fait rire tout autant les courtisans que les « honnêtes gens » et les bourgeois, y compris les bourgeois gentilshommes, ceux qui donnent des leçons de beau parler à leurs servantes et font de la prose sans le savoir.

Ces formes de discours, croquées par la littérature ou le théâtre, sont notre seul accès à la spontanéité de cette parole de l'Autre, très présente au XVIᵉ siècle, et que l'âge classique tente de dissimuler. Le critique et linguiste Jean-Pierre Seguin[1] montre ce qu'on peut tirer de ces textes pour la connaissance des prononciations de l'époque, mais les considère comme des reconstructions « imaginaires ». L'adjectif ne me convient guère, à moins de considérer toute caricature comme un produit de la folle du logis, et, par une intuition indéfendable rationnellement, je ne peux m'empêcher de

---

1. Dans *Nouvelle Histoire de la langue française*, dir. J. Chaurand., Paris, Seuil, 1999.

penser que le babil de Pierrot, Charlotte et Mathurine, dans *Dom Juan*, sonne diablement juste. Aucun magnétophone ne départagera ceux qui voient dans le langage poissard du poète populaire du XVIIIᵉ siècle Vadé ou dans l'argot des *Misérables* soit un artefact littéraire, soit un reflet du réel.

Sous Louis XIV, un certain réalisme s'exprime par la comédie. Alors que les médiocres prédécesseurs de Molière dans l'exploitation du thème hispano-italien de dom Juan[1], Dorimon (1659) et de Villiers (1660), auteurs de deux « Festin de pierre » (titre assez absurde, pourtant repris par Molière), mettent en scène des « figurants d'idylle, Rosalba, Brunetta, Amarante […][2] », Molière, lui, fait donc parler des paysans d'Île-de-France de manière très vraisemblable.

D'une manière générale, l'observation langagière de Molière est très riche : c'est l'un des seuls à révéler la pluralité des discours, surtout en prose, et même à ironiser sur le purisme grammatical, quand sa « femme savante » Philaminthe renvoie (en vers) la malheureuse servante qui a « offensé la grammaire ».

Une publication, connue récemment, est sans doute encore plus fidèle. C'est le journal du médecin et premier éducateur du futur roi Louis XIII, Jean Héroard. On y lit, soigneuse-

---

1. Le modèle, pour le théâtre comique français d'alors, était la pièce de Cicognini *Il Convitato di pietra*, qui « adaptait » (et sabotait) *El Burlador de Sevilla y convidado de piedra* de Tirso de Molina (vers 1625).
2. D. Mornet, *Molière*, Boivin, 1943.

ment transcrites, les paroles d'un enfant très privilégié, mais un enfant parlant puis écrivant le français sans trop de contraintes, à trois ans, puis à six et jusqu'à neuf ans. Ce journal a été édité en 1989 sous le titre *Journal de Jean Héroard, médecin de Louis XIII*[1]. Le journal d'Héroard a fait l'objet d'une étude linguistique par Gerhardt Ernst[2], dont les informations sont commentées par Franz Joseph Haussmann dans le recueil intitulé *Grammaire des fautes et français non conventionnel* (Paris, École normale supérieure, 1992) : « L'âge du français parlé actuel : bilan d'une controverse allemande ». Le linguiste note, par exemple, chez l'enfant le mieux élevé du royaume, des négations usuelles sans *ne*, qu'on croyait bien plus récentes et qui n'apparaîtront qu'au XIXe siècle dans les textes littéraires. Ainsi le 8 octobre 1610 : « non, je tire pa bien, mais peu à peu nous apprendrons » (la fin de la phrase respecte la bonne écriture ; il a neuf ans). Le 24 août, il disait, des chansons du feu roi son père : « Je les aime point. » En novembre 1605 (à quatre ans), c'était : « Si j'été bien gran je vou iré voi a Pari car j'en ai bien envie Hé papa je vou supplie [il a appris les deux *p*] tes humblemen vené me voi é vou veré que je sui bien sage », finissant sa lettre au papa

1. Par M. Foisil, chez Fayard.
2. *Gesprochenes Fränzösisch zu Begim des 17. Jahrhunderts*, *Histoire particulière de Louis XIII*, Tübingen, Niemeyer, 1985 ; en français, « Le langage du prince », « Introduction générale », I, chap. IV, *Journal* (t. I, p. 189-214).

Henri IV par une cérémonieuse formule bien apprise oralement : « Je sui papa vot tes humbe et te obeissan fi et saviteu. Daulphin. »

Interprétation délicate, cependant, pour ces graphies ou ces transcriptions, où se mêlent les habitudes réelles du discours entre 1600 et 1610, les traits enfantins, qui concernent l'apprentissage de la langue, puis de l'écriture, ou encore des habitudes de prononciation communes ou non. Quand l'enfant écrit *fi*, c'est la façon normale de dire le mot écrit *fils* ; lorsqu'il écrit *couvi* pour *couvrir*, le premier *r* est sans doute avalé dans son babil, mais les adultes disaient *couvri*, sans prononcer le *r* final. À sept ans, le nom de son éducateur est écrit « Mousseu Eroua » (ce qui suggère, pour le nom propre, qu'on disait Hérouard et non Héroard) ; à dix, l'enfant écrit : « *Monsieur* le Chancelier vela *monseu* le prince qui gourmande la Roine ma mere. » La tragédie enserre cet enfant-roi : son père poignardé, quand il a neuf ans, sa mère Marie de Médicis, régente avec Concini, qu'il fera assassiner, sous l'influence de Luynes[1], lorsqu'il aura seize ans ; s'ensuivent des troubles sanglants, puis l'intervention apaisante de Richelieu, après la mort de Luynes, au milieu des cabales et des complots.

1. Charles d'Albert de Luynes (1578-1621), d'une famille d'origine toscane, fut le favori de Louis XIII. Il joua un rôle politique en négociant avec les nobles révoltés, conduits par la mère du jeune roi, après leur défaite aux Ponts-de-Cé. Puis il lutta contre les protestants, échouant devant Montauban et trouvant la mort.

Peu à peu, ce qu'on appelle souvent le « français non conventionnel[1] » sort de l'ombre, après avoir été banni de l'écriture – sauf accident ou retrouvailles – au début du XVIIe siècle. Il ne resurgira que quarante ou cinquante ans plus tard, avec Marivaux ou Diderot, et sporadiquement.

Le vrai grand siècle
de la langue française

Quand on parle de langue « postclassique », à propos du siècle qui sera caractérisé par la philosophie des Lumières, on invente. La structure, les usages, les tendances, les images et les mythes du français continuent sans faiblir dans le droit fil du siècle précédent. Parfois, dans la prononciation, on assiste à des inversions de tendance : *mouchoir*, *tiroir* étaient vulgaires face aux *mouchois*, *tirois* de la Cour ; au XVIIIe siècle c'est l'inverse[2], mais dans l'ensemble, le français « classique » le reste. Ce sont les idées qui changent.

Comme il est banal de le répéter, depuis le début du XVIIe siècle, la grammaire évoluant peu, ce sont les vocabulaires qui continuent leur expansion, les façons de percevoir les langues, à commencer par le français triomphant, qui se modifient, les actions sur

---

1. C'est le titre que Jacques Cellard et moi avions choisi pour un recueil de mots peu académiques, pour éviter « argot », inexact, et « français populaire », inapproprié : *Dictionnaire du français non conventionnel*, Masson, puis Hachette, 1991.
2. Marcel Cohen, *op. cit.*, p. 221.

le langage, éducation, critique des manières de parler et d'écrire, traduction…, qui se perfectionnent. L'évolution des idées, malgré l'influence énorme de la politique, de la science et de la philosophie anglaises, relayées par l'intelligentsia française : Montesquieu, Voltaire, Mme du Châtelet[1], se borne, quant à son impact sur le français, à enrichir le vocabulaire. Cet enrichissement provient souvent de mots d'ancien français qui ont traversé la Manche. Au point que la ressemblance formelle peut cacher les emprunts à l'anglais : si la *bougette*, petit sac de cuir servant de bourse, est visiblement revenue sous la forme *budget*, *gouvernemental* ou *sentimental* paraissent des dérivés autochtones, alors qu'ils procèdent d'une dérivation en anglais (*sentimental* est dû au succès du livre de Laurence Sterne : *A Sentimental Journey*). Si *révolution*, mot d'astronomie et de chronologie pris au latin (« retour des choses », d'où « terme » et aussi « retournement »), était employé dès le XVIIe siècle pour désigner des bouleversements politiques et sociaux, c'est en partie son emploi en anglais à propos de la chute de Cromwell et de la restauration royale qui lui conférera une valeur politique. Celle-ci, présente chez Retz et Bossuet, reste très vague avant Montesquieu. Le mot français s'exposera avec éclat et violence en 1789[2].

1. Émilie Le Tonnelier de Breteuil, marquise du Châtelet (1706-1749), était une érudite à la vaste culture scientifique. Elle eut une longue liaison avec Voltaire, qu'elle accueillit dans son château de Cirey (Cirey-sur-Blaise, près de Saint-Dizier).
2. Voir A. Rey, *Révolution, histoire d'un mot*, Paris, Gallimard, 1989.

Les besoins d'expression croissant avec l'évolution des savoirs, des idées et des techniques, la machine à créer des mots sur des éléments latins et grecs fonctionne alors à plein régime dans toute l'Europe. Le français en bénéficie largement, comme on l'observe à la fin du siècle avec un important phénomène intellectuel, la création d'un système désignatif nouveau pour les objets d'une science en mutation, la chimie. L'œuvre de Lavoisier, Guyton de Morveau, Fourcroy et Berthollet est aussi remarquable pour la terminologie (on dit alors « nomenclature ») que pour la science même. Cette œuvre est hybride : avec du neuf, créé par des métaphores sur le grec (*oxygène*, « créateur de pointu, d'acide » ; *hydrogène*, « créateur d'eau »), et par l'utilisation de vieilles étiquettes sur les nouveaux flacons à idées (*acide*, *base*, *sel…*).

Le XVIIIᵉ siècle a vu, enfin, une simplification des fantaisies de l'orthographe, pieusement conservées jusqu'alors. L'édition de 1740 du dictionnaire académique modifie cinq mille mots sur les vingt mille qu'elle contient. Le s devant consonne, non prononcé depuis longtemps, disparaît, *asne* devenant *âne*, *estre*, *estant* pouvant être écrits *être*, *étant* ; le y décoratif de *roy* cède la place à un *i*. Mais la simplification pourra être combattue : *enfans* redeviendra *enfants* au XIXᵉ siècle. Un peu plus tard (1776), les *beautez*, les *santez* seront transcrits *beautés*, *santés*. Cette orthographe – dite « de Voltaire » – rend le français écrit plus accessible. Importante réforme, rendue possible par l'élitisme : peu savent encore bien lire et écrire. À la fin du XXᵉ siècle, toute simplification graphique sera bloquée, en français, par la démocratisation de l'écriture – malgré l'illettrisme rampant. On ne parvient plus à modifier ce qui est l'apanage de tous.

La langue de l'Europe

Le XVIIIᵉ siècle, on le sait, est aussi celui du triomphe du français en Europe. En France même, le latin et les dialectes continuent de reculer. Hors des frontières, plusieurs souverains européens s'expriment par écrit dans un français châtié, et correspondent avec les penseurs français. Frédéric II de Prusse compose des poèmes et échange avec Voltaire, Mme du Châtelet, d'Alembert, des missives pleines de considération admirative. Catherine II de Russie, après avoir invité Diderot, l'incite à écrire ceci : « Aucune nation [ne] se francise plus rapidement que la russe, et pour la langue et pour les usages. » Jugement un peu rapide, car il existe bien des Russies ; celle des nobles et des savants, en effet, se plaira encore à parler français à l'époque de Napoléon – ou à truffer de phrases françaises son discours, ce qui est différent –, comme on le constate chez Tolstoï, dans *Guerre et Paix*. Gustave III de Suède est capable dès onze ans d'écrire en un assez bon français qu'il a trouvé « fort *ennuyantes* [il souligne] [...] les lettres de Made de Sévigné[1] ».

1. Lettre au baron de Scheffer, 8 avril 1757, citée dans J.-P. Seguin, *Nouvelle Histoire de la langue française*, *op. cit.*, p. 258.

Plusieurs domaines d'activité francophone sont privilégiés, en Europe germanique et slave comme en Italie du Nord : les échanges savants, la diplomatie, le théâtre, qui, par un public choisi mais assez nombreux, manifeste la connaissance de la langue. Il faut donc, un peu partout en Europe, qu'on enseigne le français. Même en Angleterre, l'influence de la langue des philosophes est sensible : Beckford écrit en français son beau roman oriental *Vathek* et le grand historien de la décadence romaine Edward Gibbon un *Essai sur l'étude de la littérature*.

Cette langue est unifiée, élégante, se veut claire et logique, ce qui paraît justifier une prétention à l'universalité. C'est, on l'a vu, le thème du fameux concours de l'Académie de Berlin, en 1784, où s'illustrera Rivarol[1].

La démarche de l'aristocrate français ressemble à celle qui prétend justifier l'ambition universelle, aujourd'hui, de la langue anglaise. Alors que l'expansion d'un idiome a pour support une situation historique, une puissance, des actions violentes ou non (guerre et commerce, colonisation...), on prête à son succès des causes rationnelles tirées de ses caractéristiques, prétendues ou observées. Pour le français, l'étonnant Rivarol et son portrait en gloire use à merveille de cette rhétorique ; pour l'anglais aujourd'hui, on célébrera l'efficace, l'économie, la souplesse, la créativité,

---

1. Voir la première partie de cet essai, au chapitre 3, « Une ivresse de raison ».

alors que ce sont les beaux restes du Common-
wealth britannique et l'hyperpuissance étatsunienne qui ont décidé de tout.

Ces succès continentaux – le français au
XVIIIe siècle en Europe, l'espagnol et le portugais en
Amérique latine, pour plus longtemps – ou mon-
diaux – l'anglais sous diverses formes, à partir du
début du XXe siècle – n'affectent pas les complexités
et les variations des usages linguistiques. Tout
comme au « grand siècle », on repère aisément des
usages incertains, spontanés du français. Pas seulement transposés en littérature, comme c'est le cas,
avec génie, dans les romans de Marivaux. Ainsi, la
correspondance de Diderot, ce maître de la prose
d'idées et de la prose tout court (dans des ouvrages
au destin fabuleux, tel *Jacques le Fataliste*, sauvé par
Goethe, traduit en allemand, retraduit en français et
enfin publié dans sa version originale…), contient
des exemples de transcription écrite à l'oreille et
de syntaxe vacillante sous la plume d'Antoinette
Champion, blanchisseuse, épouse du philosophe[1].
Ces correspondances, même dues à des aristocrates,
manifestent une liberté qu'aucune grammaire scolaire n'aurait tolérée.

Du côté de la fabrication littéraire « pour rire », on
a retenu les œuvres « poissardes » de Jean-Joseph
Vadé, telles les *Lettres de la Grenouillère*[2]. Dans ces

1. Diderot, *Correspondance*, éd. G. Roth, Paris, Éd. de Minuit, 1959.
2. Publiées dans *Lettres portugaises, lettres d'une Péruvienne et autres
romans d'amour par lettres*, éd. B. Bray et I. Landy-Houillon, Paris,
Garnier-Flammarion, 1983. Commentées par J.-P. Seguin, dans son
ouvrage *La Langue française au XVIIIe siècle*, Paris, Bordas, 1972.

textes, la graphie est conventionnelle ; les *e* non prononcés (très normalement) étant transcrits par des apostrophes (*j'veux, j'naurai qu'vingt-trois ans*, où la graphie « correcte » de *vingt* est étrangement conservée). Les habitudes de langage oral non recherché semblent respectées (*gna pa* pour « il n'y a pas », etc.). Ce genre de notation va fleurir aux XIXe et XXe siècles, dans les dialogues de théâtre, les discours prêtés à des personnages de roman, les chansons. Ce genre de texte, de même que les *Parades* de Beaumarchais, cherche à réjouir ceux qui savent au détriment des ignorants, et non à observer de la parole sociale réelle ; mais ils ne peuvent atteindre leur objectif qu'en coïncidant avec l'expérience des lecteurs, ou du moins en évoquant ces données d'expérience, quitte à les grossir jusqu'au grotesque.

Telle n'est pas la démarche de Restif de la Bretonne, très marginal mais révélateur, ni de Sébastien Mercier, par ailleurs rhéteur politique assez pompeux, dans ses remarquables *Tableaux de Paris*. Tous deux, observateurs des réalités sociales bourgeoises et populaires de Paris, transcrivent les discours qu'ils rapportent en orthographe « correcte », comme le faisaient Marivaux et Diderot.

Ce qui importe le plus, dans ces écrits qui reflètent un usage relativement libre, en marge de l'éducation exigée, c'est l'apparition d'un vouloir-écrire sans la garantie d'une norme permettant l'acceptation. Car cette attitude – écrire de longues lettres, qu'on pourrait dicter ou requérir de quelque écrivain public, et même rédiger ses Mémoires – suppose que le français donne à ses utilisateurs une confiance en soi permettant des transgressions, conscientes ou non. Des exemples sont connus depuis peu de temps par les travaux des spécialistes du français. Ainsi, Pierre Larthomas a étudié des lettres de soldats des guerres révolutionnaires et impériales ; Jacques Chaurand celles d'un conscrit de la région de Soissons, entre 1793 et 1795[1]. En 1982, était publié (par Daniel Roche) le journal d'un vitrier parisien, Jacques-Louis Ménétra[2]. Cet artisan, né en 1738, avait fait comme compagnon son tour de France. À la différence des textes qui imitent un usage populaire pour divertir les lettrés, ses écrits font apparaître un système différent de celui que les grammaires décrivent et que les « vrais » écrivains manient avec sûreté. Ce système a ses propres règles, sans doute plus souples, mais ne correspond pas à un « défaut », à une « corruption » par rapport à celui du français cultivé, seul connu et commenté depuis le milieu du XVIIe siècle. De même que le système actuel de la langue orale urbaine ou que celui du français des « cités », de même que le parler des enfants, il ne nous semble informe que par notre incapacité à en étudier les règles sous-jacentes.

Ce n'est qu'à partir du XXe siècle que la linguistique se penchera sur les formes accessibles de la langue « populaire ». Chez le vitrier Ménétra, l'absence de ponctuation, jointe à une certaine liberté dans l'ordre des mots (« le crucifix qui étoit

1. Dans *Le Français moderne*, déc. 1992.
2. Jacques-Louis Ménétra, *Journal de ma vie*, présenté par Daniel Roche, Paris, Montalba, 1983 [texte modernisé et normalisé, malheureusement].

divoire jeluy cassay un bras »), reflète la syntaxe parlée. Mais les qualités narratives et la drôlerie anticléricale de ce titi parisien avant la lettre ne sont nullement anéanties par sa liberté d'écriture.

Les limites de tels témoignages, par rapport à une description systématique de ce « français populaire » – on trouve une belle synthèse de ses procédés dans *Le Français populaire* de Pierre Guiraud, qui le décrit pour l'époque moderne –, sont les interférences avec le français dit « soutenu », ou « cultivé », qui demeure un idéal ou une tentation des semi-lettrés et se manifeste dans la graphie par des surcharges aussi bien que par des absences (« tous cest [ces] colifichet inventé*e* par le fanatisme[1] »).

C'est sans plaisir qu'un francophone amoureux de sa langue constate en cette fin du XVIIIᵉ siècle, au moment où Rivarol et d'autres se rengorgent sur la mission universelle et les vertus incomparables du français, que cette langue commence à reculer, d'abord hors d'Europe. L'affaiblissement européen sera postérieur à la chute de Napoléon Iᵉʳ – et aux démissions : la Louisiane bradée. Tandis que la Belgique flamande, à l'instar des États allemands, se tourne vers le français après 1750, que la Suisse subit les effets du rayonnement de Genève, capitale de la France protestante depuis Calvin, et que le français qui y est pratiqué est un modèle, incarné par le « citoyen

1. Exemples tirés de l'analyse de Jean-Pierre Seguin dans *Nouvelle Histoire de la langue française, op. cit.*

de Genève » de l'Encyclopédie, Jean-Jacques Rousseau, le français est en difficulté outre-mer.

Au Canada, où la France est battue par les Anglais en 1759, le traité de Paris protège la religion des « habitants » francophones, mais pas leur langue. La Proclamation royale du 7 octobre 1763 vise leur assimilation par l'anglais ; ils n'y échappent que par l'action du clergé catholique et une forte démographie. Ce sera un long combat avant d'assurer la survie du français au Québec (ancien Bas-Canada : le Canada est divisé en deux provinces en 1791), et en Acadie, d'où sont chassés bien des Français.

Quant à la Louisiane occidentale, colonie de la Couronne de France depuis 1731, elle est cédée à l'Espagne en 1762, et la partie droite du Mississipi à l'Angleterre l'année suivante.

Toujours en Louisiane, la partie espagnole ayant été rétrocédée à la France en 1800, Bonaparte, par peur d'un conflit avec la Grande-Bretagne et par besoin d'argent, vendit pour quinze millions de dollars l'immense colonie française aux jeunes États-Unis. Les territoires futurs de l'Arkansas, du Dakota, de l'Iowa, du Kansas, du Missouri, du Montana, du Nebraska, de l'Oklahoma étaient ainsi voués à la langue anglaise et à la culture de la « frontière », celle du western. Il est vrai qu'en 1760, les territoires français d'Amérique du Nord ne comptaient, au total, que 85 000 habitants. Au sud, dans la Louisiane proprement dite, de la langue française, autant en emporta le vent, à part les colonies des cajuns (en français : cadiens), chassés par le Canada anglais de leurs terres d'Acadie. Les francophones de Louisiane, tous bilingues, sont aujourd'hui regroupés autour de Lafayette, où 52 % de la population ont déclaré au recensement de 1970 parler français.

Dans l'océan Indien, et notamment en Inde, le français, qui bénéficiait du colonialisme marchand européen, est condamné au profit de l'anglais par le traité de 1763 (signé à Paris). Cet accord, ne réservant que cinq comptoirs à la France, ouvrait la porte à la colonisation britannique et à l'anglicisation partielle de l'Inde.

Décidément, la politique de Louis XV et de Choiseul avait tout pour plaire aux détracteurs du colonialisme commerçant européen. Mais l'« universalité » présumée de la langue française, notamment face à l'anglais, avait triste mine.

Révolution dans l'enseignement : guerre au latin

Pendant la Révolution, l'Empire, la Restauration et la suite, la langue française connut un sort plutôt heureux en France, en Belgique et en Suisse. Elle se maintint au Canada et aussi dans « les îles », à côté des créoles. Avec le capitalisme triomphant, elle tâta de l'impérialisme, grâce à quoi le Maghreb et l'Afrique subsaharienne occidentale parlent aussi français.

Sur le front du lexique, les enrichissements sont constants. La Révolution et l'Empire font transition vers le français « moderne » (qui, déjà, ne l'est plus), sans bouleversement dans le discours, contrairement à celui des contenus. Robespierre parle comme un avocat formé par les jésuites ; Marat mêle Rousseau à un pédantisme scientifique naissant. Mais il faut alors dire autre chose que sous l'« ancien régime » (expression d'époque) et ne plus parler comme les « ci-devant ». Dérivation, composition, préfixation marchent fort : Pougens[1] élabore un *Vocabulaire des nouveaux privatifs*, puis Louis Sébastien Mercier fait le point de la *Néologie* (1801) ; des dictionnaires révolutionnaires sont censés aider les étrangers et les Français distraits à comprendre le nouveau parler – qui n'est qu'un vocabulaire neuf, en partie. L'un d'eux, très étonnant, est écrit par le vieux Casanova.

D'autre part, un retour du souci créatif de la Renaissance se fait sentir. Talleyrand, en 1791 – il a trente-sept ans –, à l'époque où il abandonne son

---

1. Charles de Pougens (1755-1833) est un personnage fascinant, et non pas simplement le collecteur érudit de citations littéraires pour un projet de dictionnaire jamais achevé, qu'Émile Littré utilisa abondamment – en le citant et en lui rendant hommage. Jeune homme étonnamment doué, peut-être fils naturel du prince de Conti, il complétait ses études en Italie, apprenant entre autres choses la peinture (le musée des Beaux-Arts de San Francisco fait état d'un « Jeune homme à la flûte » signé de lui) lorsqu'une épidémie de variole le rendit aveugle. Rentré en France, il mena malgré son infirmité une vie à la fois aventureuse et studieuse, entre diplomatie, voyages, rencontres remarquables – le chevalier ou la chevalière d'Éon, à Londres, ou Cagliostro, qui ne sut pas le guérir de sa cécité. Outre l'érudition de son *Dictionnaire des privatifs* (ce sont des adjectifs de négation), recueil de néologismes, et celle de son grand projet, il s'adonna au commerce de librairie et devint imprimeur, parcourant, comme l'avait fait Restif de la Bretonne, tous les stades de la fabrique des livres.

évêché d'Autun et va diriger le clergé constitutionnel, participe à l'intérêt de la Convention pour la langue : il plaide intelligemment pour un plan de perfectionnement du vocabulaire. La prétention à « révolutionner » (mot nouveau) le français, fictive quant à l'évolution globale de la langue, n'est pas absurde en ce qui concerne la désignation du monde en devenir ; elle est réelle quant aux rapports entre le pouvoir, la communauté en ébullition et ses langages. On organise, en rupture avec le clergé, un enseignement pour la nation : c'est l'« institution » du peuple, à laquelle on voue les nouveaux « instituteurs ». Les conventionnels Barère et Grégoire partent en guerre contre les langues autres que le français, les dialectes et les patois, censés véhiculer les idées « antirévolutionnaires » (adjectif neuf, apparu juste avant « révolutionnaire », signe de combats). Cet effort sera vain, mais son objectif sera atteint plus tard ; il produira l'effet inattendu d'informer sur l'état réel des parlers en France. Le brassage militaire et le développement des chemins de fer auront peut-être plus contribué à la diffusion du français en France que les décisions politiques, exception faite de l'école (écoles « primaires », écoles « centrales », en attendant les « lycées » de l'Empire). Entre 1789 et 1815, le nombre de Français, de Belges et de Suisses maîtrisant la langue centrale a beaucoup augmenté.

Mais certaines tentatives révolutionnaires échouent. Par exemple, écarter le latin de l'enseignement ; il reviendra en force sous l'Empire et la Restauration ; éradiquer les « patois » – notamment en terre occitane – et les langues différentes (alsacien, breton, basque…), réformer en profondeur l'orthographe.

Sur plusieurs plans, le XIXᵉ siècle, malgré l'inversion politique et les tentations de réforme autoritaire, peu démocratique, continuera l'œuvre amorcée par la Révolution.

Après 1815, et malgré les changements constants et essentiels du rapport au langage, les savoirs et les mythes, les problématiques et les politiques concernant la langue se détachent des idéologies anciennes, pour mettre en place, lentement et toujours dans la complexité, les croisements, les métissages propres à tout grand idiome, pour développer les vérités, les préjugés et les fantasmes dont nous sommes aujourd'hui tributaires, nous, non pas les citoyens français, mais les francophones heureux ou malheureux de l'être.

III
AU PÉRIL DU VERBE

1

La « geste » et la « poésie »

Dans la confusion des métissages et des rencontres entre les langues, c'est-à-dire entre les humains qui les parlent, tellement ressentie qu'elle a suscité le mythe toujours vivant de Babel, certaines tendances vers l'ordre et l'unification se sont fait jour.

Parmi les facteurs qui déterminent le succès et la stabilité dans cet univers mobile et complexe de la parole, on peut en percevoir deux dont l'action paraît nécessaire pour qu'apparaissent des langues identifiées à de grandes communautés nationales. Ces deux forces sont de nature différente. L'une a trait aux vertus expressives et esthétiques d'un usage langagier parmi d'autres ; l'autre à la capacité à transmettre les volontés d'un pouvoir, quelle que soit sa nature, autocratique ou démocratique.

Certaines situations sont favorables à l'une ou l'autre de ces forces, d'autres non. Ces deux dynamismes doivent agir ensemble pour aboutir à une langue quelque part dominante et acceptée, voire aimée de ceux qui en usent. Leur disjonction en révèle la nature : en Italie, c'est le pouvoir créateur (« poétique » au sens premier de ce mot grec) qui se manifeste dès le XIVᵉ siècle, par le génie de Dante. Celui-ci, en se fondant sur les parlers de la Toscane, crée une œuvre surhumaine – « divine », diront ses successeurs immédiats – en style « moyen », ce qu'implique *commedia*, car le sublime n'a alors qu'une expression possible, le latin. C'est donc la *Divina Commedia*, qui n'est pas « divine », mais très humaine, ni « comédie », car elle expose les trois grands fantasmes chrétiens de l'après-vie : le ciel, le purgatoire et, beaucoup plus vivant dans nos mémoires, l'enfer. À partir de cet immense poème, une langue nouvelle existe, rendue possible et active par l'écriture, par le rythme, par l'intensité dramatique, par ses pouvoirs déclencheurs d'images et d'idées. Régionalement, c'est du toscan. Mais, pour des siècles, c'est l'apparition de l'« italien ». Car les grands créateurs en langage de la péninsule vont s'en saisir, écrivant pour tous les « Italiens » et au-delà. En effet, outre ceux des textes latins et grecs, l'idiome-modèle, pour un Français de la Renaissance, est celui de Dante, de Boccace, de Pétrarque.

Mais cet italien ne s'impose que dans la création, dans ce qu'on nomme « littérature » ; avant le XIXe siècle, en Italie, on parle quotidiennement et on écrit souvent une forme dialectale. Au XVIIIe siècle encore, Goldoni joue, dans des comédies écrites en « italien », c'est-à-dire en toscan sublimé, sur le registre vénitien : bilinguisme interne.

Mais voilà qu'au XIXe siècle, la poussée vers l'unité nationale, alors que le nord de la péninsule est encore autrichien, confère à la langue créée pour exprimer et « composer » musicalement, pour émouvoir et pour convaincre, une vertu mobilisatrice et unificatrice, car elle représente un « lieu commun » entre les dialectes. En effet, c'est alors l'Italie qui « se fait elle-même » (*Italia farà da se*) avec Garibaldi. Et sa capitale, Rome, disputée au puissant Vatican. Une langue nationale s'impose. Si le pouvoir politique était seul en cause, l'italien moderne aurait pu s'élaborer à partir des dialectes romains. Mais le pouvoir poétique avait agi, quatre cents ans auparavant, et le toscan de Dante ne fut pas aboli, mais au contraire enrichi, certes un peu bousculé. Pasolini, remarquable linguiste, se plaignait des trahisons de l'italien officiel par rapport au modèle toscan.

La séparation de ces deux fonctions, de ces deux dynamismes, l'expressif, musical et poétique, et le politique, fondé sur la communication et la force d'agir, permet donc de les distinguer ; leur conjonction les rend moins discernables. Cependant, une expression appliquée plus tard à la littérature médiévale de France en souligne l'articulation. C'est « chanson de geste », où les deux termes, d'ailleurs, peuvent nous égarer. La « geste » est un ensemble de hauts faits fondateurs rapportés par la mémoire ou forgés par le mythe ; c'est le reflet et l'indice d'une vision politique. La « chanson », c'est ce que produit le créateur dans sa langue. Dans le jeune « roman », le français du XIᵉ siècle, c'est la naissance d'une littérature.

Chaque époque, dans l'histoire d'une nation, construit sa « geste » : ce sera l'idéologie d'une volonté commune et d'un pouvoir national. Chacune suscite par ailleurs une création de sens, de rythme et de musique – la « chanson ».

Parfois ces deux forces se conjuguent exemplairement. En célébrant fictivement un Charlemagne, un Roland et un Olivier de légende, la *Chanson de Roland* produit une « geste » contraire à la réalité politique du XIᵉ siècle, qui est encore féodale, mais va dans le sens d'une unification nationale, au service des rois. D'autres « chansons » participent de la geste réelle, celle de leur temps : violence, combats incessants, idéologie féodale. Par sa force expressive, le brutal poème de *Raoul de Cambrai* en est un bon exemple. D'un côté, le mythe, projection d'une volonté ; de l'autre, l'image du présent, produit du passé. D'un côté, christianisme et droit romain ; de l'autre, institutions germaniques.

On pourrait, dans cette perspective, suivre les divorces et les unions entre la création en langage et son utilisation politique, à chaque moment de l'histoire, le divorce entre volonté politique et sensibilité, recherche des valeurs esthétiques. Par rapport aux grands pouvoirs anciens de l'Église, de la royauté et des seigneurs dans une époque où les divergences et les convergences sont assez lisibles, l'usage littéraire du français est devenu de plus en plus libre, plus indépendant, jusqu'à devenir peu déchiffrable.

Cependant, les relations entre le pouvoir et la liberté créatrice, ces deux facteurs déterminants pour le statut de la langue, ne sont jamais devenues neutres. Elles s'insèrent dans ces couples poésie-action, art-pouvoir, esthétique-politique qui définissent une culture.

Ces combinaisons ont des aspects visibles, telle la politique culturelle, qui n'a pas attendu pour se pratiquer un « ministère de la Culture » (et, en France, « de la Communication »), ou bien, exprimée ou pas, une politique des langues, plus active quand la langue préférée est menacée – comme au Québec. Il y a aussi les étonnantes tentations littéraires des grands responsables politiques, remarquables en France (de Gaulle, Mitterrand, Giscard et, avant eux, Herriot). Partie visible d'un iceberg immense, où tous les aspects de l'action politique, agissant sur des êtres humains doués de parole, peuvent se manifester.

En outre, à côté des capacités de décision attribuées aux détenteurs du pouvoir – quel que soit le régime – existent des potentialités d'action par l'usage du langage, où s'active la mise en discours, depuis les rhétoriques de persuasion (propagande, publicité…) jusqu'aux poétiques du sentiment, qui ne sont pas sans effet sur les comportements.

L'histoire récente montre que les incarnations les plus intéressées de l'amour de la langue – le vertige du pouvoir est marqué par une exaltation du discours – peuvent faire contraste avec la volonté de création pure – littéraire, poétique – ou, au contraire, s'articuler avec elle. Ainsi, à l'époque de la Restauration monarchique française (1815-1848), l'explosion romantique renouvelle le rapport poétique à la langue, qui avait disparu au XVIIIᵉ siècle, submergée alors par la volonté intellectuelle et idéologique tandis que le discours du pouvoir se tournait vers le passé prérévolutionnaire. Plusieurs grands écrivains, portant la pratique de la langue vers l'avenir, manifestent leur accord avec la parole monarchique réaffirmée. Le cas de Chateaubriand est éclatant, en contraste avec Lamartine, dont les idées politiques républicaines sont en accord avec le lyrisme anti-académique. Balzac est écartelé entre ses réticences devant l'évolution démocratique de la société et ses inquiétudes devant la montée bourgeoise ; sa lucidité critique est portée par une liberté de discours quasiment révolutionnaire. Plus tard, le Flaubert de *L'Éducation sentimentale* manifestera ces mêmes contradictions.

Les idées « politiques » du créateur, écrivain, poète, mais aussi peintre, musicien, peuvent s'articuler de manière conflictuelle avec sa pratique créatrice, et cela joue dans le langage. Car Delacroix, Berlioz écrivent, eux aussi, à la fois sur leur art et sur la société, donc sur la politique dominante de leur temps, et les contrastes entre création et idéologies peuvent surprendre. À l'intérieur même des théories portant sur la création dans la langue, l'opposition est sensible entre des écrivains qui se veulent proches : Hugo passe de la référence monarchiste au culte républicain sans que s'altère son inépuisable action de progrès sur la langue ; son ami Gautier déploie la bannière de « l'art pour l'art » tout en combattant le « bourgeois », qui est le symbole désastreux du pouvoir montant de l'économie derrière celui, affiché mais fragile, de la monarchie constitutionnelle.

Une époque très remarquable, pour ce jeu entre la « geste » politico-mythique et la « chanson » du haut discours poétique et littéraire, est le second Empire.

Après 1848, révolution précaire, le monde des prolétaires, entraîné par l'idée socialiste, et celui des propriétaires enrichis par le dynamisme économique et financier sont face à face. C'est le temps des illusions républicaines perdues ; c'est même la mort de la République, avec le recours à l'homme providentiel, le neveu d'un fantôme de gloire nationale, partisan déclaré puis promoteur d'un absolutisme césarien et social (le futur Napoléon III est l'auteur d'un texte dont le titre prêtera à rire : *Extinction du paupérisme*).

C'est une époque où la bourgeoisie délègue au pouvoir exécutif, autocratique et enrubanné dans un charmant protocole mondain – la cour de Compiègne, que fréquente Mérimée et que peint Winterhalter[1] –, les responsabilités politiques pour mieux établir son pouvoir économique et social. C'est une époque où la langue française bien corsetée triomphe des dialectes et des patois, où le lexique s'enrichit, où le flot des anglicismes se déverse, où les connaissances sur le langage sont bouleversées par des visions nouvelles : celles du comparatisme historique venu d'Allemagne, celles des produits du langage révélateurs de toute culture (la « philologie » telle que la définira le jeune Ernest Renan).

---

1. Un écrivain lucide et révélateur, le sauveur du patrimoine architectural de la France à l'abandon ; un peintre aussi habile et gracieux qu'anecdotique.

La « geste » bourgeoise est industrielle, financière, socialement violente ; celle du pouvoir politique vise à servir ce maître discret, l'économie. Quant à ce que j'appelle la « chanson », la création en langage, elle contribue à la saga de l'enrichissement national tout en s'opposant à ses manifestations politiques autoritaires et restrictives. Hugo s'acharne contre Napoléon le Petit, mais célèbre le chemin de fer. Malgré les tracasseries de la censure[1], omniprésente et active, le commerce du livre se développe : 7 608 titres publiés en 1850, 12 269 en 1869. Les éditeurs cherchent de nouvelles clientèles ; Hetzel, Hachette innovent. Les « bibliothèques de gare » remplacent les colporteurs ; de même que les cabinets de lecture, elles sont étroitement surveillées. Aussi bien, le roman populaire et la littérature enfantine et adolescente, avec leurs héros, Jules Verne – chez Hetzel –, la comtesse de Ségur, née Rostopchine ou Zénaïde Fleuriot – chez Hachette, dans la Bibliothèque rose – ne sont pas de nature à inquiéter le régime. Littérature et presse populaires voient leurs tirages augmenter et les Goncourt se lamentent : « C'est l'écrasement du livre par le journal, de l'homme de lettres par le journalisme » (*Journal*, 22 juillet 1867). Mais ce journalisme vulgaire produit Jules

1. Xavier de Montépin écope de trois mois de prison et d'une amende pour *Les Filles de plâtre* ; si Flaubert est acquitté pour *Madame Bovary*, après bien des ennuis, Baudelaire est condamné à trois cents francs d'amende et à la suppression de six poèmes des *Fleurs du Mal* (les « pièces condamnées »). Zola parlera des « douaniers grincheux de la parole écrite ».

Vallès et Zola – dont les chefs-d'œuvre paraîtront après la « débâcle » de 1870. Les auteurs les plus hostiles à leur temps, comme Barbey d'Aurevilly, s'expriment dans la presse, ainsi que des polémistes comme Louis Veuillot, antimoderne, antisémite, antibourgeois, ou Henri Rochefort[1], républicain par hostilité à l'Empire de Badinguet – surnom dérisoire de l'Empereur – plus que par conviction (il deviendra boulangiste et antidreyfusard).

À cette époque où le pouvoir, en France, cherche à tout contrôler, tout lui échappe. Ainsi, la science prépare le total bouleversement du regard sur le monde et sur la société. L'algèbre de Boole et la géométrie non euclidienne (Riemann) sont de ce temps, ainsi que la théorie du champ de Maxwell, la spectroscopie qui rend possible l'astrophysique ou encore la chimie organique (Berthelot, 1859), et, bien sûr, l'évolutionnisme, avec *De l'origine des espèces* de Darwin, texte paru en 1860… La technique bouleverse le présent, la science l'avenir proche. La sensibilité créatrice au langage est révolutionnée, elle aussi : Hugo, Nerval, Baudelaire, Flaubert. La doctrine de l'art pour l'art se retourne : tandis que son promoteur, Gautier, se réfugie dans un passé baroque (*Le Capitaine Fracasse*, 1863) ou dans l'anticipation (*Le Roman de la momie*, 1858), le récit littéraire veut dévoiler le réel social (Mérimée, Hugo et Flaubert, encore).

1. Auteur de la phrase célèbre selon laquelle « la France compte trente-six millions de sujets, sans compter ceux de mécontentement », sentence qui inaugure sa publication, *La Lanterne*.

Par la traduction, la France découvre, à côté de Balzac, l'univers de Dickens et va être fasciné par celui de Tolstoï (*Guerre et Paix*, 1866). S'agissant de langue française, on assiste à la naissance d'une littérature de Belgique, avec l'*Ulenspiegel* de Charles de Coster[1]. On perçoit, grâce à Mistral, qu'il y a en France d'autres langues que le français ; en revanche, la langue nationale va pouvoir triompher en Savoie et à Nice, cédés par l'Italie en 1860 : l'hexagone francophone est achevé. D'autres usages poétiques, un autre langage, se manifestent, en vérité : on est frappé de voir paraître en 1869, l'année de *L'Éducation sentimentale* qui porte le désenchantement politique de Flaubert, *Les Chants de Maldoror* du jeune Isidore Ducasse, alias comte de Lautréamont, précurseur du XXᵉ siècle surréaliste, puissant libérateur d'imaginaire. Plus important encore pour l'avenir de la France et du français, le colonialisme, ce prurit colonial que nourrit la rivalité avec l'Angleterre.

Le régime de Napoléon III héritait de la monarchie bourgeoise une Algérie colonisée (après la soumission de l'émir Abd el-Kader, 1847), des possessions en Afrique, notamment au Sénégal, et en Polynésie (depuis 1842) ; il y ajoute le Cambodge (protectorat : 1863) et la Cochinchine (1867). La continuité de la politique coloniale, pendant ces trois régimes contrastés : Restauration monarchique, second Empire, IIIᵉ République, sou-

---

1. *La Légende et les aventures d'Ulenspiegel et de Lamme Goedzak*, 1867.

ligne le caractère profond de cette « geste » nationale, aux aspects contradictoires, produisant des lectures inversées selon les époques. À celle où le césarisme atténué de Napoléon III tente de mener un jeu mondial (de Solferino au Mexique), « colonisation » rime avec « civilisation », et Jules Ferry continuera cette chanson. Le progrès dans l'ordre – slogan du positivisme d'Auguste Comte que l'on confond à tort avec le scientisme, car il débouche sur une mystique – s'exerce dans la promotion et l'exaltation de la langue française. L'instituteur, en France, est soutenu par le brassage du service militaire et par les techniques de transport pour répandre la parole civilisatrice en français. L'abbé Grégoire et les conventionnels jacobins, hostiles aux idiomes de la réaction, sont alors vengés de leur échec. Quant à la diversité et aux personnalités sociales des régions, cela coûte très cher. De même qu'on est en train de tuer le breton, le flamand, l'occitan, on tente d'enfourner, avec l'alphabétisation, le seul français officiel, le même qu'en France, en Algérie et en Afrique qu'on appelle encore « noire ». Mais les langues maternelles y résistent tout autrement que les patois et dialectes ne peuvent le faire en France, en Belgique ou en Suisse. L'idéologie colonisatrice, fondée sur les intérêts économiques, financiers et sur la volonté de puissance internationale des États – Angleterre, Allemagne, France (plus tard, Belgique) – se sert des images d'universalité humaniste destinées à promouvoir l'usage officiel et scolaire de la langue nationale. En surface, l'expansion coloniale est un aspect de la politique de la langue, aspect informel mais actif. Quand les linguistes abordent ces questions, ils ont tendance à négliger « politique » – qui induit socio-économie – dans l'expression « politique de la langue » qui va beaucoup plus loin qu'une législation infirme[1]. Car la langue n'est pas un objet à modeler, mais un outil pour produire des effets globaux, enregistrés par l'Histoire.

Le poète dit l'avenir

L'image que la littérature d'une époque renvoie des réalités sociales et politiques est un baromètre sensible : les imaginaires sont une évasion, les réalismes un dévoilement critique, un reflet des usages multiples, y compris ceux de la langue. La poésie est un déplacement du langage quotidien pour créer d'autres langues dans la langue. Il s'agit là de vraie littérature, quelle que soit la catégorie assignée, tandis que l'écrit imprimé véhicule le plus souvent propagande, critique ou soumission. Les livres d'apologie narcissique des candidats au pouvoir et de ses détenteurs, les cruels portraits de journalistes, aujourd'hui, remportent un égal succès.

La liberté s'exerce par la révolte, la révolte par un style et une rhétorique qui déplacent les lignes

1. À l'exception notable et talentueuse de Louis-Jean Calvet : voir notamment *Linguistique et colonialisme*, Paris, Payot, 2002, et *La Guerre des langues et les politiques linguistiques*, Paris, Payot, 1987.

des convictions partagées : exigence lyrique, colère, dérision, imaginaire, symboles... – toujours des écarts. Le rôle du littéraire est de faire éclater le littéral ; tout le reste, abondant, n'est pas littérature.

L'écrivain qui déplace les règles n'a pas besoin de théoriser ; mais celui qui théorise le langage peut, ce faisant, déplacer les idées. Existent aussi des discours respectueux des règles et qui critiquent les pouvoirs établis ; souvent, les discours d'opposition, voire de révolution, illustrent un conformisme langagier. Marat écrivait comme un professeur de sciences pédant ; Robespierre déclamait comme un prédicateur en chaire. Mais Lavoisier créait un langage pour une science, Saint-Just poétisait l'appel au meurtre – c'est lui qu'il faut marier à Sade. Béranger chansonnait contre la monarchie selon la tradition ; mais Hugo innovait dans *Les Châtiments*.

Les mutations profondes, qui sont scientifiques et techniques, sont muettes. Le révolutionnaire en action veut transformer le monde avec la langue et la parole d'hier. Le poète veut « changer la vie » (Rimbaud), et ce qu'il dit aujourd'hui annonce l'avenir, ce qui fait qu'on a du mal à le comprendre en son temps. Les révolutions du langage se font de l'intérieur et en avance. « Je est un autre » (encore Rimbaud) n'a commencé à devenir vrai qu'avec la psychologie du XXe siècle ; au XVIIIe et au XIXe siècle, ce ne pouvait être qu'un jeu verbal. Ainsi, le discours mallarméen révèle les vérités de la poésie, celles du livre et celles de la presse, à la fois économiques, politiques, psychosociales, esthétiques… C'est en grande part dans la révolution de son langage, évidente en poésie, sensible dans sa prose, que s'éclaire, précisément, la situation financière des lettres.

Une nouvelle courut, avec le vent d'automne […] il s'agissait de désastre dans la librairie, on remémora le terme de « krach » […]. Les volumes jonchaient le sol, que ne disait-on, invendus ; à cause du public se déshabituant de lire probablement pour contempler à même, sans intermédiaires, les couchers du soleil […]. Triomphe, désespoir […] chez le haut commerce de Lettres ; tandis que je soupçonne une réclame jointe à l'effarement, en raison de ceci et je ne saurais pourquoi sinon, que le roman, produit agréé courant, se réclama de l'intérêt comme atteint par la calamité. Personne ne fit allusion aux vers[1].

En changeant quelques termes – car ce n'est plus à la contemplation de la nature que la lecture doit ses crises actuelles, mais à celle de l'écran des salles obscures, à celui des téléviseurs et des ordinateurs ; car la « réclame » est devenue « pub » effrénée –, ce constat de Mallarmé situe durablement le dialogue, qui est un combat entre l'idéal que porte la Poésie et la violence d'un pouvoir, ici celui de l'argent et des banquiers, plus réel que celui des politiques, ces agités du verbe et de la loi.

1. Mallarmé, « Étalages », *Quant au livre*, dans *Œuvres*, Pléiade, p. 373.

Mallarmé explique ailleurs que c'est « le Vers », c'est-à-dire le rythme, la musique, quelque chose du « Verbe[1] », qui, se dissimulant, permet à certaines proses que demeure en elles « quelque secrète poursuite de musique, dans la réserve du Discours[2] ».

On sait trop que la politique de la langue, fiction qui cache une sévère gestion des discours, n'accorde guère d'importance à ce « Mystère » et à cette « Musique » où le poète absolu qu'est Mallarmé voyait l'essence de son art. On sait trop, de même, que la « science du langage » ne peut atteindre qu'une abstraction commune, d'essence technique ou quantitative, logique et formalisable, aussi loin du réel social éprouvé que l'est le mystère musical du poète. Sinon que la poésie – en vers ou en prose – est capable de faire exister une langue, de la faire aimer ou haïr et de la promouvoir, fût-ce au prix de la destruction de certaines de ses voisines. Quel rôle social profond, ou simplement réel, peuvent assumer les sciences des langues, à côté de ce que je nomme ici « la chanson », la création en langage, et au rebours de ce que j'appelle « la geste » ? Réponse cruelle de Paul Valéry, disciple en poésie de Mallarmé – mais hérétique, disent certains –, qui écrivait dans ses *Cahiers*, en 1942 : « La linguistique ne nous apprend rien d'essentiel sur le langage[3]. »

1. « Ne jamais confondre le *Langage* avec le *Verbe* », profère Mallarmé : « Notes », *Proses diverses*, dans *Œuvres*, Pléiade, p. 853.
2. *Ibid.*
3. P. Valéry, *Cahiers*, XXVI, 757, dans Pléiade, t. I, p. 464

Émue par ce constat déplaisant pour le savoir institutionnel et l'université, l'éditrice des *Cahiers*, Judith Robinson, écrit : « Valéry pense ici non à la linguistique moderne, mais à la linguistique traditionnelle, et surtout à la philologie. » Ouf ! Mais ce que note ailleurs le poète-penseur confère à sa critique – abrupte et injuste – une valeur beaucoup plus générale. Exemple : « L'étude du langage telle qu'elle est pratiquée par la linguistique fait songer à une chimie aux équations purement pondérales […], sans mention des énergies[1] ; ou bien : « Celui qui saura nouer le langage à la physiologie saura beaucoup et nulle philosophie ne prévaudra contre ceci[2]. »

Si le philosophe du langage et poète dresse un constat d'échec sur la science (linguistique et, aujourd'hui, on l'imagine, cognitivisme, pragmatisme, psycholinguistique…) et sur la philosophie même, que ne dira-t-on pas de l'échec de l'action politique quant à ses visées sur l'évolution des langues ? Le pouvoir décide, légifère, fait pression, finance – jamais assez –, autorise et interdit ; les langues, emportées par des forces plus puissantes, suivent leur cours imprévisible. Ces forces peuvent être canalisées par les États, sous forme d'institutions pédagogiques (l'École) et culturelles, mais, par l'action d'un dynamisme social qui n'est pas maîtrisable, le fonctionnement des langues échappe

1. P. Valéry, *Cahiers*, XXIV [1941], 288, dans Pléiade, t. I, p. 460.
2. P. Valéry, *Cahiers*, XVIII [1935], 179, dans Pléiade, t. I, p. 446.

en grande partie à la volonté organisatrice et conservatrice de tout pouvoir – y compris de celui qui tient le discours toujours creux, toujours fictif, de la rupture, du changement, du progrès. Autre facteur de ce fonctionnement, les médias se réduisent à un mirage séducteur de culture et de savoir et sont définis par une réalité économique pressante, mesurable par le prix de la minute publicitaire. Ce réel chiffrable est celui que surveillent sans cesse ces « banquiers déçus » que Mallarmé évoquait à propos de l'édition. Parmi les forces qui gouvernent la presse, les radios, les télévisions, y compris les organes de l'État, en France, certaines défendent avec une vaillance inégale le pré carré du service public, supposé à l'abri de tout despotisme financier.

L'invention de la Musique et du Mystère révélés par Mallarmé a joué depuis dix siècles pour établir la langue française, non pas la fixer seulement, mais la dynamiser. Rien ne peut faire croire que cette force ait cessé d'agir aujourd'hui, malgré l'aveuglement ou l'hostilité des autres pouvoirs, le politique et l'économique, qui embrassent ce rival pour l'étouffer[1]. Car, aussi solitaire qu'elle semble, l'activité littéraire, surtout celle d'« avant-garde » – qui, étant mal perçue, échappe aux enjeux des forces sociales dominantes –, continue à déranger, à déplacer ; ses effets-retards peuvent être immenses.

1. « J'embrasse ce rival, mais c'est pour l'étouffer. » Racine, *Britannicus*, IV, 3.

Il ne s'agit pas d'opposer dans la parole ou l'organisation sociale les usages et discours de soumission à ceux de dérision ou de rejet hostile, ni les paroles de progrès, qu'elles soient de réforme – « changer les formes » – ou de révolution – « tourner sens dessus dessous » – et les codes de la conservation.

En effet, le discours de l'ordre et du passé, pour peu qu'il innove dans la langue même, est encore subversion. L'antisémitisme et les autres haines racistes de Céline faisaient signe au passé, mais sa révolution de syntaxe et de rythmes était du côté de la poésie, de la chanson : il parlait lui-même de sa « petite musique » – retour de Rabelais, pourtant son inverse idéologique, ce grand fauteur[1] de progrès ! – et ce style projette la langue et la pensée (pour détestable qu'il lui arrive d'être) vers un avenir encore inexploré. Discours, non de désordre ou d'ordre, non de réaction ou de progrès, mais d'apocalypse langagière et rituelle, accompagnant celui de l'Histoire dans le chaos destructeur des suites du grand Conflit, puis de la fin du nazisme.

Un autre témoin de l'exaltation du langage, remède unique aux maux hérités du passé, serait Jean Genet, muet dans la pratique du délit, puis créateur et poète de son passé de délinquant-victime, enfin rejoignant à la fois l'Histoire et la cause « humaniste » – que s'esclaffent les imbé-

---

1. *Fauteur*, c'est « favorisateur », et on ne favorise pas que la guerre.

ciles ! – au service du peuple palestinien ; alors se taisant. Qu'on me pardonne un souvenir personnel : je suis avec des collègues, dans l'antichambre des éditions Gallimard, attendant un responsable pour un projet. Je voisine avec quelqu'un dont j'aime les œuvres, généreuses et fortes, et que j'admire, Louis Guilloux. Se pointe, dans l'embrasure, une sorte de livreur cycliste au visage de boxeur, et qui dégage, diraient les crédules, des « ondes » impressionnantes. On n'ose y croire ; c'est bien Genet. Mû par un beau ressort, Guilloux se dresse, murmure « … mon prince ! », et tente d'évoquer le texte qui lui vient en tête (était-ce *Querelle de Brest*, ou le *Miracle de la rose ?*). Jean Genet, glacial, cruel devant tant d'amour, dit sèchement : « On ne parle plus de ces choses-là ! » et tourne casaque. J'étais, nous étions paralysés. En chantant la beauté des assassins, des jeunes miliciens, Genet semblait trahir toute valeur et célébrer un passé détestable ; mais en portant le français vers de nouvelles incandescences, il faisait œuvre de libération.

Il serait vraiment trop simple que le discours de progrès soit celui, si plat, des politiques qui clament : « Je suis le progrès, votez pour moi ! » Il serait étonnant que les nouveautés techniques apportent avec elles des valeurs morales. Mettre l'écrit et le texte « hyper » dans l'espace mondial n'est pas plus un progrès social que passer de la plume d'oie à la fausse « plume » d'acier. Il serait étrange qu'on ne puisse rompre avec le passé en employant un discours traditionnel par sa forme :

relisons *Tel quel* ou les *Mauvaises Pensées* de Valéry.

Le tressage de la « chanson de geste », création poétique au service du pouvoir qui s'établit, produit un ordre où c'est le langage sans cesse en création qui commande. De nos jours, c'est en contestant le passé qui leur a légué cette langue que les créateurs en français des anciennes colonies et ceux de l'« Outre-mer », aussi sévères soient-ils pour les pouvoirs dominants, donnent un sens nouveau à ce passé ; les plus actifs sont les poètes, tel Aimé Césaire.

Pour les amoureux du français, plutôt la poésie que le pouvoir

Entre le Pouvoir, qui se sert du langage pour satisfaire ses appétits, entraîner les humains, les tromper peut-être, les séduire et les entraîner toujours, et la Poésie, qui sert le langage, le nourrit, l'enrichit et lui donne force, les amoureux du français ne sauraient hésiter. Confier la langue aux « poètes » est hasardeux, la confier aux politiques désastreux : cela consiste à s'évader dans l'imaginaire de la volonté d'ordre. Tandis que le pouvoir plus profond de l'économie ne veut connaître qu'un langage, celui des chiffres – en quoi il mime la science et le progrès technique.

Au XXIᵉ siècle, ce n'est pas tant la langue (la française et tant d'autres) qui est menacée, mais la part d'absolu qui réside dans le Verbe. Les débats sur l'école, en France, où une minorité cherche à préserver la Poésie (on dit, par pudeur, « littérature »), se trompent parfois d'adversaire. Le danger n'est ni l'hermétisme, ni le formalisme du nouveau roman, ni le nombrilisme ou la naïveté, ni la linguistique, mais la paresse, le dégoût d'apprendre, la croyance collective soit en l'argent, soit dans quelque religion mortifère, l'appétit pour la distraction sotte et le rire gras. Si le pouvoir laisse les médias, d'essence publicitaire, construire la personnalité enfantine, l'école ne peut plus être que thérapeutique. Ce serait à un « ministère de la Santé mentale » de s'en occuper. En trichant avec les forces de la « geste » mondiale, avec la sale Histoire, l'institution en confirme les effets et la « chanson » devient inaudible. Plus encore que la mort d'une langue, catastrophe collective identitaire, il faut craindre celle des valeurs de l'« anti-destin », qu'André Malraux identifiait à l'art et qu'on aimerait centrer sur la « chanson », l'art du langage poétique.

2

LE PROPRE DE L'HOMME

Toute langue, de la part de ses utilisateurs, suscite des comportements et des pratiques, des images et des jugements. Les comportements de l'être humain varient selon les systèmes symboliques que sa société lui propose et lui impose. Parmi ces systèmes, la langue est probablement le plus puissant, et l'un des plus profonds. Car il est capable de colorer, sur un fond socioculturel variable, les pensées, les affects, les attitudes et les agissements, qui sont tous modifiés, sinon totalement modelés, par les catégories mentales qu'une langue partagée avec d'autres construit et ordonne.

L'aptitude langagière propre à tout humain est mobilisée et mise en forme dès la petite enfance par un ou plusieurs systèmes qui imposent leurs sons imprégnés de signification[1]. Ceux-ci proviennent

1. Dans ce livre consacré aux relations affectives et rationnelles entre le sujet humain et son langage, j'ai renoncé à évoquer celles, souterraines mais certainement puissantes, qui travaillent les inconscients. Le thème de la verbalisation en tant que symptôme, inauguré en profondeur par Freud dans *Le Mot d'esprit* [witz] *et sa relation avec l'inconscient*, a ouvert la voie aux réflexions plus récentes sur l'impact du langage. *Witz* dépasse la notion française de « mot d'esprit » car il désigne une créativité qui joue avec la matière des paroles ; fragmentation, mises en rapport inattendues, étonnement du résultat, souvent pour l'auteur même. Autrement dit, un aspect de la création poétique.

d'habitudes collectives anciennes, durables mais évolutives, communes à un ensemble social qui peut, pour des raisons historiques, être très vaste. Ce qui entraîne des variations importantes à l'intérieur des structures contraignantes de ce fonds commun qu'on peut nommer « langue », « language », « sprache », « iazek », etc. L'« enfant » – mot qui signifie à son origine latine *in-fans* « dépourvu de langage » – acquiert progressivement l'aptitude à la compréhension des phrases prononcées par les adultes et les enfants plus âgés que lui et « sachant parler », et par tous ceux qui l'entourent. L'entourage premier, le seul avant la naissance, étant la mère, on ne parle pas à la légère de « langue maternelle ». Cette aptitude est entrelacée avec celle qui permet de produire des sons articulés analogues – d'abord approximativement –, de manière à rééditer activement cet exploit humain à la fois banal et extraordinaire : faire correspondre à une chaîne sonore émise par les organes vocaux un sens partagé et un sens intentionné. Ce qui correspond à « communiquer » et à « exprimer ». Dans quel ordre, ces deux actes ? Je tends à penser que l'effet-retour de la

---

Avec Lacan, avec Françoise Dolto, on reconnaît que le langage tout entier pèse lourd sur l'être humain, proposant un modèle à la structuration de l'inconscient, créant des contraintes secrètes avec un simple nom propre attribué par les parents (F. Dolto), etc.

Que, parlant, nous soyons « parlés », que, croyant se servir des mots hérités, nous en soyons le jouet, nous sommes nombreux aujourd'hui à le croire. Mais, comme l'écrivait un auteur très volontaire et pourtant attentif au langage, Rudyard Kipling, *this is another story*.

communication agit sur l'expression plus que la mise en acte d'une intention expressive ne crée de la communication, mais sans prétendre décider de la causalité transitive entre l'œuf expressif et la poule communicante.

De l'individu enfantin, apte génétiquement à toute langue, à ces abstractions emboîtées – la parole, un type d'usage effectif (« on parle comme ça ici »), une langue, très sensible lorsque d'autres langues se pratiquent à côté, la façon recommandée d'en user (« c'est pas comme ça qu'on dit »), ses parties distinctes, les mots, les règles –, il s'établit des relations multiples, la plupart inconscientes, certaines ressenties comme agréables ou pénibles, selon les jugements – positifs ou négatifs, admiratifs ou sévères – qu'on porte sur sa parole et celle des autres.

Le plaisir au langage est un moteur nécessaire : produire des effets, comprendre, se faire comprendre, demander, requérir, rejeter, exprimer ce qu'on éprouve…, tout cela valorise cet outil, une langue. Une extraordinaire machine-outil, plus proche de l'ordinateur que du tournevis ou de la pince, fût-elle universelle. Se souvenir à ce propos que la langue naturelle, celle qui passe par les organes vocaux, n'est pas le seul système de signes à notre disposition. Il y a – il y aura parfois, s'agissant de l'*in-fans* – de l'écriture, ce dessin contraignant de la parole et de l'idée. Il y a aussi les attitudes, mouvements, gestes, postures de diverses parties du corps, et surtout des mains, de la tête, du visage – yeux, sourcils et bouche, même muette (une moue en « dit » plus qu'une phrase ambiguë). Les modernes sciences du signe en sont convaincues, étudiant la communication entre les animaux : une étude de Darwin sur les mimiques signifiantes des grands singes[1] a fait école. Savoir communiquer sans la parole est aujourd'hui pratiqué entre humains : on parle, d'après l'anglais, de « langage des signes » (c'est « langue » qu'il faudrait dire en français, et « signe » est trop général). Ces sujets, Pierre Encrevé le rappelle avec émotion dans de récentes *Conversations sur la langue française*[2] – qui portent sur des sujets plus amples que le français, d'ailleurs –, un écrivain génial les avait poétiquement, étrangement traités : Michel Eyquem, seigneur de Montagne, qu'on écrit Montaigne[3], à la mort de son père Pierre. Dans « Apologie de Raymond Sebon[4] », il se préoccupe de la communication entre les bêtes et d'elles à nous, qui « ne les entendons non plus qu'elles nous », ce qui peut les conduire à nous « estimer bestes, comme nous les en estimons ». Et il ajoute, s'agissant des relations entre les humains : « Ce n'est pas grand'merveille si nous ne les entendons pas [ces bestes] ; aussi ne faisons nous les Basques et les Troglodytes. » Ainsi, étant fortement posé, le problème

1. Ch. Darwin, *L'Expression des émotions chez l'homme et les animaux* (1872).
2. P. Encrevé, M. Braudeau, *Conversations sur la langue française*, Paris, Gallimard, 2007.
3. Les maisons de Montaigne et de Belbeys, en la baronnie de Montravel, avaient été acquises par le riche commerçant Ramon Eyquem, arrière-grand-père de Michel.
4. *Les Essais*, livre II, chap. 12

des langues humaines, avec deux exemples, l'un imaginaire, l'autre d'autant plus réel que Montaigne, qui parlait languedocien et admirait le gascon, écrivait en français mais avait pour langue quasi maternelle (préceptorale, en fait) le latin, a dû s'étonner d'entendre parler près de chez lui l'euskara, langue proche et si lointaine. Voici Babel replacée dans la grande sphère des expressions et des échanges, qui est commune aux animaux et aux hommes : « En certain abbayer [aboiement] du chien, le cheval cognoist qu'il y a de la colère ; de certaine autre sienne voix il ne s'effraye point. » Expérience quotidienne, en ce temps-là, en voyage ou à la chasse. Faute de voix, les gestes. Autres moyens pour « une pleine et entière communication », comme – nous dit Montaigne – l'avait noté Lucrèce, le grand poète latin matérialiste, à propos des enfants qui usent de gestes pour suppléer l'infirmité de leur langue. Montaigne ajoute que les amoureux « se courroussent, se réconcilient, se prient, se remercient, s'assignent et disent enfin toutes choses des yeux ». Comme l'écrit Le Tasse dans *Aminta* :

> *Et le silence encore peut*
> *Avoir prières et paroles.*

Suit le fameux passage où Montaigne, à la manière lexicologique et cumulative qu'affectionnait Rabelais (et qui renaîtra chez Henri Pichette dans les *Épiphanies* ou chez Valère Novarina, poètes des séries de mots et de noms[1]), égrène quarante-sept verbes qualifiant ce que « disent » les mains, plus vingt et un pour « la tête » muette. Ainsi, des mains « nous requerons, nous promettons, appelons, congedions, menaçons, prions, supplions, nions, refusons, interrogeons, admirons, nombrons, etc. ». Ces verbes mériteraient d'être commentés un par un, car ils ont des vertus variées. Le dernier de la série « Quoy des mains ? » est « taisons », qui correspond à « ne pas exprimer, refuser la signifiance » et non pas « rester muet », puisque toute la liste se passe de la parole.

L'apologie du « langage des gestes » pour « nos muets » est glissée dans une réflexion générale sur la spécificité humaine. L'assimilation de la parole, puis de la communication gestuelle des humains, à celles des bêtes, la croyance en des formes métissées de « langage » entre humains et animaux, fondée sur maintes fables antiques, aboutit dans les *Essais* à une morale de l'humilité. Pascal, qui n'aimait pas Montaigne, parlera de la

---

1. Romancier, dramaturge et dans ces deux genres poète, Valère Novarina ne cesse d'inventer aux sources mêmes du langage commun, créant notamment des centaines de dénominations pour des personnages évoqués (*La Lutte des morts*, 1979 ; *Le Drame de la vie*, 1983, poème traversé par 2 587 personnages !). « Ars nova, ars novarina », écrivait en 1980 Philippe Sollers.

Quant à Henri Pichette (1924-2000), son œuvre poétique riche et exigeante (*Les Apoèmes, Odes à chacun*, etc.) est dominée par un texte scénique fulgurant écrit à vingt-deux ans, *Les Épiphanies*, monté par Jean Vilar, joué par Gérard Philipe et Maria Casarès en 1947. Dans cette œuvre, Pichette fait exploser le vocabulaire hérité.

« misère de l'homme sans Dieu » et dira que « qui veut faire l'ange fait la bête ». Montaigne tend dans ce texte à montrer cela, ce qui correspond à remettre le langage humain, et l'être humain lui-même, « à sa place ». Pour Montaigne, l'Homme, ni plus ni moins misérable que tout autre animal, exprime et communique comme les autres espèces. Mais sa liste verbale des modalités de la communication par gestes doit bien se servir des mots de cette langue française qu'il illustre et exalte, tout en montrant que le geste et la mimique font aussi bien. Et il suffit de voir dans ces verbes qu'il égrène les modalités de la parole pour y sentir l'éloge de la langue et, par choix, de la langue française. Des actes de paroles, que seul un lexique de langue naturelle peut déployer (nous « encourageons, jurons, condamnons, injurions »…), des règles de la syntaxe (nous… « nions, refusons, desmentons, interrogeons »), des systèmes de noms particuliers (nous… « nombrons »). Un vrai programme, comme on dit aujourd'hui, « sémiotique », caractérisant les intentions qu'une langue naturelle s'emploie à réaliser, et, par d'autres moyens, qu'un « langage de signes » peut atteindre, mais peut-être pas avec la même richesse analytique et peut-être avec d'autres qualités, qui ne sont pas du ressort des vocabulaires mais de la syntaxe, non pas des mots mais des énoncés.

Si *Homo loquens* est exactement de la même nature que toute autre espèce animale, et si le basque, comme le pense Montaigne, « nous » est aussi incompréhensible que le langage des bêtes, alors les langues humaines naturelles ne valent pas mieux que n'importe quel autre système d'expression et de communication. Des zoosémioticiens contemporains le pensent. Mais Saussure, après cent philosophes et linguistes, et avant Roland Barthes, croyait en l'absolue spécificité des langues humaines.

Nous devons à Montaigne de ne pas confondre spécificité et supériorité. Au nom de quoi, en effet, sinon d'une efficacité intéressée, mesquine ?

Cependant, les langues naturelles, selon nos faibles pouvoirs d'observation et de raisonnement, n'ont pas d'équivalents sur la planète des signes – mot qui, en français, est bien proche de « singes ».

Toute langue est à la fois ustensile et virtuelle : un couteau suisse dont on ne peut ouvrir que quelques lames. Le « français », pris abstraitement, est capable des poèmes et des romans qui nous aident à vivre, et du code civil, et aussi de textes ineptes et nuisibles, d'une infinité de productions admirables ou détestables. Pour l'enfant qui apprend à le parler-comprendre, il est capable aussi d'aider à vivre, à penser, à saisir le monde. Surtout, c'est, fortement ressenti, un matériel de bruits maîtrisés, construits, reconnaissables qu'on peut produire avec larynx, cordes vocales, « langue » (tiens, tiens[1]), palais, lèvres, organes mus par l'air (l'être

1. Employer le même mot pour une forme de langage naturel et pour l'organe musculeux qui, chez l'animal humain, contribue à la parole, est un choix. L'anglais en fait un autre, et *language* ne ressemble pas à *tongue*, qui finit quand même par signifier « langage ».

humain est un aérophone) et commandés par des muscles que le cerveau régit.

La matérialité musicale et vocale de la parole est première. La phase d'apprentissage du bébé, ce qu'on appelle « babil », « lallation », est préalable au discours signifiant, mais en garde des traces – jeu, plaisir… – dans la parole adulte. La poésie, dans la langue, est plus profonde que le sens, la musique et le rythme que la logique.

En matière de langage, pas de son sans effet de sens, pas de signification sans une « signature » vocale ou scripturale. Les deux côtés de la feuille de papier, de la médaille ; la rime et la raison.

Quand on remonte de l'expérience vocale individuelle ou de l'écriture apprise – régler la danse de la main ou apprivoiser les claviers – aux abstractions collectives, on quitte forcément le réel sensible, le ton de la voix, reconnu même au téléphone ou à la radio, la personnalité graphologique d'une écriture ou l'esthétique d'une typographie, pour entrer dans ces constructions mentales que sont un style, un registre de langue, un usage, dans le temps et l'espace d'une collectivité humaine et, finalement, cette invention nécessaire : une langue.

En quoi une « langue » est-elle une invention ? En ce qu'elle ne peut se construire qu'au sein de « parlers », de pratiques effectives, variées et variables, qui permettent une communauté de sens, un partage d'informations et de sentiments. « Langue », pour les linguistes, c'est tout système naturel de communication par les sons vocaux, du

« dialecte » – paroles du lieu – à l'« idiolecte » – qui serait la parole d'un ou d'une seule, ce que je crois être une notion fictive, dangereuse ou bien pathologique –, du « sociolecte » – paroles d'un groupe social – à quelque « lecte » que ce soit. On invente des termes pour rendre compte d'un réel qui, en effet, est varié et variable. Mais une « langue », le français, l'allemand, le basque, le chinois, l'arabe ou le breton, on voit bien que c'est autre chose que des sons ou des signes écrits : un lieu commun pour une grande quantité de modulations, une abstraction nécessaire, une réalité historique et mythique – comme la nation et, au-delà, comme les institutions que sont les États.

De la parole individuelle ou interindividuelle – les conversations, les « brèves de comptoir », le babil amoureux, les engueulades… – au grand code collectif repérable dans l'histoire, le chemin est long et l'artifice immense.

La vision du savoir sur les langues va très souvent de l'entité abstraite – le français, par exemple – vers les paroles et les écrits observables. Celle des usagers, qui privilégie les jugements de valeur, envisage les écrits et les paroles individuelles au nom de l'abstraction « langue française », confondue avec celle de la norme, qui n'est jamais qu'« œuvre » et peut-être « œuvre d'art », construite à partir d'un usage dominant. Lorsqu'on dit « ce n'est pas du français » et, de manière nationaliste, « ce n'est pas français », ce n'est jamais pour désigner du chinois, du russe ou de l'anglais, mais du français, justement, du français refusé, rejeté, écarté, au nom d'une décision obscure, historique et collective – de cette collectivité puissante, oligarchique, qui s'appelle le pouvoir.

Ce qu'on nomme la « langue », et par exemple cette langue, le « français », n'est défini que par un réseau de jugements sociaux et esthétiques – j'ai voulu le montrer au chapitre précédent – bien intégrés dans la personnalité culturelle de la majorité de ceux qui la parlent. L'alternative au culte de la norme qui pourrait s'apparenter au sentiment religieux et aux convictions politiques (entièrement « pré-jugés ») est faite soit de connaissances rationnelles prétendues scientifiques – la linguistique, la sociologie, l'histoire, l'épistémologie, etc. –, soit de l'indifférence à la faute, dont on constate au XXIe siècle qu'elle croît à vue d'œil, au moins dans la jeunesse et surtout en France, d'autres francophonies demeurant plus vigilantes. Mais la réaction indignée à cette indifférence, qui porte surtout sur le domaine sacré de l'arbitraire orthographique, demeure forte. En matière de conscience de la langue, sentiment à peu près inexistant lorsqu'il s'agit de rectitude sémantique – ce qui devrait être, pourtant, une préoccupation majeure –, le formalisme graphique l'emporte de très loin. La moindre réforme ou tolérance déclenche des levées de bouclier et, tout comme dans la pièce d'Eugène Labiche, *La Grammaire*, il y a un siècle et demi, des chefs d'entreprise prennent en secret, en 2007, des cours d'orthographe française, alors qu'ils jargonnent impunément et fièrement dans le comique argot pseudo-américain « managérial » qu'ils affectionnent et que nul, dans leur milieu, ne leur reproche.

Le syndrome « Omar m'a tuer », d'après le tracé d'écriture, qui désignait judiciairement un double crime, ou du moins un homicide aggravé d'inculture, ne cesse de frapper. Les entorses volontaires, au nom de l'épellation et du phonétisme (« G cho »), du rébus, du bilinguisme anglorançais (« SYL : see you later », pour « à bientôt », d'ailleurs devenu « à pluss »), du sigle (« mdr : mort de rire » ne signifiant rien d'autre qu'« amusant ») et du code typo issu du clavier d'ordinateur (les fameux « émoticones », pédantisme pour ce qui se nomme gentiment en anglais un « souriant », *smiley*), autrement dit l'écriture des « SMS », sont accusés de détruire dans les neurones des chères têtes blondes le sain réflexe de l'orthographe scolaire. En fait, il s'agit d'un jeu, moins étrange, puisqu'il n'est que formel, que celui qui s'exprime par les subtiles indications – qui ne furent jamais « définitions » – que les cruciverbistes confirmés s'enorgueillissent de déchiffrer.

Car les formalismes normalisés de l'écriture – des rituels qui trahissent en l'école laïque une religiosité refoulée – favorisent la passion d'obéissance beaucoup plus que la souplesse admise de la prononciation. Là, règne la tolérance au nom de laquelle des nuées d'adolescents produisent des séquences vocales supposées françaises incompréhensibles pour la majorité des francophones.

Et la rigueur disparaît complètement lorsque l'essentiel est en cause, la sémantique, le sens, alors même que la plupart y voient la fonction majeure du langage. Socialement, le faux sens, qui consiste à employer un signe autrement que ne l'exigerait la convention réellement collective qui en définit l'effet, ou à le comprendre mal, n'est pas une « faute ». Tout juste un signe d'inculture ou d'étourderie. Faire prévaloir les machineries formelles de la langue sur ses fonctions d'ouverture au monde et de communication, tels semblent être, malgré les dénégations et les indignations, le rôle de la plupart des instances pédagogiques et celui des jugements de valeur sur cette inconnue, notre langue.

Ce ne sont pas les langues qui vivent et meurent, mais ceux qui les parlent

Parmi les nombreuses images de la langue, succédant aux symboles et aux allégories – où ses pouvoirs, en général, sont transférés aux « Lettres », à la « Sagesse »… –, celle de la langue conçue comme un organisme vivant a prévalu au XIXᵉ siècle et continue à fasciner.

Elle a ses raisons, dans le surgissement simultané de la biologie – science générale de la vie – et de la linguistique – science générale des langues et du langage – à l'orée du XIXᵉ siècle. Certes, on avait pu comparer les langues, et aussi les mots, à des êtres vivants, par le passé. La « vie du langage » et celle « des mots », cependant, sont surtout l'affaire des XIXe et XXe siècles. Quant au français, les références sont innombrables. On voit donc les langues naître, croître, passer les stades de la vie, devenir caduques, agoniser, mourir. Littré adore assimiler l'étymologie qu'il révère à la découverte par Cuvier du passé des espèces. Si l'histoire des langues ressemble à celle des espèces vivantes, on imagine, dans la seconde moitié du XIXe siècle, l'impact du transformisme darwinien. Il était préparé par la linguistique historique avec ses « familles » (de langues), ses « langues mères » et les rameaux de leurs descendances.

Cette métaphore avait l'avantage de détruire l'illusion d'une stabilité immobile, comme celle d'un progrès inéluctable. Toute langue, à l'image des idiomes antiques, était vouée au vieillissement et à la mort. La réalité cruelle de la mort des langues accompagnait la révélation de leur nombre immense, inconnu avant l'exploration des civilisations dites « primitives » par l'ethnologie. On semblait oublier que ce ne sont pas les langues qui « meurent », mais celles et ceux qui les parlent et les comprennent, à moins qu'ils ou elles ne trahissent, ne transcendent leur passé de paroles pour une autre langue. Enfin, appliquée aux êtres humains, la métaphore de la vie donnait aux langues et à leurs mots une familiarité, une affectivité par identification, thème exploité par les écrivains et les poètes.

Un des grands inconvénients du mythe de la vie des langues et des mots est d'en faire des organismes, c'est-à-dire des systèmes fonctionnels, ce qu'ils sont, mais gouvernés par des lois internes qui les feraient être – l'embryologie réalisant les virtualités du génome –, qui les feraient croître, puis s'user et périr. La métaphore vitale servit de caution à une téléologie, non plus du progrès, mais du cycle aboutissant à une destruction.

Ce mouvement ascendant puis descendant empêchait de percevoir d'autres caractères des langues, comme le jeu de forces contraires : tension vers l'unité – illustrée par la réduction des dialectes, des parlers, en un modèle unique, ce qu'on appelle justement une « langue » – et tension vers la diversité – le latin produisant des formes locales, puis de nouvelles « langues » : italien, castillan, occitan, roman puis français, etc. En effet, la recherche de stabilité combat les tendances à la mobilité.

Aucun organisme ne survivrait à la séparation puis à la réunion de ses organes ; aucun système ne pourrait freiner, encore moins interrompre, ni la croissance ni la sénescence du vivant.

À considérer les caractères observables des langues, de leurs règles et de leurs éléments – par exemple les mots –, l'idée séduisante d'une « vie » ne peut plus s'appliquer.

Reste que, dans nombre de leurs fonctions, les langues sont des systèmes périssables et que, dans toutes, ces systèmes sont évolutifs. Mais parler à leur propos de vie et de mort, de santé et de maladie, vouloir en décrire l'« anatomie » et la

« physiologie » conduit à s'aveugler sur leur être même, entièrement étranger à celui des organismes, des systèmes vivants.

Il est vrai que la métaphore vitale est appliquée aussi aux sociétés, aux civilisations et à tout phénomène humain et que, précisément, les tendances contradictoires qui président à l'histoire des groupes humains s'exercent aussi, inévitablement, sur les modulations du phénomène langage dans le temps et l'espace.

La tendance au divers semble spontanée, en matière de parole : toute expansion d'un code commun, d'un idiome, s'accompagne de variations dans l'espace, dans la société, dans le temps. La manière dont chaque individu, chaque famille, groupe, strate sociale, sexe, classe d'âge, et aussi clan, nation, empire... exploite les pouvoirs d'une langue y inscrit des différences. Les contacts avec d'autres langues ne sont pas homogènes, les « métissages » qu'évoque cet essai (métaphore biologique anthropomorphe, on s'en excuse) sont incessants. Cette variété, cette variation croît avec le nombre d'usagers : les plus unifiées des langues sont celles des plus petits groupes humains isolés : une tribu amérindienne de l'Amazonie, un groupe de Pygmées, du moins avant que les civilisations massives ne viennent les bouleverser.

La variation va de pair avec le changement, dont le rythme et l'allure diffèrent selon les domaines : rapide pour la prononciation et les vocabulaires, lente pour les règles de la syntaxe. Quand le changement est senti comme rapide et assumé, on parlera d'innovation, de révolution ; lorsqu'il est progressif, on admettra l'évolution ou on ne s'apercevra de rien.

À la tendance au changement, universelle ne serait-ce que par le renouvellement des générations, s'opposent des procédés de stabilisation. Le plus ancien, le plus remarquable est l'écriture, qui se superpose à l'oral spontané comme la mémoire vient se superposer à l'action et en modifier les conditions. L'écriture, merveilleuse invention, porte en elle la rigueur de la règle ; les orthographes fixées en sont aujourd'hui, après l'imprimerie et l'École, l'effet le plus visible. Plus profondément, les systèmes d'écriture sont une première analyse du fonctionnement des langues, une approche de la grammaire. Pourtant, ils prennent en charge les éléments naturellement les plus mobiles des langues : les prononciations – que les graphies trahissent en les fixant –, les mots – qui passent d'une langue à l'autre, s'élaborent en chaque langue, se déforment, se recomposent… –, les façons de dire, aussi changeantes que les sociétés où elles se déploient.

La recherche de stabilité et d'unification est moins liée au langage, plus engagée dans l'histoire. Elle s'exprime par la centralisation du pouvoir, la fixation des images communautaires (la « geste »), par celle des usages poétiques et esthétiques du langage (la « chanson »). La langue unifiée procède de telles tensions, avec l'idée de promouvoir un seul type de parole, une « norme instituée », la plus active de ces institutions étant l'École. Même quand elle tient compte des rencontres entre idiomes, cette volonté d'ordre – unité, stabilité, position hiérarchique dominante pour un usage élu parmi tous les possibles – vise l'unilinguisme fictif et protecteur par lequel on cherche à identifier cette langue entre des milliers d'autres au langage lui-même. Les fictions d'universalité, d'humanité suprême de la langue française – de toute autre langue particulière – créent l'illusion d'un rapport immédiat et total entre la pensée, les valeurs humanistes et une assomption surnaturelle de l'idiome. La langue aimée devient le tout du sens, la fenêtre ouverte sur le monde : elle saute par cette fenêtre, elle s'évanouit.

« Le français parlé et le français écrit sont deux langues différentes » (Queneau)

Plusieurs conséquences, pour ces constructions mentales : la création d'une bulle de pureté idéale ; la présence obsessionnelle et culpabilisante d'un seul modèle négateur de l'infinie variété des paroles-en-la-langue ; l'emploi de signes incertains dans des significations incompatibles : les mots-emblèmes, les fourriers de la confusion, ces « perroquets » que dénonçait Paul Valéry : *liberté*, *bonheur*, *droit*, *justice*… Parmi ces perroquets multicolores et criards, *langue* en français, *language* en anglais, *sprache* en allemand, etc.

Cependant, l'évolution et la variation dans cette incertitude qu'est la « langue », étant fortement ressenties, des interprétations moins simples viennent perturber l'image sainte. Le français, ce tout lisse et pur, se clive : dès qu'on introduit le temps de l'Histoire, on distingue l'« ancien français » du « moyen », puis du « moderne ». Quand on admet qu'une langue existe dans une société, on oppose le français « populaire » au français, quoi ?, « soigné », « soutenu », « littéraire ». On va dire que le français de Hugo n'est pas celui de Rimbaud et, bien sûr, on ne parle plus « langue », mais discours poétique et style. Mais, avec mille « langues françaises », on n'est pas plus avancé qu'avec *le* français allégorisé dans son « génie ». Pour rendre compte des incompatibles et rendre historique l'opposition entre les habitudes de l'écrit socialement sanctionnées et celles de l'oral, Raymond Queneau a inventé le « néo-français », celui qui est parlé, spontané, évolutif et que l'orthographe de l'autre français, celui de l'école et de la littérature, détruit en le transcrivant. Cette innovation ne concernait pas, disait-il, la position personnelle sur la langue, « ce qu'on a envie de faire, ce qui est le français... pour soi », mais bien « ce qu'enseigne somme toute la linguistique sur le français[1] ».

Sur ce plan « objectif », disait encore Queneau, « il ne faut pas croire que le français parlé et le français écrit sont deux variantes ; ce sont deux

1. R. Queneau, *Entretiens avec Georges Charbonnier*, Paris, Gallimard, 1962, 6, p. 67.

langues différentes, presque aussi différentes que le français et le latin[1] ». Plus loin : « Ce qui est écrit n'est jamais une notation phonographique du langage parlé ; c'est pour cela qu'au lieu de "français parlé", j'aimerais mieux dire "néo-français"[2]. » Une séquence historique latin/français/néo-français, ainsi proposée, et malgré la caution de linguistes qui n'en disaient pas tant – Vendryes, Martinet – était pourtant aussi fictive que l'illusion d'une unité absolue du « français ». L'idée d'un seul latin est d'ailleurs plus trompeuse encore que celle d'un seul français. À lire les textes de Queneau sur le langage, on s'aperçoit que le seul problème, très réel, qu'il soulève est celui des différences – peut-être universelles, en tout cas pas spécifiquement françaises – entre production orale spontanée et production écrite contrôlée (il en existe d'autres). Et celui de l'inaptitude de l'orthographe, en français actuel, à transcrire l'oral. Deux questions distinctes, que l'apparition d'une néolangue ne résout pas.

Sans créer d'entités nouvelles, la position majoritaire consiste à nier la pluralité, la diversité qu'on observe, en la transformant en jugements, presque toujours négatifs, sur les productions individuelles de la langue, les discours, ou sur des types d'usage mal famés. Ou encore en produisant une interprétation métaphorique sur l'unité indivisible de la langue, ainsi jugée en danger de maladie et de

1. *Ibid.*, p. 68.
2. *Ibid.*, p. 73.

mort – images biologiques, encore – ou bien, plus
généralement, « en crise », comme une économie
ou une politique.

Crise dans les langues ?

L'emploi du mot « crise » à propos d'une langue
recouvre un vrai problème, et renvoie à une difficulté vécue par bien des sociétés. *Crise* est le mot
français adéquat, mais il suffit de rappeler son histoire pour révéler ses ambiguïtés.

Le grec *krisis* vient d'un verbe qui signifie « décider ». Cette décision d'un dieu devient celle
d'un destin. Or, ce dernier résulte d'une évolution
parfois dramatique des choses. Cependant, la crise
d'une maladie – tel est le premier emploi du mot –
peut aboutir à une fin heureuse, aussi bien que tra-
gique. L'extension des emplois de ce mot correspond à une spécialisation dans le contexte du
danger et du drame. *Crise* s'applique de plus en plus
à la société, aux phases de l'histoire. L'économie, la
politique deviennent pour cette notion des champs
d'application privilégiés, à tel point que toute
société moderne est plus ou moins conçue comme
vivant une crise. État aigu et dangereux, la crise
tend à être perçue aussi comme un milieu inconfor-
table mais durable, et à s'identifier à l'inévitable
incertitude des sociétés humaines en devenir. Alors,
le mot devient une sorte de pléonasme, et ne
s'oppose plus qu'à une sorte d'immuabilité heureuse

et mythique. « Crise ou utopie », tel devient le dilemme, bien plus que « crise ou équilibre ».

Cette notion, qui ne fait qu'exprimer le sens douloureux de l'histoire, s'applique naturellement aux éléments clés qui articulent tout groupe humain. La « crise du français » s'oppose ainsi, dans une vague appréhension, à la stabilité globale de cette fonction humaine universelle qu'est le langage. On ne parle guère de « crise du langage ».

Comme en matière d'économie ou de politique, « crise » correspond à ce sentiment d'être parvenu à un stade particulier, important et chargé de menaces. Permanente illusion, qui porte sur toute situation contemporaine, et l'oppose à un passé écrasé par la perspective et à un avenir fantasmé. Mais il reste vrai que, même au cours de la plus longue histoire, les structures sociales, politiques, économiques connaissent des temps plus ou moins calmes, et de violentes tempêtes.

Dans les crises économiques et les sociétés en crise, il s'agit, encore et toujours, d'un objet social. Or, la « langue » échappe en partie à ce caractère. L'aspect durable, la lenteur évolutive, la profondeur inconsciente des structures, l'indépendance relative par rapport aux institutions sociales volontairement élaborées (États, régimes juridiques) et même par rapport aux « infrastructures », comme disait Marx, tout ceci met les langues hors de portée des concepts servant à penser l'histoire immédiate, l'économie, la politique. Sinon, la vraie « crise » d'une langue serait, par exemple, la transformation séculaire par laquelle le latin

– appauvrissant sa morphologie casuelle, acquérant une rigidité nouvelle dans l'ordre des mots (ceci compensant cela), voyant évoluer ses prononciations – a produit une série divergente d'idiomes qui, après de complexes évolutions et des échanges d'influences, deviendront les langues romanes. Longue « crise » inaperçue et à propos de laquelle l'expression ne s'appliquerait guère. Par contraste, on parlerait sans doute de « crise » pour qualifier la disparition relativement rapide d'une langue comme le gaulois, faute de locuteurs – et déjà, il ne s'agit plus de la langue, système abstrait, mais bien de sa prise en charge expressive et communicative par une communauté.

Le linguiste, à un pôle, insiste sur la variation linguistique, base de l'expression et de la communication dans la réalité sociale, pour aboutir à un jugement concernant le sentiment de crise. À l'autre pôle, l'éducateur, le politicien et le journaliste dramatisent les difficultés de l'apprentissage d'une variété normalisée de parlers, identifiée à « la langue », en oubliant souvent de s'interroger sur la signification des conflits d'usages et sur leur solution. Tout ceci s'applique bien au français. Le scientifique doutera de la « crise » et soulignera le caractère égalitaire du rapport entre chaque locuteur et son système linguistique ; le praticien déplorera les défaillances et accumulera les jugements de valeur négatifs, se référant à une situation passée ou idéale jugée préférable. C'est reconnaître que le langage-objet est modelé par la manière de parler des langues, des usages – ceux des autres ! –, des normes ou de l'apprentissage.

L'évolution du système de chaque langue est irrégulière, mais toujours lente et continue ; peu ressentie, elle ne fait pas l'objet d'autres réflexions que celles des linguistes historiens et n'alimente pas la problématique d'une immédiate « crise ». Tout au plus, la pointe extrême de l'iceberg donne lieu à des réactions, par référence à un état des choses antérieur. On critiquera ainsi l'abandon des témoins de règles disparues ; par exemple, en français, la prononciation : « gajeur » au lieu de « gajur » pour *gageure.*

C'est dans le domaine des variations plus nombreuses (géographiques, sociales) et plus rapides que l'évolution est ressentie comme « critique » et la variation comme dangereuse, voire scandaleuse : les objets concernés sont alors la phonétique (on se préoccupera de la répartition entre *r* « roulé », en recul, et *r* vélaire, normalisé, dans le français de France, ou de la présence et de l'absence du *e* dit « muet ») et surtout le lexique. Mais ce domaine n'est plus celui du système abstrait d'une « langue » ; c'est déjà celui de ses usages.

Car le sentiment d'une variété dommageable, face à un désir d'unité, et celui d'impermanence, face à l'image plus ou moins mythique d'un équilibre satisfaisant, concernent un objet plus concret, entièrement socialisé – et donc pluriel. La crise concerne l'expérience d'une pluralité d'usages, parmi lesquels, consciemment ou non, on ne considère que quelques variétés observables des habitudes de langage. Il s'agit des normes qui définissent ce qui échappe à la crise. Le réglage complexe de ces normes, qui tendent à s'unifier en « la-norme-du-langage » (appelée par confusion « la langue »), se diversifie selon les groupes sociaux dominants. Voilà l'élément objectif majeur du sentiment de la crise.

La juxtaposition d'usages divergents d'un même système linguistique, qu'il s'agisse de l'anglais, de l'arabe, du chinois ou du français, ne pose guère de problèmes aux sociétés, aux nations et aux États, surtout quand il s'agit d'isolats de faible pouvoir communicant. L'éparpillement des dialectes et patois gallo-romans ne devient une question sociale que lorsqu'un État royal de France ambitionne d'exercer son pouvoir sur ces populations linguistiquement diverses, bien qu'appartenant à un même ensemble culturel. À certaines époques, une communication élitaire, mais très large, est ainsi assurée par des langues mortes (tel le latin), parce que leurs variations peuvent être maîtrisées par recours à une norme figée.

Dans le monde contemporain, la crise des langues n'est un thème important que parce que les zones politiques sont vastes et que la communication concerne de grandes unités sociales : les vastes entités politiques, culturelles ou langagières qu'on peut distinguer sur la planète. Le critère fondamental est alors celui de l'intercompréhension. Elle est presque nulle entre langues de nature éloignée, faible mais existante entre langues de nature comparable, soit structurellement (l'ensemble danois-suédois-norvégien ; à un moindre titre espagnol-catalan ou russe-ukrainien-biélorusse-bulgare ; moins encore français-italien-espagnol-catalan-occitan), soit lexicalement (entre un créole français et le français). Alors, l'intercompréhension spontanée est quasi nulle, mais des bribes de communication s'acquièrent assez rapidement. Entre l'intercompréhension excellente des variantes régionales du français en Europe – si l'on excepte des problèmes phonétiques ponctuels –, celle, plus difficile, entre français d'Europe et français du Canada, ou entre portugais d'Europe et portugais du Brésil, et enfin celle, plus partielle et parfois très faible, entre dialectes allemands, italiens ou idiomes chinois, tous les degrés existent.

Les maladies de l'intercompréhension sont en effet « critiques » lorsqu'il s'agit d'une langue qui se veut unique ou unifiée – pour des raisons politiques. On le constate pour le chinois, pour l'arabe et aussi pour le breton. Dans ces cas, la lutte pour dégager à partir d'éléments préexistants ou pour construire *une* norme, afin de constituer le centre vivant de l'intercommunication, peut aboutir à des résultats, parfois sous la forme d'un bilinguisme fortement hiérarchisé.

L'illusion ou la volonté d'unilinguisme est à la base de bien des discours normatifs et d'attitudes puristes. Les sociétés à plurilinguisme obligé, accepté, sont absorbées par de difficiles problèmes d'apprentissage et d'équilibre entre langues ou entre dialectes. Elles ont moins d'énergie à dépenser pour célébrer les vertus intangibles d'un état de langue unique et privilégié. Elles savent que la norme est en partie une construction, et non pas une donnée.

C'est pourquoi la réaction est assez différente lorsqu'il s'agit de communautés en cours de réglage linguistique avec plusieurs langues ou plusieurs variantes sociales ou de communautés où une norme a prévalu généralement et majoritairement. Cette réaction ne sera pas la même selon que le système linguistique correspond, *grosso modo*, à un État, à une zone plus importante ou à une région. Des attitudes communes se dégagent : elles portent soit sur des caractéristiques universelles du langage (rapport de la pensée et de l'« expression ») ou sur des caractéristiques générales, différemment « incarnées » par chaque langue (rapports de la langue orale et de sa notation graphique, relations entre la « logique » et le discours en langue naturelle, etc.), soit sur des facteurs affectant l'usage des langues particulières : systèmes éducatifs, apprentissage de l'écriture, planification, régulation ou aménagement administratif et politique ; stratégie de production des discours, de la littérature à l'Administration ou aux médias.

La perception des problèmes de langue, les façons d'y réagir, de les aborder, de tenter de les surmonter, conduisent aux jugements sur les usages. Les linguistes ne sont pas seuls à étudier les langues et leur emploi ; il y a les pédagogues, les politiques, les journalistes, et tous les usagers.

L'objet du débat, ce sont des structures et des fonctions, envisageables dans la durée, comme le résultat d'une histoire, ou dans l'abstraction d'une immédiateté, et qui concernent toutes le sens, la *sémiotique* de la langue – et non pas la langue seule et en elle-même –, les structures et les fonctions mettant en œuvre les signes, leurs effets et leurs utilisateurs. Les signes, c'est-à-dire les langues, les usages, les normes et les discours avec leurs mots assemblés ; les effets des signes, et leurs rapports aux locuteurs, c'est-à-dire toute la sociologie du langage, avec ses questions clés : le droit à la parole, le réglage des codes par les groupes comme exercice spécifique d'un pouvoir hiérarchique, l'évaluation des discours, le droit à la maîtrise de ces codes – dont l'écriture est un cas particulier – ; le droit à la critique et à la sanction. Et aussi les implications techniques de ces fonctions : politique de traduction, d'apprentissage en langue maternelle et des langues dites « étrangères », avec une sélectivité radicale (impliquant tous les problèmes liés à l'éducation et à l'école), politique du livre de classe, de la grammaire et du dictionnaire, politique littéraire, politique du discours scientifique et technique, politique des médias, politique (et économie) des multimédias et de l'informatique.

Cet ensemble est vaste et complexe. Toute classification y dépend d'une perspective : celle du pédagogue sera différente de celle du politique (alors même que ce dernier se préoccupe de pédagogie), celle du littéraire de celle du scientifique.

Ce qui semble pertinent, c'est de distinguer les facteurs opérant à chaque niveau de la société, de l'individu à la nation. Ainsi, en considérant les langues et l'ensemble social d'un État, on peut décrire la situation plurilingue de la Suisse ou de tel pays africain : équilibre et déséquilibres des communautés langagières, frontières, dominances, échanges, emprunts, réglages légaux et administratifs. Dans la même situation, la question des discours et des aptitudes au discours conduira à envisager les traductions, les jugements de valeur, les niveaux pédagogiques atteints pour chaque langue. La situation sera profondément différente si un État présente une juxtaposition d'unilinguismes (avec relativement peu d'effet bilingue), ou si le bilinguisme individuel y est fréquent ; si le contact des langues y est relativement égalitaire en termes de prestige (cas de la Suisse, sauf pour le romanche) ou profondément inégalitaire. On peut soutenir que néerlandais flamand et français de Wallonie, que français québécois et anglais nord-américain sont en relation relativement égalitaire ou, au contraire, inégalitaire, selon les appréciations (le français québécois, inférioirisé autrefois par rapport à l'anglais, a effectué une remontée spectaculaire) ; mais on peut difficilement juger que les créoles français des Antilles aient le même prestige et le même poids que le français standard. Ce problème de prestige est essentiel pour évaluer les situations de langage en Afrique subsaharienne, notamment avec de nombreuses langues locales, maternelles, des langues véhiculaires secondes (le kiswahili, par exemple), et les quelques langues venues d'Europe (anglais, français, portugais).

Toute la question, là encore, dépend en effet de jugements de valeur, et ceux-ci sont issus d'attitudes historiques, idéologiques, politiques et psychosociales où l'évaluation objective des situations langagières est assez secondaire.

L'un des thèmes majeurs de l'évaluation des langues est celui de la transmission des aptitudes à s'exprimer et à communiquer dans un code partagé et hérité, c'est-à-dire la pédagogie. Dans tous les pays en voie de développement, l'« alphabétisation » (mot culturellement marqué, qui refuse l'existence aux écritures non alphabétiques) est vue comme une priorité absolue ; dans les pays développés, c'est l'imperfection de cet apprentissage – l'irritante question de l'orthographe – qui continue de tourmenter l'opinion et les pouvoirs. Certes, on se plaint partout que « les enfants ne savent plus… » (telle langue), qu'ils « ignorent et emploient incorrectement les mots les plus indispensables », qu'ils « ne savent plus construire une phrase » et, finalement, qu'ils sont incapables de s'exprimer. On finit toujours par apporter – outre des témoignages individuels, ponctuels – de maigres statistiques portant sur des « fautes » qui sont très majoritairement des fautes d'écrit. Quant aux adultes de ces pays dits « développés », on se plaint moins du fait qu'ils parlent mal que du fait qu'ils ne lisent pas – ou qu'ils ne lisent plus : la désalphabétisation est à l'ordre du jour. Ailleurs, les responsables les plus soucieux de conserver les valeurs irremplaçables des cultures orales, les plus critiques à l'égard de la civilisation de paperasse et d'électronique qu'est devenu l'Occident – ou plutôt « le Nord » – ne mettent jamais en cause l'impérieuse nécessité d'« alphabétiser » les masses. L'unification mondiale sur le modèle européoaméricain peut bien être contestée, ses critiques mêmes la renforcent, et l'entrée en scène mondialisée des caractères chinois ne la conteste pas.

Les sociologues et certains pédagogues ont pourtant souligné que la démocratisation – locale et mondiale – de l'enseignement, que son objet soit d'ailleurs la langue, les mathématiques, l'histoire ou les techniques, entraîne forcément une « baisse de niveau » ou le sentiment d'une baisse quant au traitement de l'objet en cause. En passant d'un enseignement sélectif, élitaire (éliminant tous les facteurs sociaux gênants, impréparation familiale, difficultés matérielles, insertion récente dans le groupe, handicaps personnels, etc.) à un enseignement de masse, les difficultés déferlent : trop peu de maîtres convenablement formés, un matériel inadapté, des flottements théoriques dans la pédagogie. En France, on assiste depuis une trentaine d'années à un retour officiel à l'autorité, au rejet des méthodes douces et incitatives, au désir renouvelé, mais combattu, d'évaluer, de noter, de sanctionner. Cette réaction à une situation mal maîtrisée, provenant d'illusions généreuses, risque de constituer un simple retour de pendule, sinon un appel piteux à la tradition. Quant à la langue, cet appel au passé est le propre des critiques et pas seulement des puristes. On « ne sait plus (telle langue) » suppose qu'on la savait. Mais le « on » a changé. Or, si la communauté des locuteurs-scripteurs devient plus abondante, plus hétérogène, et ceci pour chaque « grande » langue, les discours évoluent et aussi, par voie de conséquence, les usages statistiquement dominants, et donc (fictivement) les « langues ». Mais le constat est très décalé et le modèle normatif invoqué se situe par définition dans le passé, non dans la présence-à-la-situation.

Il se produit une discordance accrue entre la norme statistique, objective, qui subit les effets des évolutions sociales, et la norme évaluative et prescriptive, qui ne peut s'adapter que plus lentement, si elle le fait. En général, cette norme ne peut que se référer au passé et qu'estimer la différence perçue en termes de dégradation.

Cette discordance se reflète objectivement dans les discours, depuis les productions individuelles enfantines ou adultes jusqu'à celles d'un groupe (discours de la publicité, de l'Administration, des médias), des discours les plus humbles (peu observés, et donc peu critiqués, en dehors de l'école) aux plus valorisés – qui restent ceux de la « littérature », du savoir et du pouvoir (science, droit, politique) en passant par tout discours imprimé en général. Le décompte des fautes d'orthographe dans les copies d'élèves ou sur les circulaires, les lourdeurs et pataquès bureaucratiques, les écarts syntaxiques sont considérés un peu partout, et assez bizarrement, comme des maladies sociales de la « langue », alors qu'ils correspondent à des difficultés dans le maniement d'un instrument complexe et évolutif, difficultés inévitables lorsque les utilisateurs se multiplient. Imaginons qu'un jeu ou un sport soit pratiqué par 1 % d'une population et, peu à peu, par 10, puis par 30 ou 40 % : dira-t-on que le jeu ou le sport est en crise parce que le joueur ou le sportif moyen est objectivement bien plus mauvais que le petit nombre initial ?

Cependant, ce réglage social des compétences langagières étant partout requis, ne faudrait-il pas y distinguer les problèmes afférents à l'acquisition des diverses aptitudes : parole spontanée et parole réglée, expression et communication efficaces, acquisition et maîtrise du code écrit ? Or, les systèmes d'évaluation supposent la définition préalable d'une norme, trop souvent abordée de manière passéiste et intuitive ; et aussi l'existence de systèmes d'évaluation, assez faciles à établir lorsqu'il s'agit d'un système formel prédéterminé (l'orthographe) mais auxquels on substitue dans la plupart des cas des réactions affectives (on parle de « barbarismes » et d'« illogismes » de manière vague, de « charabia » ou de « jargon » de façon arbitraire et parfois absurde). Seul un physicien peut juger de la qualité d'expression d'un ouvrage de physique en matière de vocabulaire, car « jargon » signifie souvent « terminologie nouvelle » ou « non maîtrisée par celui qui juge ». Il n'en va pas de même, heureusement, en matière de syntaxe, au moins lorsque les écarts (les fautes) sont évidents et la norme assurée – ce qui est loin d'être toujours le cas.

Il faut distinguer aussi, dans ce réglage social, les problèmes individuels (ex. : pédagogie de l'enfant et de l'adulte[1] ; qualité langagière d'un texte signé…) des problèmes collectifs. Les abus de la rhétorique publicitaire ou de celle des médias sont conditionnés par divers facteurs : techniques, économiques, idéologiques, et l'effet sur la qualité du discours y est second.

Dans les appréciations globales sur la langue, redisons-le, un facteur essentiel est la variété des usages et leurs tensions : vers l'unification par la construction et l'acceptation, puis la maîtrise d'une norme ; vers la différenciation pour des raisons démographiques, politiques, idéologiques. Qu'il s'agisse d'usages de la même langue, de variétés dialectales ou régionales, ou de langues différentes importe beaucoup au linguiste, mais assez peu au sociologue et à l'historien ; de même, qu'il s'agisse d'usages réels, incarnés dans une pratique intense, ou d'usages en partie artificiels (ainsi du « joual » par rapport à la réalité du ou des « français québécois », ainsi du « langage des jeunes des banlieues » en France). Il en va du joual, du verlan, comme de la norme : ce sont en partie des modèles extraits d'une réalité, en partie des constructions volontaristes, des tendances ou des visées qui resteront telles et ne s'incarneront jamais intégralement dans le groupe social.

1. Le mot *pédagogie* faisant référence au grec *paidos* « enfant », on a proposé au Québec, pour l'enseignement aux adultes, le terme *andragogie*, du grec *andros* « homme adulte ».

Le sentiment de crise des langues se ramène le plus souvent aux difficultés entre les codes langagiers employés par une société (codes appréciés ou dépréciés, revendiqués ou rejetés ; codes multiples ou code unique ; codes homogènes ou hétérogènes) et aux difficultés entre les groupes sociaux, les individus qui les forment et les codes. Choisir le ou les meilleurs codes dans une pluralité proposée par l'histoire, les aménager pour les rendre efficaces, faire en sorte que les individus et les groupes pratiquent ces codes dans les meilleures conditions possibles constitue une besogne jamais terminée, toujours difficile et pleine de désillusions. Dans ce domaine comme en d'autres (sociaux, économiques), il nous semble parfois que les sociétés riches, industrielles, dramatisent à l'excès leurs problèmes, parlant de « crise » ou prévoyant même la mort prochaine de la langue qu'elles pratiquent, aiment et défendent, alors qu'il ne s'agit que d'un ajustement nécessaire, normal, évolutif et toujours à reprendre. Au contraire, d'autres sociétés luttent pour une identité langagière, condition de la survie culturelle devant les violences de l'histoire. Dans ces sociétés, la crise est d'abord politique et économique ; mais il y a en effet crise et violence, injustice et agression sur le plan linguistique aussi. Certes, violence, injustice et agression s'exercent à l'encontre des groupes sociaux les plus défavorisés, à l'intérieur des sociétés « riches » où les citoyens ne le sont pas tous. Mais les problèmes de langage, fondamentaux quant aux droits de l'homme – le droit à la parole en est un –, ne sont alors plus des problèmes de « langue ».

Un modèle unique : la norme ; un pouvoir unique : le langage

Donc, parmi les multiples réalisations orales et écrites, les variations incessantes, les millions de moments singuliers de l'expérience, agit et transparaît un pouvoir unique, le langage, modulé selon les communautés en cette vision, une langue.

On a ici, à maintes reprises, dénoncé les applications incohérentes des noms des langues à des réalités distinctes, différentes, particulières par rapport au système que des expressions comme « le français », « l'allemand », etc. sont censées désigner. Un dialogue de sourds s'est ainsi instauré entre les linguistes – pour qui la langue est un système unique fait de rapports réglés, qu'on peut décrire objectivement – et les utilisateurs – qui y voient un modèle transmis par l'école et en même temps tout ce qui se dit et s'écrit dans leur code familier et sur quoi on peut porter des jugements.

Le nom même des langues porte à confusion : pour de nombreux Français, le français – le mot semble le montrer – est leur ; si les Belges, les Suisses, les Québécois et d'autres « étrangers » le parlent, ils imaginent que c'est par une sorte de délégation. Ce n'est pas forcément pour croire à la supériorité du français qu'on parle en France, entre Français : on entend souvent dire que tel non-Français parle « notre » langue mieux que nous. C'est le cas lorsque, du fait d'un apprentissage où l'écrit surveillé joue un plus grand rôle, quelqu'un applique des règles oubliées de la parole spontanée, utilise des formes devenues rares et archaïques à l'oral, passés simples, formes du subjonctif...

Déjà, dans l'admiration autant que dans la dérision, règne la confusion entre « le français », sa norme écrite surveillée, un de ses usages (l'accent belge, suisse, jugé autrement que l'accent allemand ou anglais, car l'idée de « langue maternelle » est présente) et le parler spécifique d'une personne qui s'exprime dans cette langue. À « il ou elle parle bien ou mal » correspond pour l'étranger qui apprend le français « son français est bon, excellent, courant, correct ou non ». Le jugement porté implique qu'il ou elle parle – forcément de manière parfaite – une autre langue. Mais que ceux qui s'expriment soient des immigrés prolétaires et la référence à leur langue maternelle vacille. L'anglophone ou le Japonais a le droit de « mal parler » français, parce qu'on sait qu'il parle anglais, japonais. L'anglais sera d'ailleurs dit « la langue de Shakespeare », même si son interprète est texan et en oubliant qu'aucun anglophone, au XXIe siècle, ne parle comme un personnage du dramaturge élisabéthain. Le travailleur immigré « francophone », on se doute qu'il sait une autre langue, mais on n'est pas très sûr de sa nature. Dans la rue ou dans le métro, à

Paris, si des immigrés ou leurs enfants parlent berbère, les Français qui les entendent pensent en général : « de l'arabe ». Des Français parlent wolof, ou foulbé… et là, plus de nom pour ces langues étranges. On n'ose plus dire de ceux qui s'en servent qu'ils « parlent nègre », ni qu'un français simplifié et fautif soit du « petit-nègre », mais on n'est pas loin de ces catégories de pensée racistes. Pour le créole, la perception n'est pas beaucoup plus correcte. La langue n'est plus langue, mais appartenance sonore à une communauté : porte ouverte à l'ignorance d'autrui, à la confusion, à la xénophobie.

Les jugements portés sur les langues, hors de toute objectivité, ont la vie dure : trop de gutturales pour l'oreille habituée au français, ou bien trop de nasales et la langue ainsi perçue est jugée laide ou dure ; en revanche, un accent d'intensité plus marqué qu'en français, que les Français perçoivent en italien ou en russe, est favorablement jugé, alors que les apprenants francophones de ces langues sont incapables de le reproduire et qu'une musique plus variée, celle du français québécois, ou bien africain, n'est pas valorisée. Dans le nord de la France, l'« accent du Midi » – on y mêle la Provence, le Languedoc, la Catalogne et la Gascogne, qui n'ont pas le même usage – fait rire, mais l'« accent pointu » des Nordistes ne déclenche pas l'admiration des Méridionaux. Les tendances unitaires s'attaquent aux écarts de la phonétique : sous l'effet de la norme des médias, de plus en plus incolore, une prononciation différente de celle des bourgeois d'Île-de-France est une marque d'infériorité, qui peut (rarement) se retourner en affirmation identitaire. On a souvent noté que le simple *r* dit « roulé » (« apical » pour les doctes, c'est-à-dire « fait avec l'extrémité de la langue »), qui était la règle absolue avant le début du XIXe siècle, lentement vaincu par le *r* dit « parisien » (le nôtre, aujourd'hui, en milieu urbain), était parfaitement accepté jusque dans les couches supérieures de la société – c'était aussi le *r* de la chanson et de la déclamation théâtrale, jusqu'à la Grande Guerre de 1914-1918. Jacques Duclos ou Colette, elle qui tambourinait ses *r* comme ses compatriotes bourguignons et écrivait comme une déesse, n'étaient pas montrés du doigt, alors qu'aujourd'hui, politiciens et vedettes du spectacle (c'était le cas pour Colette) se doivent d'éviter une prononciation pourtant encore usuelle en milieu rural bourguignon ou en Occitanie, mais peu appréciée socialement, ce qui, lorsqu'on y songe, est d'une totale extravagance. Un rouleau compresseur des accents, des syntaxes et des vocabulaires régionaux a fait du français officiel, médiatique, politique, un idiome fade, au rythme monotone, pauvre en vibrations, rythmiquement sec – sauf en Occitanie, où les muettes que sont devenues les voyelles écrites *e* se remettent à parler, et peut-être à chanter. Ma délicieuse grand-mère paternelle, au parler aquitain sonore, annonçait le nom de son fils qui travaillait à Nancy du son « rreill' » qui lui était consubstantiel. Un préposé consultait un registre, ne trouvait nul M. Reille et lui conseillait d'aller voir ailleurs.

Devenus parisiens, mon père et ses rejetons se retrouvaient avec un patronyme usé, plus bref, sans diphtongue, un *rè* qui me valut à l'école des plaisanteries du genre « au beurre noir », ou « du cul », j'en oublie. Quant à dame *rreill* ma grand-mère, quand elle reconnaissait au marché un beau *merlus*, ce poisson familier à Bordeaux, on voulait lui vendre du *colin*. Elle disait un *broc* en prononçant le *c* mais distinguait un *our*(s) d'une *ourse* sans avoir besoin de l'écrire.

Ces variantes régionales du français existent toujours, mais ne cessent de reculer, ce que je trouve déplorable. Lorsqu'un journal lillois annonçait que les beffrois de Bologne semblaient en danger de choir, le rédacteur avait simplement fait d'un usage absolument normal en Picardie une règle pour le français. L'obliger à dire « clocher » ou « tour », s'agissant d'un édifice analogue mais hors de sa région, eût été un acte d'autorité liberticide. Après l'assassinat des dialectes et des langues (le breton, l'occitan…), ce fut donc l'arasement impitoyable des spécificités régionales.

Depuis Malherbe, on s'échine à aplatir le français : le succès de cette opération au nom de l'élégance et de la clarté a dépassé les espérances. Mais il semble que le pendule reparte dans l'autre sens : les résistances se manifestent, les « accents » locaux n'ont plus honte, les mots régionaux reprennent vie, des formes chantantes de français survivent hors de France, la greffe créole ranime le français des Caraïbes et de l'océan Indien, le

Québec chante avec Vigneault et le français de la radio, de la télé, de la politique et de la publicité finira peut-être par souffrir de sa triste uniformité, à laquelle il remédie par les hurlements et les modulations burlesques de la publicité et des animateurs de bassesse.

Tels sont les effets partiels de la tendance à l'unification des langues, qui, heureusement, coexiste avec le besoin de diversité. Celle-ci peut réapparaître quand on ne l'attend pas. Alors que continûment, depuis la Renaissance jusqu'à la seconde moitié du XXᵉ siècle, la France, la Belgique, la Suisse francophones ont bâillonné leurs dialectes, voici que des flux d'immigrés apportent dans ces pays d'autres langues : plurilinguismes, contacts, emprunts s'ensuivent aussitôt. Après que l'école, l'urbanisation, le brassage des populations, les médias ont promu un seul modèle de français, favorable à une pensée unique, des groupes sociaux imprévisibles inventent des accents et des vocabulaires nouveaux, au service de formes créatives auparavant inouïes. L'école et la pression sociale ont imposé une forme d'écriture unique, gratuite et surtout obligatoire. Mais les techniques du XXIᵉ siècle, Internet et le téléphone portable en tête, stimulent une fantaisie graphique qui n'est pas forcément fautive. Les imprimeurs du XVIᵉ siècle jouaient avec l'écrit ; que font d'autre les « essémistes » d'aujourd'hui ?

En un mot, de même qu'au XVIIᵉ siècle, à Malherbe et à Vaugelas répondaient les écrivains baroques et les nouveaux initiés à l'écriture, aujourd'hui la rigueur qu'on évitera d'appeler « totalitaire », bien qu'elle vise un contrôle « total » des discours, se voit à la fois célébrée – touche pas à mon orthographe, « paix à la syntaxe », etc. – et malmenée.

Le bizarre de cette situation contradictoire – le yin et le yang de la langue française, soyons chinois ! –, c'est qu'elle paraît à chaque moment nouvelle. Il suffit de remonter dans le passé pour en trouver de bien proches équivalents.

La dénonciation des « fautes » est le propre du passé comme du présent. Sous la Restauration comme aujourd'hui, les bourgeois assurés dans leur français écrit ne manquent pas de rire des gens du peuple, puisque, maintenant, ils savent écrire. Et ils parlent mal, puisqu'ils parlent un peu autrement : on les renvoie à la grammaire et au dictionnaire. Ceci, de Maurice Alhoy, dans une de ces « physiologies », ces petits livres consacrés à un type social alors à la mode, très appréciés à l'époque romantique :

> La Lorette[1] plébéienne tient aussi à la conservation de quelques phrases favorites.
>
> Quand bien même elle épouserait M. Napoléon Landais, et qu'elle aurait en dot son dictionnaire, elle vous dirait : Chalenton et Mémorency, au lieu de Montmorency et Charenton[2].

1. Type social féminin et parisien.
2. M. Alhoy, *Physiologie de la lorette*, s. d. (1841), p. 21.

Plus loin, le journaliste mondain s'amuse de l'orthographe des lorettes qu'il décrit. Apparemment, il n'avait pas connaissance des missives de personnes peu scolarisées du siècle précédent : les compagnes de Diderot et de Rousseau en sont un exemple que la proximité de ces merveilleux graphomanes rend surprenant. Mais ses remarques révèlent une continuité dans cet irrespect de la norme, que nos puristes du XXIe siècle pensent être une calamité moderne, réservée aux enfants mal scolarisés d'aujourd'hui.

Une lorette épistolière, note l'auteur de cette *Physiologie*, forme mal ses lettres et les fait suivre sans interruption. L'une de ses missives porte : « Tu n'ai qu'un nainfidèle, maichetème. » Voilà qui eût enchanté Queneau. Une autre présente cette cocasserie, qui évoque Ponson du Terrail[1] : « Viens de bonne heure, le mien est de te voir[2]. »

Et l'on apprend avec étonnement que, un siècle et demi avant la technique adéquate, le SMS était inventé :

Elles [les lorettes] écrivent J rai vous voir [...]
Elles écrivent aussi G dîné [...]
Mon chair, je croyai que 7 es pour de main[3].

Mézalor mézalor, cété osi terib alorkemètnan ? Focrouar.

---

1. Le prolifique auteur de *Rocambole* avait écrit cette phrase : « Il trouva le lit vide et le devint aussitôt » (je cite de mémoire).
2. *Ibid.*, p. 60-61.
3. *Ibid.*, p. 62.

Le miroir à trois faces

Le français, comme toute langue humaine, ne se contente pas de porter en lui continuité et mobilité, force unifiante et vertu de « différance », stabilité et intermittence – comme le cœur dans ses amours –, tradition et révolution. Ce n'est pas seulement par ses réalisations multiples – paroles, écritures – et par ses fonctions partagées – il crée et porte du sens, parmi les gestes, les mimiques, les postures, les images et les sons – qu'il échappe à cette raison unique qu'on cherche désespérément.

Déjà, en lui-même, et indépendamment de ses modulations sociales et personnelles, il est multiple, divers, métissé. Aucune ressemblance, en effet, entre le système des sons d'une langue et les règles de sa grammaire. Le premier s'instaure chez l'*infans* avant même qu'il y ait sens, et expression. Les secondes s'installent lentement, s'enrichissent et se corrigent par convergence et ressemblance durant de longues années. Le premier, le phonétisme, tolère une grande variété de réalisations dans un cadre pourtant rigoureux comme on le constate en passant d'une langue à l'autre. Demandez donc à un anglophone de prononcer comme un Français ce nom pour lui diabolique : *Arthur Rimbaud* (le *u* et les *r*) ; faites dire aisément *Gijón* à un francophone (les « jotas ») ; essayez d'accoutumer un

Européen aux quatre tons des voyelles chinoises. La phonologie d'un idiome présente décidément des traits bien particuliers – jusqu'à donner valeur sémantique à ces bruits de langue dans la bouche que sont les « clics ». Certaines langues ont un arsenal de phonèmes plus riches : elles paraissent imprononçables à ceux qui vivent dans des systèmes moins compliqués. Rien de plus facile pour un Français que de reproduire, tel un mainate bien éduqué, une phrase japonaise ou finnoise (phonologies plus resserrées, voyelles claires ; en japonais, un seul phonème pour nos *r* et nos *l* ; en finnois, accent d'intensité invarié sur la première syllabe), et pourtant ces langues sont par ailleurs d'une extrême difficulté pour le même Français qui s'y initie : affaire de syntaxe et de vocabulaire.

C'est que chacun des idiomes de Babel présente des particularités très différentes selon qu'on parle des sons, des phrases, des mots. Et aussi, selon qu'on évoque leurs sonorités à l'oral ou les dessins de leurs écritures. D'une écriture alphabétique dérivée du grec à l'autre, on peine déjà à se transporter : l'alphabet grec ou le cyrillique (russe, ukrainien, bulgare et, par transplantation, langues d'Asie centrale soviétisées naguère) sont déjà un petit barrage pour les alphabètes du latin, qu'ils soient anglo ou francophones. Qu'on tente de passer à une écriture plus précise dans ses consonnes que dans ses voyelles, l'arabe, par exemple, et ça se corse. On reste pourtant dans ce même système qui dessine séparément les sons – on peut les lier ensuite : écritures « cursives » – et qu'on appelle « alphabétique ». Ceci par les noms des deux lettres initiales – selon un ordre assez mystérieux – de l'écriture du grec, *alpha*, *bêta* (on aurait pu tout aussi bien retenir la première et la dernière lettre et parler d'une écriture « alphoméguique » (alpha-oméga), « azédique » en français).

Un tout autre type d'écriture, perçu par son antique réalisation gravée et sa beauté, celui des hiéroglyphes – « gravures sacrées » –, fonctionne aujourd'hui pour des centaines de millions d'humains, en Chine et au Japon. Ces écritures sont parfaitement métisses : du son, du sens, de l'horizontal, du vertical, des angles, des courbes. Pas d'ordre « alphabétique » bien sûr, mais un ordre qui peut être dynamique, selon la façon de tracer les traits successifs d'un caractère et le nombre de ces traits. Les Japonais ont trois systèmes d'écriture qu'on peut mêler, deux qui notent les sons des syllabes, un, fait des caractères importés de Chine, qui note le mélange de sons et de sens évoqué à l'instant. Acquérir un alphabet occidental n'est pas un exploit pour les Nippons (ils le pratiquent déjà en faisant de l'algèbre ou de la chimie) ; en revanche, un écrivant alphabétisé se retrouve comme un enfant illettré, un éternel apprenant, pour arriver à maîtriser les quelques milliers de caractères nécessaires pour noter la parole. Apprendre le japonais signifie deux choses et mesure deux difficultés très différentes, s'agissant d'une pratique honorable de l'oral – qu'on m'affirme assez facile pour un francophone – ou du même niveau à l'écrit, qui s'acquiert lentement et s'oublie vite.

Enfin, ces deux étages des langues à écriture, l'oral et l'écrit, ne sont pas desservis par un ascenseur ou un escalator assuré. Car l'un d'eux, l'étage oral, vacille, bouge, se trémousse d'une époque et d'un lieu à l'autre, quand le second résiste à ces vagues. La phonétique du français, une fois son cadre de phonèmes défini, n'est pas la même aujourd'hui qu'hier, pas plus à Paris qu'à Marseille, à Brest, à Strasbourg, à Montréal, à Lausanne, à Beyrouth, et qu'à Pointe-à-Pitre, à Dakar, à Tunis ou en Océanie… Ça se croise un peu, côté sons, rythmes et musiques verbales. La phonétique germanique joue avec la française, en Alsace, à Bruxelles ; l'occitan veille au creux de la langue d'oïl, qu'il réchauffe ; les tons de langues africaines font moduler le français des bilingues ; à Québec, les diphtongues du français classique et celles de l'anglais canadien déconcertent l'oreille parisienne.

Déjà, dans les paroles « françaises », en France et ailleurs, c'est la « métisserie » que cet essai tente d'évoquer. Et comme les écritures bougent moins, sont plus unifiées, surtout depuis l'imprimerie, et reflètent d'autres intentions que la fidélité à la parole – certaines langues, l'espagnol, le finnois, ont su y remédier –, les orthographes, drapées et statufiées dans une pose solennelle, s'éloignent de la variété et de la mobilité de la parole. Dans les langues alphabétisées règne l'arbitraire unifié, avec des lettres pour l'œil, muettes comme des carpes, et d'autres qui suscitent des sons nouveaux. On invente une nouvelle façon d'écrire les s de « Brusselles », en les croisant élégamment : x. Les délicats n'osent pas écrire autrement que « Bruxelles » (les Anglais, têtus, refusent l'ornement, et tracent « Brussels »), mais continuent à dire un *s*. L'orthographe fait son effet, les Wallons veulent une autre prononciation que les Flamands, qui s'en tiennent au *s* comme en anglais et voilà *ks*, *Bruksell'*, installé malgré les puristes.

Ce sont des bricoles, mais il y en a tant que le fossé parlé-écrit s'élargit, quitte à se combler un peu, par la variation dans l'écriture, la *scripta*, qui dure. On se met, on l'a vu, à faire sonner le *p* de *dompter* et *dompteur*, alors que ce *p* décoratif ne correspond à aucune mémoire, à la différence du *g* de *doigt*, qui assure le rapport avec *digital*. Par ailleurs, le fossé en question se creuse du fait de règles de production différentes (celles de la syntaxe), mais avec le néo-français évoqué par Queneau, on entre sur le territoire mystérieux des règles dont on ne décrit qu'une partie noble sous le titre de « grammaire », déjà marquée par un nom qui, en grec, évoque non la parole, mais la « lettre » (*gramma*).

À l'enregistrement récent des paroles, où l'on n'entend pas seulement « la langue », mais du verbe, de la musique, des passions, des maladies, des coryzas, des ronflements et des toux, et le ton unique de chaque voix humaine, aussi distinct que l'empreinte digitale ou même que la signature d'ADN, aucune transcription en écriture ne peut correspondre avec exactitude. L'écriture filtre, fait disparaître l'intonation, la force des sons, leurs frémissements infimes, leurs musiques somptueuses ou burlesques, leur écrin de silence et de gestes.

Elle trie, elle nettoie, se débarrasse du corps, « fait l'ange », eût dit Pascal, ou du moins veut le faire.

C'est une des raisons pour laquelle les langues à écriture refusent de diverger en mille usages qui finissent par ne plus s'entendre : la parole pour les patois ; les lettres, avec logiquement au bout la « littérature », pour les « grandes langues » avec leur « génie », leur poids culturel né de l'Histoire, leurs qualités supposées, clarté, noblesse, élégance… Si le gaulois avait été écrit, gravé, « calamé », tracé autant que le latin, il aurait eu ses Virgilorix et ses Cicéronix, aurait impressionné les doctes, aurait peut-être modéré le triomphe du latin dans l'ordre chrétien, et nous parlerions, sur le terroir celte des Gaules, quelque variante du gallois – ce qu'est d'ailleurs le breton.

Mais le latin était fort de ses codes plus que de ses techniques – car après tout, les gens du Latium en étaient à l'araire, alors que « nos ancêtres les Gaulois » labouraient diligemment à la charrue à roue et si ces Gaulois n'étaient pas portés sur le vin (arme secrète de la civilisation romaine), ils savaient la cervoise, tandis que la bière était le fait des Germaniques. Côté langage, c'est ceux qui écrivaient, autant qu'ils construisaient, les gratte-parchemin autant que les graveurs de marbre, et plus que les ingénieurs et les architectes, qui ont imposé le latin, puis ses métamorphoses plus ou moins « étrangères » (modérées en Italie, fortes en France ou au Portugal, inattendues en Roumanie). Succès limité à l'Occident méditerranéen et atlantique de l'Europe ;

des Angles, des Saxons et quelques autres vaillantes ethnies ont imposé leurs propres usages au centre et au nord du continent, et à l'est, les Slaves l'ont emporté. Les Germaniques et les Slaves, les uns par l'alphabet latin, les autres avec l'écriture grecque revue par les dignes moines Cyrille et Méthode – quel admirable patronyme ! –, n'ont laissé aux descendants fort métissés des Latins que l'ouest et le sud-ouest du continent (à l'exception étonnante de la Roumanie, entêtée à faire vivre dans son langage quelques décennies d'occupation coloniale romaine).

Pourquoi les Celtes de Gaule n'avaient-ils pas voulu se mettre à l'écriture ? On ne peut que soupçonner des raisons, certaines aussi sacrées que poétiques. Ce qui est sûr, c'est que cela a coûté très cher à cette civilisation, phagocytée par la Romania, avant une revanche limitée en Armorique.

Le premier grammairien connu

L'écriture, mémoire de l'expression et de la communication langagières, est aussi un miroir pour une langue, qui s'y voit comme Narcisse dans l'eau pure.

La mise en écriture d'un idiome le fixe, en ralentit et en modère les gambades, lui permet d'inventorier ses richesses, de voir plus clairement les règles qui président à la production des paroles et des écrits – ce que la linguistique appelle « le discours ». La première réflexion formelle, grammaire si l'on veut, ou analyse du discours, est due au ritualisme d'une langue sacrée, écrite, non « parlée », mais vocalisée, récitée comme un texte de théâtre, le sanskrit. Le premier véritable grammairien connu – alors qu'on n'avait que des philosophes du langage en Grèce avant et après Socrate – est Panini, brahmane du nord de l'Inde, au IVe siècle avant l'ère chrétienne. Il n'y eut rien d'équivalent, dans le formalisme rigoureux d'une analyse du discours signifiant, avant le XIXe siècle de notre ère. En outre, ce sont les commentaires de ce texte abrupt et elliptique – rendu en français par Louis Renou[1] – qui ont suscité les philosophies du langage et du sens de la civilisation hindouiste, d'une profondeur admirable.

C'est évidemment l'immobilisation d'une langue sacrée par l'écriture, celle des Veda – ç'aurait pu être l'hébreu biblique ou l'arabe du Coran – qui a rendu possible, pour le sanskrit, cette performance. La grammaire du latin, beaucoup plus sociologique chez Varron[2], est moins analytique et « saturée », car son objet est une langue vivante, laïque, donc mobile et variable avant d'être figée au Moyen Âge par la sanctification de la Vulgate.

1. Louis Renou (1896-1966), grand orientaliste, maître de la langue sanskrite.
2. Marcus Terentius Varro, né en 116 avant l'ère chrétienne, était un exceptionnel érudit d'envergure encyclopédique, en outre homme de guerre : il fut un des lieutenants de Pompée, puis se réconcilia avec César, adversaire de Pompée dans les guerres civiles. Historien, philosophe satiriste – dans le genre créé par le cynique grec Ménippe –, économiste, linguiste, il est l'auteur de soixante-quatre ouvrages dont il reste d'importants fragments, notamment un *De lingua latina* mémorable et influent.

Dans les langues à écriture, c'est la primauté de l'écrit dans plusieurs activités d'expression – celles du pouvoir et de l'institution, notamment, tandis que le poétique resta longtemps inscrit dans la voix – qui a rendu possible la perception de la « langue » en tant que système de règles. Il est commode, en ce domaine, de distinguer et même d'opposer deux notions souvent confondues, qui, dans plusieurs langues européennes, sont marquées par deux mots venus du grec : ce sont « grammaire » et « syntaxe ».

La première s'affiche comme la connaissance des caractères écrits, et confère aux concepts de « règle » et de « loi » un pouvoir de contrainte quasi juridique. La « grammaire » est restée liée à la soumission à des pratiques graphiques obligatoires, pour « savoir telle langue ».

La « syntaxe », *sun-taxis*, évoque plutôt un savoir objectif sur cet ordre interne (l'ordo latin est bien proche de la taxis des Grecs) qui est fondé sur des classifications et des hiérarchies et qu'on retrouve dans un mot scientifique apparenté : *taxinomie*[1]. En effet, la syntaxe classe des fonctions et règle des séquences de signes de manière à produire des énoncés et des phrases acceptables ou efficaces, compréhensibles, dans une langue. La syntaxe, pour la linguistique actuelle, est le cœur de la langue. Noam Chomsky a beau dénommer « generative

1. Autre mot apparenté à *syntaxe* : *syntagme*. Terme de linguiste en France, mais en Grèce, mot politique et national : la place *Syntagma* d'Athènes fait référence à la Constitution grecque.

grammar », grammaire génératrice[1], sa théorie, il donne pour titre à l'essai fondateur de cette théorie, paru en 1965, *Aspects of the Theory of Syntax*. La Préface commence par ces mots : « Qu'une langue ait pour base un système de règles déterminant l'interprétation d'un nombre infini de phrases, c'est là une idée qui n'a rien d'une nouveauté[2]. »

« Système de règles » constitue le cœur de la notion. On peut arguer sur le nombre « infini » de phrases, et préférer « indéfini ». On peut discuter de l'idée de « base », qui rejette les autres aspects des langues vers la superficie. On peut s'étonner que les règles évoquées aboutissent à une interprétation – et non à une production ou « génération ». Mais on a une doctrine cohérente de la « syntaxe ».

Ce que je désire retenir, dans la considération de cette dimension du langage et des langues, c'est sa relation avec le couple dialectique de la stabilité et de l'unité d'une part, de la variation et de l'évolution de l'autre.

Constatant que la variante écrite d'une langue lui apportait unité et stabilité – plus que les pratiques orales, en tout cas –, on peut ajouter que le « système de règles » décrit par une théorie de la syntaxe et utilisé pragmatiquement par une « grammaire » est pour une langue la plus forte garantie d'unité perceptible. Ce système oppose nettement

---

1. On dit et on écrit plus souvent, par calque paresseux de l'anglais, « grammaire générative ».
2. Dans la traduction de Jean-Claude Milner, parue au Seuil en 1971, et intitulée *Aspects de la théorie syntaxique*, avec une adjectivation inexpliquée.

et clairement le français à l'anglais, ces deux « grammaires » à celles de l'allemand, de l'arabe ou du chinois, et celles-ci entre elles. Alors que la variété observable des usages de chacune de ces langues n'entraîne pas celle des règles formant système et constituant cette « base ». C'est par ces règles qu'on pourra affirmer qu'une phrase est ou non « grammaticale » pour une langue donnée. C'est l'instrument appelé « théorie de la syntaxe » (représenté ou non par une « grammaire ») qui permettra d'affirmer : ceci – une production orale ou écrite, des énoncés ou des textes – est ou n'est pas du français, et si ce n'en est pas, est un créole, un dialecte, un patois, toute autre langue.

Étudiant les évolutions d'une même langue, cependant, on constate que le système de règles d'une syntaxe peut finir par changer, même si ce changement est lent et progressif.

En se guidant sur ce principe, on est amené à reconnaître que l'« ancien français » n'est plus du latin populaire des Gaules. Cela ne gêne personne. Mais les entournures deviennent pénibles quand il s'agit de considérer l'ancien français, à cause de cette règle syntaxique importante qui distingue formellement deux cas, un sujet et un « régime » (ou complément) pour les noms, comme étant « une autre langue » que le moyen français et le français moderne, où ces deux cas, cette « déclinaison », ont disparu.

À quoi on peut répondre que le système de règles qui définit la base d'une langue est complexe, et que la disparition d'une règle, aussi visible soit-elle, n'en détruit pas l'ensemble. Toujours est-il qu'on ne change ni le nom ni le ressenti collectif d'une langue, le français, l'anglais, lorsque sa syntaxe évolue. Mais elle évolue lentement, surtout sous sa forme écrite, et cette évolution demeure largement inaperçue. La « syntaxe » est la part profonde et secrète, et la « grammaire » une sorte de retour du refoulé par le moyen puissant de la conscience de la « faute ». La syntaxe, ce système dynamique qui autorise la production et l'interprétation de phrases en nombre illimité – sinon infini – dans une langue donnée, se transforme socialement en une suite de règles à appliquer sous peine d'une sorte d'exil hors la langue.

Des contacts et des métissages sont possibles entre syntaxes – comme l'attestent des pratiques hybrides et des usages déviants – mais non entre grammaires. Le premier domaine est celui du continu, qui peut s'inscrire dans un temps évolutif et dans des passages insensibles ; le second est par essence discontinu : normal-pathologique, correct-fautif, dans la langue-hors la langue.

De fait, ce qui bouge le moins vite dans une langue, c'est la syntaxe de sa forme écrite, alors que toutes les pratiques qui s'ajoutent aux règles de base, celles de la rhétorique et du style, évoluent au rythme des générations. Hugo soulignait cette opposition, la transférant en décision consciente, par son « Guerre à la rhétorique, et paix à la syntaxe ».

Dans la longue réalité obstinée de l'Histoire, la syntaxe n'est pas en paix ; mais ses glissements sont discrets et ses liaisons peu dangereuses.

Deux visions du langage

À l'opposé, dans le mouvement, le désordre, l'exubérance, le troisième grand aspect de la langue. Disons, pour simplifier, les mots, plus savamment et exactement le lexique, espace de variation et, cette fois ouvertement, de métissage.

Lieu de toutes choses, en fait. Il y a deux visions du langage : celle des régularités, des lois assurant la stabilité des significations composées, des machines formelles, des algorithmes ; et puis celle qui vise cette force qui appréhende et dompte l'explosion du réel, innombrable, indistinct, en lui donnant des noms. Certes, le sens est partout, dans les règles qui lient comme dans les signes liés par celle-ci. La première vision, celle des linguistes « purs », est parfois cruelle pour le lexique. La grammaire de Chomsky a longtemps laissé les mots au vestiaire, habillant, par son omnipotente syntaxe, des mannequins. La seconde, celle des philosophes du langage pendant des siècles, avait tendance à faire exploser le langage en une immense nomenclature. Dans la totalité du sens-par-le-langage, dont l'étude se nomme depuis John Locke d'un mot grec, « sémiotique », le monde des signes peut être envisagé de trois façons[1] :

---

1. Ce n'est pas le créateur de la sémiotique moderne, le génial Charles Sanders Peirce – le plus grand philosophe des États-Unis, je pense –, qui a établi cette classification si utile, mais son disciple (partiel) Charles William Morris, représentant aux États-Unis du positivisme logique de R. Carnap et O. von Neurath, avec lesquels

l'une – en anglais *syntactics*, la « syntaxe du sens » – concerne les rapports des signes du langage entre eux ; une autre, la « pragmatique », ceux des signes avec leurs utilisateurs ; restent les relations de ces signes avec ce à quoi ils renvoient, qui peut être du réel, de l'imaginaire, des individus (nommés par les noms propres), des classes d'objets, des idées... Cela, qu'on nomme la « sémantique », est le terrain privilégié du lexique, la magie qui fait qu'on peut, percevant une forme identifiée[1], lui choisir un nom, plus ou moins adéquat, car les langues se trompent et se corrigent. Au XVIIIᵉ siècle encore, on appelait « poissons royaux » les cétacés (concept en gestation : on savait déjà que les baleines allaitaient) ; et aujourd'hui, beaucoup appellent « poissons » des dauphins, « baleines » des cachalots, « chameaux » des dromadaires et « insectes » des araignées, même connaissant le bon usage zoologique. Si la bévue est fondatrice de tels vocabulaires, comment qualifier les confusions à propos d'abstractions comme « liberté » ou « justice » ? Les plus

il dirigea l'*International Encyclopædia of United Science*. À propos du langage, il est l'initiateur des études pragmatiques, très influentes aujourd'hui. On rappelle ici une idée-force de ses « Fondations de la théorie des signes » (1938).

1. Du psychologue cognitiviste au logicien et au linguiste, la démarche est longue. J'ai adoré Bertrand Russell lorsqu'il rappelle qu'à vrai dire on ne voit pas un « chien », mais, sur sa rétine, « une tache canoïde ». Avant de parler de « chien », il faut reconnaissance, identification et assignation d'un mot, *dog* valant à peu près *chien*, *cane*, etc., pour le cognitiviste au moins (mais pas pour le poète).

incertaines de ces abstractions, par la vertu d'une langue en acte, deviennent d'évidentes réalités. Quand Eluard apostrophe la liberté et trace : « J'écris ton nom, liberté », il sait – comme on dit, même s'agissant d'écriture – « de quoi il parle ».

Bien qu'un mot isolé, privé de son contexte, puisse représenter un paquet de contradictions et d'incertitudes – ce qui fait le charme des dictionnaires –, le discours, la puissante syn-taxe se charge de le rendre utile et clair (c'est-à-dire interprétable) dans l'échange des affects et des savoirs.

Le lexique de chaque langue est un immense stock de signes affectés par convention à un effet de sens. On parle surtout de « mots », mais l'essentiel est dans l'élément minimal de sens : mot parfois (*chat*, *oiseau*), mais aussi élément de mot (deux dans *abricotier*, où *-ier* vaut pour « arbre qui produit… », sans changer le sens du nom du fruit, alors que dans *fourchette*, *-ette* ne se contente pas de diminuer mais modifie la valeur de la « fourche » rurale ; deux aussi dans *porte-manteau*, où le verbe *porter* se précise et où le manteau n'est qu'un prototype pour « vêtement »). Qu'on appelle ce signe minimal comme on voudra (morphème, monème…), il se réalise souvent dans des complexes qui résultent de règles – une syntaxe. Celle-ci fait réapparaître de la régularité dans le lexique. On l'appelle, d'un mot tiré du grec par le grand Goethe, « morphologie ». Mais le mot et ses combinaisons, les locutions toutes faites, semblent résister à toute discipline. Leur plus forte règle semble être le caprice.

Le lexique d'une langue la définit moins que sa syntaxe, car il s'élabore et il évolue sans lois internes, ou avec des lambeaux de règles, appliquées ou non selon les circonstances.

En se combinant, les éléments de sens perdent leur autonomie. Aristote l'avait déjà remarqué pour le grec : les éléments d'un mot composé perdent leur valeur initiale et s'effacent devant le produit. N'importe quelle série d'apparence réglée le montre : la forme est cohérente, le sens divague. Ainsi, une « contre-expertise » est une expertise, une « contre-attaque » participe de la défense et un « contrevent » n'a rien à voir avec le zéphyr : c'est un objet parmi les « contre ». Le jeu est trop facile : si on peut donner un petit à l'éléphant ou à la girafe avec le suffixe -eau, au mouton correspond l'agneau, au cheval le poulain, et on ne parle pas de tigreau. Les séries régulières sont rares, et tous les manuels en sont réduits à la liste honorable des arbres et des plantes dont le nom est celui de leur fruit suivi de -ier (*pommier*, *fraisier*, etc.). Mais déjà l'airelle et la myrtille refusent d'imiter la groseille et son groseillier.

La formation de mots nouveaux à l'intérieur du français est problématique, sauf pour quelques éléments, comme -*able* qui marque la possibilité, et surtout des préfixes, tel *anti-*. À la différence d'autres langues, qui dérivent (l'italien) et composent (l'allemand) avec facilité, tout mot nouveau orné d'une partie reconnaissable déclenche étonnement, discussion ou dérision. Quand Mme Ségolène Royal, pour exprimer la qualité d'une personne brave, produit le nom féminin « bravitude », elle s'inscrit dans une série qu'on aurait pu croire légitime. Pris directement au latin, où *(i)tudo, (i)tudinis* est fréquent après un adjectif (*aptitude, certitude* d'où *incertitude, lassitude, gratitude* ou *longitude*, parmi d'autres), ces mots en ont entraîné d'autres, fabriqués en français, comme *décrépitude, platitude, exactitude*. Malherbe, qu'on crédite d'un refus farouche du néologisme, avait inventé l'*esclavitude* et Chateaubriand, considéré comme un héraut de la pureté langagière, la *vastitude*, qui est beau. *Brave* étant un emprunt à l'italien, sa latinité n'est pas en cause, et *bravitude* n'a qu'un inconvénient, c'est de redoubler *bravoure* (pris au dérivé italien *bravura*). Mais cette variante n'a rien de scandaleux, et l'on disait joliment au XVIᵉ siècle *braverie*, qui vous a un petit air fiérot bien de chez nous. Toujours est-il que cette bravitude déclencha d'infinis commentaires, approbateurs lorsqu'on était partisan de la candidate, critiques si on n'appréciait pas son parti. Une création analogue en allemand et dans bien d'autres langues serait passée inaperçue. La paresse morphologique de la langue française, secouée par les poètes de la Renaissance, par Rabelais, Céline et par les fauteurs de verlan (fauteur, j'ose le redire, n'est pas fautif : le mot signifie « qui favorise »), est durable et intime, surtout dans la créativité. S'il s'agit d'avaler tout cru un mot venu d'ailleurs – de préférence de ces États-Unis que beaucoup de Français font mine de honnir –, tout est différent.

Et nous voilà happés par le métissage des mots, le terrible, l'omniprésent « emprunt », qu'on rembourse rarement, dont les intérêts sont considérables, puisqu'il permet de dire ce qui n'avait pas de nom.

Le nombre de mots d'une langue ? Une réalité illusoire

Un lexique, le lexique de la langue française par exemple, est une abstraction aussi théorique, aussi fictive que l'est cette langue. De même que celle-ci se résout en phénomènes concrets, observables, paroles et écrits, de même un lexique se résout en une immense quantité de vocabulaires, individuels comme les discours, collectifs comme les usages. Certains parmi ces ensembles de mots sont recommandés, permis, tolérés, d'autres mal jugés ou interdits. Relativement peu ont droit au label « bon usage ».

Les distinctions ne sont jamais assez fines, car le nombre de signes qu'on doit distinguer (on dit « les mots », mais en vérité ce sont des sens, des emplois, des expressions, des tournures…) est immense. Un lexique est loin de se réduire à ses représentations didactiques – les dictionnaires – ou à ses actualisations, même les plus généreuses – les œuvres complètes de Balzac ou de Hugo, pour le français du XIXᵉ siècle. Le « nombre de mots » d'une langue, souvent évoqué, est une vision illusoire, car on ne sait ni ce qu'il faut compter, ni comment le faire. Ainsi, on dit que l'anglais est plus riche que le français, en comptant les « entrées » des dictionnaires et sans s'aviser que ce qui est « mot » dans la présentation convenue d'une langue est « sens » distinct, ou bien « locution » dans une autre. Le « mot » est une réalité formelle, tout juste bonne pour les comptages et l'informatique (dans les langues alphabétiques, c'est une suite de lettres précédée et suivie d'un blanc), il n'a aucune pertinence pour caractériser la prétendue richesse d'un idiome. Les doux délires admiratifs sur les centaines de mots désignant la neige en inuktitut[1], ou le chameau en arabe, portent sur des phénomènes réels, mais qui ne concernent pas les langues qui se parlent à l'Équateur ou dans les régions dépourvues de camélidés. D'ailleurs, il a suffi que la passion des sports de glisse sur neige ait saisi une partie du monde pour que le français – par exemple – voie son vocabulaire de la neige exploser (la « poudreuse », la « tôlée » étaient sans noms au XIXe siècle, et quand Jean-François Regnard visitait la Laponie, au XVIIe siècle, il parlait de « patins », et c'est bien de skis qu'il s'agit, mais le mot était alors confiné dans la langue norvégienne).

Ces remarques d'évidence soulignent que le lexique échappe à la nature intime de la langue.

1. La « langue des hommes », car le mot *inuit* signifie bien « les hommes », dans cette langue, celle des populations baptisées *eskimo*, ce qui signifie « mangeurs de chair », par les Algonquins.

Point de « génie » en matière de mots et de désignation, ou bien des génies humbles, modestes, serviteurs soumis du réel impérieux. Des circonstances nouvelles, une guerre, une révolution, une mutation sociale, économique, technique n'ont rien à voir avec la linguistique, ses règles de grammaire et ses phonologies. Pourtant, ces soubresauts de l'histoire et du temps social modèlent un aspect majeur de toute langue : précisément, son lexique.

Bien sûr, la linguistique a droit de regard sur les vocabulaires, ne serait-ce que parce qu'ils sont en partie soumis à des règles de production – on dit pesamment « morphosyntaxe » – et de prononciation spécifiques (mais celles-ci se croisent : nous écrivons « New York », comme en anglais, et disons « nouillorque » avec d'autres sons que les Étatsuniens). Les règles de formation des mots nouveaux, internes à la langue, fonctionnent plus ou moins bien. Certaines langues composent à tour de bras : le hongrois, l'allemand ; d'autres « dérivent » – forment des dérivés – assez librement, tel l'italien. Les « *Uccellacci e uccellini* » de Pasolini deviennent en français de « sales gros oiseaux » et de « gentils petits piafs », la forme équivalente à l'italien *uccellino* serait « oiselet ». Car, en français, c'est la catastrophe. Faites un mot nouveau avec des éléments connus, assemblés en bon ordre, et on sera, autour de vous, étonnés ou indignés (à ce propos, la pression sociale me déconseille d'écrire « étonnage », « étonnerie » ou « étonnisme » ; non plus que de parler d'un grand

« indignement », puisque la place est prise par un adverbe, ni d'« indignesse » ou d'« indignitude[1] »). Cette langue, décidément, est (dans son lexique) pauvre, engoncée, réticente, constipée. Et pourtant, elle est, comme toute langue, munie d'un lexique gigantesque, insoupçonné, dont nous n'utilisons que des miettes dérisoires.

On le sait, le français vint du latin, et les mots français de formes latines. Ce fut de deux manières. La première, qui fournit les vocables les plus anciens et les plus usuels, fut l'usure de sonorités un million de fois répétées, qui fait que *aqua* est devenu *awa*, puis *éwa*, *éaw* et enfin « *o* ». Plus fort que le verlan, comme manipulation, mais ça a pris des siècles. L'Italien dit *aqua*, fidèlement ; l'Espagnol adoucit ce *kw* et s'en tient à *agua*. Déjà, malgré les admirables lois phonétiques découvertes par les Allemands à l'époque romantique – hommage à Jacob Grimm, celui des contes, avec son frère –, beaucoup d'irrégularités. *Flos*, *floris*, à l'accusatif *florem*, aboutit à *fleur*. On aurait pu croire qu'*amorem* donnerait *ameur* ; ce fut presque vrai, car on trouve le mot écrit *amur* au XIe siècle. Maintenant, il rime avec *toujours* : le *our* coïncide avec le passage d'un sentiment féodal de fidélité (à Dieu, au suzerain) à une pulsion affective et sexuelle, transcendé par les troubadours (tiens, un *-our*) occitans. Petite inflexion musicale, grands effets culturels.

1. On n'ose pas même les évidents « indigneurs » et « indignables », ce qui évite de souligner, dans notre « monde chien » (*mondo cane*), la nécessité de l'indignation.

Nombre des mots de la première source latine (le latin des Gaules, que Cicéron et César eussent trouvé épouvantable) ont disparu : l'*ane*, différent de l'*asne*, ce qui gênait, est évincé par un dérivé plutôt péjoratif de *cane* (c'est bien *canard*) ; le *vulpes* devenu *goupil* est snobé par un nom propre célébrissime : on a dit *un renard* parce que l'un des textes médiévaux les plus remarqués était le « roman » d'un certain goupil appelé Renard, Reinhardt en version originale, car ce nom est germanique.

Cependant, on continuait à pratiquer le latin d'Église, empli de mots plus anciens et plus nobles, christianisés en sens, et une deuxième vague de latin, faite de mots écrits, savants, s'ensuivit. Ces mots nouveaux furent transplantés par écrit du latin au français : *episcopum* (accusatif) s'était métamorphosé en *ébisque*, adouci en *évêque*, mais, plus tard, *episcopalis*, évidemment dérivé du premier, est repris par *épiscopal*. Et comme le latin savant était rempli de grec – *episcopus* était emprunté à *episkopos*, avec le *scope* de *périscope*, étrangement –, en le calquant, on fit entrer en français – et dans bien des langues européennes – les radicaux et les mots du grec antique.

Entre-temps, grâce aux Francs, un gros paquet de mots germaniques (franciques, le plus souvent) se sont acclimatés. Beaucoup ont disparu, mais ceux qui sont restés sont usuels : *guerre* est francique, *paix* latin. N'en tirons aucune conclusion impliquant quelque « choc des cultures ».

Tout lexique d'une langue longtemps parlée et dans beaucoup de lieux est un mille-feuille. De l'oral, de l'écrit, du sacré, du profane, du lieu commun éculé, de l'ésotérique... En français, donc, zeste de gaulois, deux inondations de latin, un gros apport francique. Après, aux XVe et XVIe siècles, le grec ancien, les langues vivantes d'Europe, celles de la Méditerranée (l'arabe surtout), de l'Asie et des « Indes occidentales », futures Amériques, se croisent en un tourbillon incessant. Le français, avec son fonds déjà complexe, est, comme toute langue vive, avide de mots : l'italien, puis l'espagnol et, en cataracte, l'anglais y pourvoiront. D'autres langues, tels des Rois mages venus de terres inconnues, apporteront leur offrande.

Les vagues de fond sont prévisibles historiquement. Guillaume le Conquérant s'empare de l'Angleterre. Fils de Vikings, il s'est mis au dialecte roman de Normandie proche du français. L'Angleterre, ou du moins son élite, en prend pour trois siècles ; du coup, plus de la moitié du lexique de cette langue germanique est devenu et resté roman (d'où une infinité de « faux amis » : *dramatic* signifie « spectaculaire »). Les guerres d'Italie et la défaite de François Ier à Pavie, puis les Médicis (Marie est la mère de Louis XIII) ou Mazarin accélèrent l'italianisation des vocabulaires français. Ainsi de suite.

Mais dans le détail, rien n'est régulier ni prévisible. Ça commence avec le latin, dont le riche lexique est exploité en français de manière capricieuse et partielle. Un seul exemple suffira à le montrer, celui des composés du verbe latin *facere* (qui a donné « faire »), et dont nous avons conservé certains, comme « affecter », alors que la langue latine proposait des modèles pour *confecter* (au sens d'« achever », mais nous avons « confection »), *déficier* (« manquer », mais le français a avalé « déficience » et « défection »), *efficier* (mais *efficere* est à l'origine d'« efficace »), *perficier* (remplacé par le français « par-faire »), *préficier* (au sens de « mettre, nommer à la tête », d'où *praefectus*, qui a fourni « préfet ») ; et il y aurait encore, pour « progresser », un verbe *proficier*, un *réficier* pour « restaurer », parmi d'autres[1]. Et ce qui est vrai pour les formes est encore plus visible pour les sens, comme le moindre recueil étymologique le montre.

Il s'agit là de cet « enrichissement » discuté avec passion pendant des siècles, car il définit l'esprit d'un « bon usage[2] ». Quant au nettoyage avant tout Kärcher pratiqué par le classicisme, on a vu qu'il a bloqué les pouvoirs de la langue.

Cependant, projetée dans un discours individuel caractérisé par un style, la pauvreté assumée peut faire merveille. On aime à répéter que le théâtre de Racine contient peu de mots ; mais ce sont leur choix, la souplesse de leur emploi, leur mise en musique et en passion qui comptent, non pas leur nombre. Les écrivains « nombreux » –

1. J'aimerais pouvoir dire que nous préficions des gouvernants qui déficient au lieu d'efficier, et ne proficient que lentement.
2. Voir ci-dessus, le chapitre II de la Iʳᵉ partie.

Rabelais, Hugo, Joyce en anglais – sont comme des orchestrateurs, des symphonistes du lexique ; les épurés sont des compositeurs pour l'instrument soliste ou la musique de chambre. C'est le traitement des sons – et en littérature, celui des significations – qui importe.

Cela revient à dire que, dans la langue, le lexique, le dictionnaire est virtuel ; outre la forme et le sens de chaque unité, son poids, sa fréquence, son pouvoir d'action est essentiel. Si l'usage d'un vocable dépasse par trop la moyenne, il lui faut légitimer sa présence, ses répétitions, par une vertu expressive ou communicative. Sinon, on entre dans le champ maudit de la vanité bavarde, du lieu commun, de l'ineptie répétitive, ces maux du discours plus irritants encore que les fautes contre la norme.

Dans les jugements sur la langue – sur le français, exemple qui nous importe –, le lexique et d'abord les mots sont les objets les plus visibles et les plus commentés. Mais ils le sont inégalement : tel néologisme ou vocable archaïque et rare sera indéfiniment repris lorsqu'un locuteur illustre l'aura catapulté par le grand lanceur médiatique. Des politiques seront aussi mémorables par un mot que par une action ou une œuvre. De Gaulle survit autant par la « chienlit », le « quarteron », « la rogne et la grogne », ou encore le « vaste programme[1] », que

1. Expression qui commentait, dans la légende dorée de ce grand personnage, une remarque triviale (quelque chose comme : « Mort aux cons ! »).

par la totalité de ses écrits, alors qu'il est pourtant un authentique écrivain. Que restera-t-il d'un scientifique éminent égaré en politique, dans la conscience populaire, sinon une image incongrue où le verbe « dégraisser » s'appliquait à un fossile au nom sibérien, le « mammouth » ?

En revanche, les modifications collectives, massives des vocabulaires pourront rester inaperçues. L'historien des langues le constate : tandis qu'au XVIIe siècle la conscience et le désir d'un « bon usage » filtrent, choisissent, éliminent, avec Malherbe puis Vaugelas, que les dictionnaires s'invectivent au nom de la pureté, le lexique du français se gonfle furieusement pour répondre à la naissance des sciences modernes comme à la redécouverte du passé, ainsi qu'aux prémices de ce qui va devenir une révolution technique puis industrielle. Les mots débarquent par milliers en français, repris au latin, formés en grec, empruntés à l'italien – là, ça renâcle, mais pour des raisons politiques et nationalistes –, à l'espagnol, à l'anglais, dans la certitude d'un équilibre. Passé le purgatoire, l'emprunt est intégré, digéré, assimilé – sauf lorsque la pléthore conduit à l'indigestion : l'anglicisme, puis l'américanisme finissent par provoquer des aigreurs. Mais l'enrichissement est dans tout lexique vivant. Ouvrez le dictionnaire de Furetière, contemporain des œuvres de Racine : l'*Encyclopédie* de Diderot y est en germe, et le langage de Voltaire.

L'effort de maîtrise et de contention du classicisme sur la langue française avait agi sur la syntaxe et la prononciation, sur le style et la rhétorique ; il ne cessa de s'attaquer au lexique, mais de manière superficielle. Les mots échappent à toute loi. Ou plutôt les besoins de désignation, de ce baptême ou étiquetage universel – selon qu'on vise le sacré ou le profane – par lesquels la raison logique et son arme, les langues, prétendent maîtriser la multiplicité indéterminée des objets de pensée et des choses du monde.

Souvent, les mouvements du lexique, l'importation des mots sont subis. À d'autres moments, les besoins de nommer pour comprendre, devenus conscients, créent sur le lexique une pression assumée, presque maîtrisée. À l'époque terrible où les Lumières virent en révolution, Lavoisier et ses complices[1] feront parler la chimie qu'ils inventent. Puis la Convention organisera de nouvelles institutions, créant des mots et des sens imprévus sur des bases latines : *instituteur*, *département*, entérinant les composés hellénisants du système « métrique », le *kilomètre* – mauvais grec, pour « chiliomètre » – tuant lentement la lieue. Et ce sera Napoléon, suscitant et sanctionnant sous forme de *Codes* la terminologie du droit.

Dieu serait-il un mammifère ?

Je viens d'écrire le mot « terminologie ». Un gros mot, en vérité, « gros » au sens de « pompeux »,

1. Guyton de Morveau, le linguiste, Berthollet, Fourcroy.

« important », « chargé de sens », mais fort mal compris, si ce n'est inconnu. Alors que la conscience de ce signe privilégié des langues, le « mot », est millénaire, et que c'est à elle que se réduit souvent – en philosophie notamment – la conscience du langage et de la signification, beaucoup moins évidente est celle du « terme », en tant qu'étiquette attachée conventionnellement à un concept, à l'intérieur d'un système de pensée organisé.

Le mot et ses combinaisons stables appartiennent à une langue, même si ce type de signe a coutume de migrer d'un idiome à l'autre, soit massivement – les mots latins vers les langues romanes, les mots français vers les mots des créoles dits « français », les mots saxons, puis normands, français, et latins, vers l'anglais médiéval –, soit par des voies discrètes et individuelles.

Cette appartenance à une langue est renforcée par la dérivation et la composition, aussi paresseuses soient-elles en français (je viens de le dire). En revanche, le « terme », lui, est enfermé non dans un idiome, mais dans un système conceptuel, notionnel, ou désignatif. C'est un « nom-notion ». La science a longtemps parlé de « nomenclature » : celle-ci est d'abord faite de listes de noms donnés aux êtres naturels : animaux, plantes, pierres, dont on parlait depuis toujours, mais en désordre, par des catégories héritées.

La nomenclature scientifique occidentale, qui se développe avec le génial Suédois Linné, se sert de ces noms – tirés du latin, du grec ou inventés –, non seulement comme d'une liste de noms propres égrenés pour un appel (*nomen calare*), mais pour classer, ce qui suppose une organisation logique et sémantique, déjà imaginée par Aristote.

Au XVIIIe siècle, le naturaliste Duhamel de Monceau définit ainsi la nomenclature : « Art de classer les objets d'une science et de leur attribuer des noms[1]. » Ainsi, avant de donner les noms, il faut classer, non pas des choses, mais des « objets », c'est-à-dire des constructions mentales.

Aujourd'hui, une liste de noms dits « propres » (de pays, de villes, d'êtres humains, etc., tous objets individuels) se contente de nommer et de décrire, alors que les « nomenclatures » du savoir, aux XVIIe, XVIIIe et XIXe siècles, organisent et définissent des classes d'êtres. Lorsque Linné tire du latin le nom « mammifère », qui n'implique qu'un caractère physiologique qu'on croyait secondaire (la production de lait par la femelle), il ne se contente pas de proposer un nouveau mot. Il lui confère le pouvoir de classer les animaux, et ceci en abandonnant le critère beaucoup plus évident, mais superficiel, de « quadrupède ». Il bouscule les savoirs hérités de la Bible, scandalise les apparences (les baleines, appelées « poissons royaux », sont à classer avec les vaches !), irrite le grand Buffon, donne à la femelle de l'espèce le pouvoir de détenir le critère majeur – les féministes ne semblent pas l'avoir noté –, et surtout, surtout, confère la « mammiférité » (ou « -itude ») à

1. H.-L. Duhamel de Monceau, *De la physique des arbres*, 1758.

l'espèce humaine, attaquant scandaleusement un autre classement, le seul théologiquement et psychologiquement correct, celui qui oppose l'animal et l'homme, que Dieu, selon les Écritures, a fait à son image. Dieu serait-il un mammifère ? La question ne fut pas posée, mais j'attends que des néocréationnistes – qu'ils soient nord-américains ou islamistes – s'en prennent à Linné, après avoir attaqué Darwin.

Comme quoi le nom classificateur et conceptualisateur, autrement exprimé, le terme, est en prise directe sur l'organisation de la connaissance, échappant à une langue particulière. Le terme est translinguistique et cognitif. Le mot *terme* vient du latin *terminus*, « limite, borne », appliqué au Moyen Âge à ce qui limite le sens d'un signe, d'un mot. Limiter, c'est aussi « dé-finir ».

La terminologie[1] est devenue une activité indissociable de l'épistémologie : les cognitivistes y trouve-

---

1. Le mot apparaît en allemand à la fin du XVIIIe siècle, puis en anglais. En français, il prend valeur polémique : « abus de jargon spécialisé » (dans Sébastien Mercier, *La Néologie*, 1801). Il acquiert une valeur scientifique en anglais, chez William Whewell, important philosophe des sciences (1837), puis s'impose en allemand, en russe, en anglais, en français, d'abord au Québec, où l'on parle, avant la France, de *terminologue*.

Le mot *terminologie* a deux valeurs – comme de nombreux composés en *-logie* – : d'une part l'ensemble organisé des termes d'un domaine du savoir ou des pratiques – les terminologies des théories philosophiques, des sciences de la vie, du droit français, de la cuisine chinoise, etc. ; d'autre part l'étude de ces ensembles de termes, distincte de la lexicologie. On trouvera une brève synthèse de ces questions dans A. Rey, *La Terminologie, noms et notions*, PUF, 1982 (2e éd.) ; R. Kocourek, *La Langue française de la technique et de la science*, Wiesbaden, Brandstetter Verlag, 1991 ; L. Depecker, *Entre signe et concept, Éléments de terminologie générale*,

raient plus de matière que dans le sémantisme d'une langue ; elle ne se contente pas de viser des mots particuliers, mais confère à ces signes un autre statut que celui, multiple, ambigu, changeant, évolutif qu'ils ont dans le lexique d'une langue. Les signifiés des mots *étoile*, *clé*, *crime*, *atome* sont multiples, évolutifs, ne coïncident pas exactement avec ceux de leur traduction en une autre langue. En tant que termes, ces entités n'ont qu'un sens défini. *Étoile*, « astre producteur d'énergie par un processus thermonucléaire », se substitue à nos habitudes de paroles qui permettent l'« étoile du Berger » (une planète) et les « étoiles filantes » (des météorites) ; *crime* est défini par le Code en contraste avec *contravention* et *délit*, qui sont dans la même situation. Le mot *clé* employé seul ne fait pas terme – la clé à molette, d'ailleurs, ne figure pas dans le trousseau de clés – ; pour obtenir le terme nommant l'objet technique, il faut des compléments (mais les équivalents allemands pourront être des mots composés).

Presses Sorbonne nouvelle, s. d. (2001) ; « La terminologie : nature et enjeux », *Langages*, mars 2005. L'ouvrage fondateur de D.I. Lotté a paru en russe, à Moscou, en 1961, celui de E. Wüster en allemand (1974), en anglais, puis en français (*Die allgemeine Terminologielehre…*). Le manuel de Teresa Cabré (Université Pompeu Fabra de Barcelone) a été traduit du catalan en français (*La Terminologie : théorie, méthode et applications*, Ottawa-Paris, Presses de l'université d'Ottawa-Armand Colin, 1958). Les travaux de Helmut Felber (l'Unesco-Infoterm), de Juan C. Sager (*A Practical Course in Terminology Processing*, Amsterdam-Philadelphia, John Benjamins, 1990), ceux de l'Université de Genève (Bruno de Bessé à l'École de traduction), de l'Université de Laval et de celle de Montréal (Québec) font autorité.

Le terme sera plus souvent complexe (un « syntagme ») que simple ; ce pourra être un sigle (Radar), une expression alphanumérique (certaines peuvent entrer dans la langue courante, tel H5N1 – « achsinkènun » –, dans la classe des « virus »). L'ennui est qu'il y a identité d'apparence entre les mots d'un vocabulaire (et du lexique français) et les termes d'une terminologie ; une autre difficulté réside en ceci qu'un « terme scientifique » est le résultat d'une conceptualisation sur de l'observé, alors que le « terme technique » vise un projet fonctionnel imaginé et créé par l'action humaine, et que le « terme juridique » s'insère dans un ensemble de définitions créées par un texte prescriptif.

Mais ce qui importe ici, c'est que l'éclairage terminologique sélectionne des sens définissables dans le désordre historique du lexique d'une langue. Dans la chimie lavoisienne, *acide* et *base* sont des termes tout autant qu'*hydrogène*, composé tiré du grec à cet effet ; mais ils ne coïncident nullement avec la totalité des emplois des mots *acide* et *base* en français. Les termes et les noms des nomenclatures augmentent de manière intense le nombre d'unités de désignations.

Encore une raison pour récuser les comptes d'apothicaires et les débats sur le « nombre de mots » d'une langue. Les dictionnaires français usuels sont sages, qui se bornent à trente, cinquante ou soixante mille « entrées », mais, déjà, il faut multiplier le chiffre par trois ou quatre pour avoir le nombre d'unités dans le lexique ainsi décrit, car *clé à molette*, qui est un terme, n'est pas un mot, ni *haricot vert*, ni même (pour certains dictionnaires) *point de vue*, car le *champignon* qui se traduit en anglais par *mushroom* – avec diverses métaphores (*champignon atomique*), celui qui permet de célébrer l'*omelette aux champignons*, sans interdire pour autant de parler de *champignons vénéneux*, ouvrant ainsi la voie aux empoisonnements – n'est pas le même que celui qui se dit en anglais latinisé *fungi* et qui englobe la définition botanique de ce végétal, incluant diverses moisissures. Là, il est devenu terme. Chaque langue tolère, dans ses mots, ces rencontres incongrues. On admettra que cela réduit artificiellement, par rapport à la sémantique la plus élémentaire, le nombre de ces « mots » multifonctionnels que les linguistes baptisent « polysémiques », alors que les termes, « monosémiques », doivent arithmétiquement être multipliés.

En outre, si l'on incluait dans le dictionnaire d'une langue les nomenclatures et terminologies de domaines, ce ne sont plus des dizaines de milliers d'unités qu'il faudrait compter, mais des centaines, voire des millions. Ainsi, les entomologistes dénombrent deux mille espèces de formicidés, que le français courant désigne en bloc par le mot *fourmi*. Dans le dictionnaire de langue française (ou anglaise : *ant*), une entrée, avec quelques syntagmes, tel *fourmi rouge* ou *fourmi ailée* ; dans une terminologie entomologique, deux mille entrées, deux mille termes latins binaires (*formica* + X), communs aux entomologies en toute langue. On voit clairement l'arbitraire des comptages, sauf à préciser leur optique. Et quand on dit – de manière invérifiable – que dix mille mots apparaissent chaque année en français, c'est que l'on inclut des termes, et sans doute aussi des unités propres à un groupe spécifique, voire à quelques personnes (il y aurait des dictionnaires familiaux, avec les mots d'enfants, des dictionnaires psychiatriques, etc.), ou bien encore des créations apparues dans des textes littéraires (un dictionnaire tiré du *Voyage en Grande Garabagne* d'Henri Michaux serait le très bienvenu[1]).

Effondré sous cette pléthore de formes signifiantes, le linguiste théoricien ne peut que rendre les armes. Et pour peu que la langue soit parlée et écrite sous divers climats, en plusieurs États, régions, continents, encore une pluie de mots et d'expressions partagés, mais seulement par une partie de ses usagers. En français, les usages de chaque communauté ajoutent aux vocabulaires supposés communs et aux terminologies variées des pans entiers qu'avaient oubliés les descriptions traditionnelles. Avant le XXe siècle, rares étaient les dictionnaires supposés « généraux », voire « universels », du français à retenir les mots

---

1. Dans un seul poème de Michaux, le *Grand Combat*, quelques entrées virtuelles pour les mégadictionnaires de l'avenir : des verbes, *emparouiller, endosquer, raguer, roupéter, prateler* (ou *pratéler* : « il le pratèle »), *libucquer, barufler, tocarder, marminer, manager* (qui a un homonyme connu), *écorcobalisser* ; des pronominaux, *s'espudriner, se défaisser, se torser* (*se ruiner, se repriser* dans cette série, deviennent autres) ; des noms, *drâle, ouillais* ; des locutions, *rape à ri* et *ripe à ra*…

qui n'étaient pas sanctionnés par la norme bourgeoise d'Île-de-France. La bourgeoisie fut la première à céder, avec l'apparition des mots « populaires » ; l'Île-de-France résista plus longtemps. À l'exception du *Dictionnaire critique* du jésuite marseillais Féraud, à la fin du XVIIIe siècle, on chercherait vainement les mots français du Québec, des Antilles, et même de Suisse ou de Belgique, et, plus étrangement encore, ceux de Picardie, de Bretagne, de Savoie ou du Languedoc, dans les « grands » dictionnaires de langue « française » avant le milieu du XXe siècle.

Qu'il s'agisse de phénomènes langagiers, comme dans ce cas, ou cognitifs, pour les terminologies, une connaissance globale du lexique conduit à modifier les perspectives de la linguistique. La lexicologie la pousse vers la psychosociologie, la terminologie vers les sciences cognitives ; l'ensemble vers une sémantique insérée dans une sémiotique, avec ses aspects pragmatiques, débouchant sur la description des effets concrets – discours, conversation – du langage. Ainsi, pour décrire les différences entre usages d'une langue, par exemple ceux du français en France et au Canada, il ne suffit pas de traiter des faibles différences de la grammaire, des variantes importantes de la prononciation, et même des différences éclatantes entre les vocabulaires. Il faut inclure les divergences entre ce qu'on peut nommer les « stratégies de discours », qui font qu'on ne parle pas français de la même manière en entrant chez des amis ou dans un restaurant à Montréal et à Paris.

Syntaxe et rhétorique sont concernées, même si la perception des différences de vocabulaire est la plus forte.

Ainsi, pour toute langue, l'ouverture au monde et aux autres langues qu'incarnent les mots et le lexique débouche sur une ouverture des comportements collectifs, donnant aux « usages », multiples et toujours influencés par tous les idiomes en interaction, une existence plus forte qu'à cette « langue » elle-même.

L'amour des Antillais pour le français passe par celui de leurs créoles, celui des Québécois par le combat jaloux contre la fascination, et de la langue anglaise, et du modèle européen du français. Pas d'amour sans rencontres, d'amour et de haine sans contacts, sans mélange, sinon, comme on a voulu le montrer ici, des amours « de loin », pour l'image fantasmée d'une princesse lointaine (les troubadours), de quelque prince charmant (les contes de fées) ou d'une statue antique, Minerve casquée, Vénus, Apollon ou Narcisse.

TABLE

AVANT-PROPOS : LANGUE, AMOURS ET MÉTISSAGES   9

I
LES ERREURS DE L'AMOUR

1. Le fantôme d'un langage pur 29
2. My language is rich 66
3. Une ivresse de raison 92
4. Un culte génial 110

II
LA GRANDE MÉTISSERIE

1. Naissances créoles 131
2. Chemins de traverse 151

III
AU PÉRIL DU VERBE

1. La « geste » et la « poésie » 215
2. Le propre de l'Homme 236
3. Le miroir à trois faces 279

AUX ÉDITIONS DES DICTIONNAIRES LE ROBERT
(direction d'ouvrages collectifs)

Dictionnaire des expressions et locutions

Le Grand Robert de la langue française
9 volumes

Le Micro-Robert plus
Langue française, noms propres, chronologie, cartes

Le Petit Robert

Le Nouveau Petit Robert

Dictionnaire encyclopédique des noms propres

Dictionnaire historique de la langue française

Le Grand Robert de la langue française

Dictionnaire culturel en langue française

Le Robert micro
Dictionnaire d'apprentissage de la langue française

Le Petit Robert de la langue française

CHEZ D'AUTRES ÉDITEURS

Littré, l'humaniste et les mots
Gallimard, « Les Essais », 1970, réédité en 2008

Théories du signe et du sens
Klincksieck, (tome 1) 1973, (tome 2) 1976

Le Lexique : images et modèles
Armand Colin, 1977
réédité, augmentée en 2008, sous le titre
De l'artisanat du dictionnaire à une science du mot

Les Spectres de la bande. Essai sur la BD
Éditions de Minuit, « Critique », 1978

La Lexicologie. Lectures
Klincksieck, 1980

La Terminologie, noms et notions
PUF, « Que sais-je ? », 2ᵉ édition, 1992

Encyclopédies et Dictionnaires
PUF, « Que sais-je ? », 1982

Révolution : histoire d'un mot
Gallimard, « Bibliothèques des histoires », 1989

Le Réveille-mots
Seuil, « Points-Virgule », n° 173

Des mots magiques
Desclée de Brouwer, « Petite collection clé », 2003

À mots découverts,
Robert Laffont, 2006
et « Points », n° P1803
et
Encore des mots à découvrir
« Points », n° P1920

Antoine Furetière
Un précurseur des Lumières sous Louis XIV
Fayard, 2006

Mille ans de langue française. Histoire d'une passion
(avec Frédéric Duval et Gilles Siouffi)
Perrin, 2007, 2010

Miroirs du monde
Brève histoire mondiale des encyclopédies
Fayard, 2007

Les Mots de saison
Gallimard, « Folio », 2008

Le Français : une langue qui défie les siècles
Gallimard, « Découvertes », n° 537, 2008

Littré, l'humaniste et les mots
Gallimard, 2008

À bas le génie !
(illustrations de Daniel Maja)
Fayard, 2009

L'Esprit des mots
Publications des universités de Rouen et du Havre, 2009

Dictionnaire amoureux des dictionnaires
Plon, 2010

La Langue sous le joug
Presses universitaires de Rouen et du Havre, 2011

Trop forts, les mots !
(illustrations de Zelda Zonk)
Milan Jeunesse, 2012

Des pensées et des mots
Hermann, 2013

Dictionnaire amoureux du diable
(dessins d'Alain Bouldouyre)
Plon, 2013

Le Voyage des mots
De l'Orient arabe et persan vers la langue française
Guy Trédaniel, 2014

COMPOSITION : NORD COMPO MULTIMÉDIA
7 RUE DE FIVES - 59650 VILLENEUVE-D'ASCQ

Cet ouvrage a été imprimé en France par
CPI Bussière
à Saint-Amand-Montrond (Cher)
en octobre 2014.
N° d'édition : 99209-3. - N° d'impression : 2012185.
Dépôt légal : avril 2009.